瑞蘭國際

こんどうともこ　著／王愿琦　譯／元氣日語編輯小組　總策劃

50天搞定

新日檢

史上最強!

N2單字

必考單字＋實用例句＋擬真試題

作者序

検定試験合格を目指しながら、
語彙力アップにも使える実用的な一冊！

　本書は日本語能力試験N2合格を目指すとともに、上級語彙の復習と定着を図り、次のレベルへステップアップするための「語彙力」も養える優れた独習本です。試験対策としてはもちろんのこと、語彙力を増やしたい学習者に大いに役立つ内容となっています。

　学習語彙は実際の過去問を参考にし、膨大なデータを分析することで、出題率の高い語彙1200語を厳選しました。また、品詞ごとに提示することで、覚えやすさにも配慮が施されています。それぞれの語彙には、分かりやすく実用的な例文をそれぞれ用意し、なおかつN2で必要な文法をできるだけ用いることで、語彙力アップのみならず文法アップも目指せる一冊となっています。さらに、語彙によっては「似：意味が似ている語彙」、「反：意味が反対の語彙」、「延：関連語」などを提示することで、自然と語彙を増やすことができます。

　一日に学ぶ語彙数は24個と、負担なく学べる量に設定しました。毎日コツコツと語彙量を増やし、50日間でN2試験に打ち勝つことができる構成です。そして、一日分24個の語彙を身につけたあとは、実力がチェックできるミニテストが用意され、学習の定着度を測ることも可能です。さらに、巻末には「附録」として解答と中国語訳も掲載されているので、現時点における弱点を一発で知ることができます。実力チェックを通して、分かったつもりでも実は分かっていなかったといったケアレスミスを回避し、確かな語彙力を身につけていきます。さらに、ネイティ

ブスピーカーによる音声付なので、耳からも覚えることができ、聴解力のアップにもつながります。

　最後に、本書があなたにとって日常生活の中であいさつを交わす友、あるいは分からないことを解決し、助言してくれる頼りになる先生となり、試験前の不安を取り除きながら、合格に向けて前進できることを願っています。

台北の自宅にて

こんどうともこ

本書特色（如何使用本書）

★必考單字依照「詞性」分類，最安心！

● 本書羅列日檢N2範圍必考單字，依「名詞」、「い形容詞」、「な形容詞」、「動詞」、「副詞」、「外來語」分類，讓讀者背得有條理！

● 在背誦時，須養成銘記單字詞性的習慣，因為日語的詞性與文法變化息息相關。

★每日定量學習，只要50天，「文字‧語彙」考科勝券在握！

● 依據「日本國際教育支援協會」及「日本國際交流基金會」公布之考試範圍，N2必須具備的漢字量是1000個，語彙量是6000個。

● 本書參考過去實際的考題，分析大量的數據，嚴選出題率最高的1200個字彙，讓讀者運用50天，每日背誦24個，一口氣搞定N2必考單字。

★「例句」皆符合N2程度，助您從容應對「文法」、「讀解」考科！

● 沒有例句的單字書，不僅容易猜錯意思，也無法掌握用法。

● 本書所有單字均提供例句，且皆以N2的文法來造句，不會有過難或過簡單的問題。

● 每天在記住24個單字的同時，也等於熟悉了24個N2文法，同時增強了閱讀能力！

★「標音、中譯」是最佳的輔助學習！

● 全書所有單字以及例句，均附上日文標音以及中文翻譯，學習零負擔！

● 所有翻譯盡量採取「字對字」的翻譯方式，讓讀者直覺式記憶，盡速熟記所有重點！

★「延伸學習」增加字彙量，學習零疏漏，實力加倍！

- 單字視情況，輔以多元學習，要讀者融會貫通、舉一反三！
  似：意思相似的單字
  反：意思相反的單字
  延：延伸學習的單字

★搭配「音檔」，除了可以隨時記憶，更是取得「聽解」考科高分的關鍵！

- 全書單字和例句，皆由日籍作者親自錄製標準日語朗讀音檔，掃描QR Code即可下載。
- 一邊聆聽一邊記憶，連N2「聽解」考科也一併準備好了！

★模擬實際日語檢定，「50回實力測驗」好扎實！

- 全書50天，每天背誦24個單字後的「實力測驗」，可以馬上檢視學習情況！
- 出題形式有「選出正確的讀音」、「選出正確的漢字」、「選出正確的單字」、「選出單字用法正確的句子」四種，皆是實際考試會出現的題型，讓您應試時不慌不忙！

★「實力測驗」解答，釐清學習盲點！

- 本書最後的「附錄」中，有「實力測驗」的解答與中文翻譯。
- 做完測驗後，立即確認解答，釐清學習盲點，助讀者一試成功！

如何掃描 QR Code 下載音檔

1. 以手機內建的相機或是掃描 QR Code 的 App 掃描封面的 QR Code。

2. 點選「雲端硬碟」的連結之後，進入音檔清單畫面，接著點選畫面右上角的「三個點」。

3. 點選「新增至「已加星號」專區」一欄，星星即會變成黃色或黑色，代表加入成功。

4. 開啟電腦，打開您的「雲端硬碟」網頁，點選左側欄位的「已加星號」。

5. 選擇該音檔資料夾，點滑鼠右鍵，選擇「下載」，即可將音檔存入電腦。

目次

第01～13天　名詞

完成請打 ✔

第14〜19天　い形容詞

完成請打 ✔

第20〜24天　な形容詞

完成請打 ✔

第25～37天　動詞

完成請打 ✔

第38～43天　副詞

第44～50天　外來語

1

依詞性分類，用50天記憶N2必考單字：

☐ **父親**（ちちおや）

父親

例 うちの父親（ちちおや）は週末（しゅうまつ）でも留守（るす）がちだ。

我家的父親是連週末也多半不在家。

似 **父**（ちち） 父親、爸爸、家父（謙稱自己的父親）
お父さん（とう） 父親、爸爸、令尊（敬稱自己或別人的父親）

☐ **母親**（ははおや）

母親

例 父親（ちちおや）のみならず、母親（ははおや）までも反対（はんたい）している。

不僅是父親，連母親也反對。

似 **母**（はは） 母親、媽媽、家母（謙稱自己的母親）
お母さん（かあ） 母親、媽媽、令慈（敬稱自己或別人的母親）

☐ **夫**（おっと）

丈夫、先生

例 夫（おっと）は毎晩（まいばん）12時（じ）すぎに帰（かえ）る。

丈夫每晚都12點過後才回家。

似 **主人**（しゅじん） 丈夫、外子、先生（謙稱自己的先生）
旦那さん（だんな） 您的先生（敬稱別人的丈夫）

☐ **妻**（つま）

太太、妻子

例 妻（つま）は毎朝（まいあさ）、おいしい弁当（べんとう）を作（つく）ってくれる。

妻子每天早上，都會為我做好吃的便當。

似 **家内**（かない） 內人（妻子的謙稱）
奥さん（おく） 夫人、令妻、令正（對別人妻子的敬稱）

☐ **末っ子**（すえ こ）

老么

例 わたしは5人兄弟（ごにんきょうだい）の末（すえ）っ子（こ）だ。

我是5個兄弟姊妹的老么。

延 **兄弟**（きょうだい） 兄弟姊妹、兄弟、手足
姉妹（しまい） 姊妹

☐ **恋人**（こいびと）

情人、男朋友或女朋友

例 息子（むすこ）はずっと恋人（こいびと）をほしがっている。

兒子一直希望有情人。

延 **交際**（こうさい） 交際、交往
つき合う（あ） 來往、交際、奉陪

□ **友達**〔ともだち〕　　　　　　　　　朋友、友人

例 友達だからこそ、厳しいことも言うのだ。
正因為是朋友，才會說嚴厲的話啊！

似 **友人**〔ゆうじん〕友人、朋友
延 **仲間**〔なかま〕夥伴、同類

□ **知り合い**〔しりあい〕　　　　　　　相識、認識的人

例 今日のパーティーに知り合いはいないようだ。
今天的宴會，好像沒有認識的人。

□ **素人**〔しろうと〕　　　　　　　　　外行人、門外漢

例 彼は素人〔しろうと〕のくせに、文句〔もんく〕ばかり言う。
他明明是門外漢，還一直抱怨。

□ **相手**〔あいて〕　　　　　　　　　　夥伴、共事者、對象、對手、敵手

例 相手〔あいて〕は子供〔こども〕でも、本気〔ほんき〕でやるべきだ。
就算對手是小孩子，也應該認真比。

延 **敵**〔てき〕敵人、敵手
ライバル 競爭對手

□ **大人**〔おとな〕　　　　　　　　　　成年人、大人

例 大人〔おとな〕のくせに、働〔はたら〕かず遊〔あそ〕んでばかりいる。
明明都是成年人了，還不工作，只顧著玩。

反 **子供**〔こども〕孩子、兒童

□ **子供**〔こども〕　　　　　　　　　　孩子、兒童

例 子供〔こども〕はもっと早〔はや〕く寝〔ね〕るもんだ。
小孩子本來就應該更早睡啊！

反 **大人**〔おとな〕成年人、大人

□ **大家** (おおや)　　　房東

例 大家が一階に住んでいるから、安心だ。
(おおや　いっかい　す　　　あんしん)
因為房東住在一樓，所以很放心。

延 アパート 公寓（建築物較矮、
「木造」或「輕量鋼骨」結構）

　　マンション 華廈（建築物較
高、「鋼筋混凝土」或「鋼骨鋼
筋混凝土」或「鋼骨」結構）

□ **泥棒** (どろぼう)　　　小偷

例 近所に泥棒が入ったそうだ。
(きんじょ　どろぼう　はい)
據說鄰居遭小偷了。

延 犯人 (はんにん) 犯人

□ **神** (かみ)　　　神、上帝

例 わたしにとって、彼は神のような存在だ。
(かれ　かみ　　　　そんざい)
對我來說，他是像神一樣的存在。

似 神様 (かみさま) 神明、能手

□ **神様** (かみさま)　　　神明、能手

例 娘の合格を神様に祈った。
(むすめ　ごうかく　かみさま　いの)
向神明祈求女兒考上。

似 神 (かみ) 神、上帝

□ **彼女** (かのじょ)　　　她、女朋友

例 彼女の病気は悪くなる一方だ。
(かのじょ　びょうき　わる　　いっぽう)
她的病情一直惡化。

反 彼 (かれ) 他、男朋友
　　彼氏 (かれし) 他、男朋友

□ **生き物** (い もの)　　　生物（特別指動物）、
有生命力的東西

例 生き物を世話するのは大変だ。
(い もの　せわ　　　　たいへん)
照顧動物是很辛苦的。

似 生物 (せいぶつ) 生物

□ **猫**
ねこ

猫

例 夫は猫を飼って以来、毎晩早く帰ってくる。
おっと　ねこ　か　いらい　まいばんはや　かえ

丈夫自從養貓以後，每天晚上都早歸。

延 **動物** 動物
どうぶつ

　　ペット 寵物

□ **馬**
うま

馬

例 先生の指導のもとで、馬に乗れるようになった。
せんせい　しどう　うま　の

在老師的指導下，變得會騎馬了。

延 **乗馬** 騎馬
じょうば

□ **小鳥**
こ とり

小鳥

例 庭の木に小鳥がたくさん止まっている。
にわ　き　ことり　と

庭院的樹上停著許多小鳥。

似 **鳥** 鳥
とり

□ **身分**
み ぶん

身分、地位

例 身分を示すものを持っていますか。
み ぶん　しめ　も

有帶表示身分的東西嗎？

延 **身分証明書** 身分證
み ぶんしょうめいしょ

□ **金持ち**
かね も

有錢人

例 金持ちになりたいからといって、そう簡単になれ
かね も　かんたん

るものではない。

雖說想成為有錢人，但也不是那麼輕鬆就能辦到。

□ **一人**
ひとり

一個人、獨自

例 生まれて初めて、一人で海外旅行をする。
う　はじ　ひとり　かいがいりょこう

出生以來，第一次獨自國外旅行。

實力測驗！

問題 1. ＿＿＿＿＿ の言葉の読み方として最もよいものを 1・2・3・4 から一つ選びなさい。

1. （ 　 ） さっき泥棒がつかまったそうだ。
     ①とろほう 　 　 ②どろぼう 　 　 ③てんほう 　 　 ④でんぼう

2. （ 　 ） 鈴木さんの母親は政治家だ。
     ①ははおや 　 　 ②ばかおや 　 　 ③ははしん 　 　 ④はばしん

3. （ 　 ） 祖母の手術がうまくいくよう、神様に祈った。
     ①しんよう 　 　 ②しんさま 　 　 ③かみよう 　 　 ④かみさま

問題 2. ＿＿＿＿＿ の言葉を漢字で書くとき、最もよいものを 1・2・3・4 から一つ選びなさい。

1. （ 　 ） むすこはひとりで家にいるのが好きだ。
     ①一時 　 　 ②孤人 　 　 ③一人 　 　 ④孤独

2. （ 　 ） みぶんがわかるものを、出してください。
     ①身証 　 　 ②身位 　 　 ③身分 　 　 ④身份

3. （ 　 ） つまはりょうりは苦手だが、びじんで優しい。
     ①奥 　 　 ②妻 　 　 ③母 　 　 ④婦

問題 3. （ 　 　 　 ） に入れるのに最もよいものを、1・2・3・4 から一つ選びなさい。

1. わたしのアパートの（ 　 　 　 ）は、アメリカに住んでいる。
     ①おやゆび 　 　 ②おおや 　 　 ③どろぼう 　 　 ④けいさつ

2. 小学生のむすこのゆめは（　　　　　）になることだ。

　　①しらが　　　　　②びょういん　　　③きもち　　　　　④かねもち

3. わたしたちは（　　　　　）ではなく、ただの友達だ。

　　①こいびと　　　　②あいて　　　　　③おとな　　　　　④いきもの

問題 4. 次の言葉の使い方として最もよいものを、1・2・3・4から一つ 選びなさい。

1. しろうと

　　①しろうとに出るからには、勝ちたい。

　　②明日の試験はしろうとのかぎり、がんばるつもりだ。

　　③しろうとは黙っていてください。

　　④あんなしろうとには、二度と行かない。

2. すえっこ

　　①かのじょはすえっこで、家族みんなにかわいがられて育った。

　　②できるものなら、いますぐすえっこにかえりたい。

　　③さいきんのすえっこがぶっかが高くてこまる。

　　④すえっこを食べないからといって、嫌いなわけではない。

3. しりあい

　　①しりあいをたべないで、なおるはずがない。

　　②そろそろしりあいがきれいなきせつだ。

　　③しりあいは好きではないが、ぜんぜんのめないわけではない。

　　④あの人はともだちではなく、ただのしりあいだ。

□ **昔**（むかし）　　　　　　　　　　　　從前、往昔

例 祖母は最近、昔の話ばかりするようになった。
祖母最近變得光是講從前的事情。

似 過去（かこ）過去
反 今（いま）現在

□ **跡**（あと）　　　　　　　　　　　　痕跡、下落、行蹤、跡象

例 この薬はやけどの跡に効果的だ。
這種藥對燒燙傷的痕跡有效果。

延 足跡（あしあと）足跡

□ **糸**（いと）　　　　　　　　　　　　線、紗、絲、（琴）弦

例 針と糸を借りたものの、糸が穴に入らない。
雖然借了針和線，但是線穿不進針眼裡。

□ **毛糸**（けいと）　　　　　　　　　　毛線

例 毛糸を買った以上は、何か作ろうと思う。
既然都買毛線了，我想就來做點什麼吧！

□ **眼鏡**（めがね）　　　　　　　　　　眼鏡、眼光、眼力

例 眼鏡が落ちて、割れてしまった。
眼鏡掉落，破了。

延 視力（しりょく）視力

□ **帯**（おび）　　　　　　　　　　　　（和服的）腰帶

例 着物の帯が上手に巻けなくて困っている。
和服的腰帶纏不好，傷腦筋。

□ **旅**　〔たび〕　旅行

例 一年に 3 回は旅をしたい。
〔いちねん　さんかい　たび〕
想一年旅行3次。

似 旅行 〔りょこう〕 旅行

□ **仲**　〔なか〕　關係、交情

例 あの2人は仲がいいですね。
〔ふたり　なか〕
那2個人感情很好耶。

延 仲良し 〔なか よ〕 感情好、好朋友
関係 〔かんけい〕 關係

□ **仲良し**　〔なか よ〕　感情好、好朋友

例 わたしたちは仲良しだが、喧嘩もよくする。
〔なか よ〕〔けん か〕
我們雖然感情好，但也經常吵架。

□ **仲直り**　〔なかなお〕　和好

例 彼と仲直りをしようかしまいか、悩んでいる。
〔かれ　なかなお〕〔なや〕
為要不要跟他和好而煩惱著。

□ **合図**　〔あい ず〕　信號、暗號

例 合図があるまで、鉛筆を持たないでください。
〔あい ず〕〔えんぴつ　も〕
在下達指令之前，請勿拿鉛筆。

□ **値段**　〔ね だん〕　價錢、價格

例 値段次第では、いりません。
〔ね だん し だい〕
根據價格，有可能不要。

似 価格 〔か かく〕 價錢、價格

019

□ 昼間 <ruby>昼<rt>ひる</rt></ruby><ruby>間<rt>ま</rt></ruby>

例 <ruby>日曜日<rt>にちようび</rt></ruby>になると、<ruby>夫<rt>おっと</rt></ruby>は<ruby>昼間<rt>ひるま</rt></ruby>まで<ruby>寝<rt>ね</rt></ruby>ている。

一到星期天，丈夫就會睡到中午。

白天、白晝、中午

似 <ruby>昼<rt>ひる</rt></ruby> 白天、白晝、中午
反 <ruby>夜間<rt>やかん</rt></ruby> 夜間

□ 店屋 <ruby>店<rt>みせ</rt></ruby><ruby>屋<rt>や</rt></ruby>

例 ここは<ruby>大正時代<rt>たいしょうじだい</rt></ruby>から<ruby>続<rt>つづ</rt></ruby>く<ruby>店屋<rt>みせや</rt></ruby>だそうだ。

據說這裡是從大正時代開始持續至今的店。

商店，尤其指餐飲店

似 <ruby>店<rt>みせ</rt></ruby> 商店、舖子
<ruby>商店<rt>しょうてん</rt></ruby> 商店

□ 見舞い <ruby>見<rt>み</rt></ruby><ruby>舞<rt>ま</rt></ruby>い

例 <ruby>先生<rt>せんせい</rt></ruby>の<ruby>見舞<rt>みま</rt></ruby>いに<ruby>行<rt>い</rt></ruby>ったが、<ruby>退院<rt>たいいん</rt></ruby>した<ruby>後<rt>あと</rt></ruby>だった。

去探老師的病了，但是是在老師出院之後。

探望、慰問、問候

延 <ruby>病気<rt>びょうき</rt></ruby> 病、疾病
<ruby>病院<rt>びょういん</rt></ruby> 醫院

□ 目上 <ruby>目<rt>め</rt></ruby><ruby>上<rt>うえ</rt></ruby>

例 <ruby>目上<rt>めうえ</rt></ruby>の<ruby>人<rt>ひと</rt></ruby>には<ruby>礼儀<rt>れいぎ</rt></ruby><ruby>正<rt>ただ</rt></ruby>しくするべきだ。

對尊長理當有禮貌。

（地位、階級、年齡比
自己高的）上司、長輩

反 <ruby>目下<rt>めした</rt></ruby> 部下、晚輩

□ 目下 <ruby>目<rt>め</rt></ruby><ruby>下<rt>した</rt></ruby>

例 <ruby>彼<rt>かれ</rt></ruby>は<ruby>目下<rt>めした</rt></ruby>のくせに、すごく<ruby>生意気<rt>なまいき</rt></ruby>だ。

他不過就是個晚輩，卻非常狂妄。

（地位、階級、年齡比
自己低的）部下、晚輩

反 <ruby>目上<rt>めうえ</rt></ruby> 上司、長輩

□ 人込み <ruby>人<rt>ひと</rt></ruby><ruby>込<rt>ご</rt></ruby>み

例 <ruby>週末<rt>しゅうまつ</rt></ruby>はどこも<ruby>人込<rt>ひとご</rt></ruby>みだから、<ruby>出<rt>で</rt></ruby>かけたくない。

週末到處都是人潮，所以不想出門。

人潮

延 <ruby>混雑<rt>こんざつ</rt></ruby> 擁擠

□ **群れ**（む）

例 猫は群れを成さない動物だそうだ。
據說貓是不成群結隊的動物。

群

延 **集団** 集團、集體
集まり 聚集、集會

□ **真ん中**（ま　なか）

例 わたしは３人兄弟の真ん中だ。
我是3個兄弟姊妹最中間的。

（距離、場所、順序）
正中間、正中央

延 **中央**（空間的）正中
間、中央

□ **見本**（み　ほん）

例 色が見本とぜんぜん違う。
顏色和樣本完全不同。

樣品、樣本、
具體的例子

□ **役目**（やく　め）

例 子供に礼儀を教えるのは親の役目だ。
教導小孩禮節是父母親的職責。

任務、職責、作用

延 **任務** 任務、職責
担当 擔當、擔任、負責

□ **支払い**（し　はら）

例 支払いの期限まであと３日ある。
到支付期限為止還有3天。

支付、付款

□ **手入れ**（て　い）

例 男でもたまには顔の手入れをするべきだ。
就算是男生，偶爾也應該做臉部保養。

（為維持好狀態的）整備、修補、
保養；（到現場或犯人住所）搜捕

實力測驗！

問題 1. ＿＿＿＿＿＿の言葉の読み方として最もよいものを１・２・３・４から一つ選びなさい。

1. （　　） そろそろ彼と仲直りをしたほうがよさそうだ。
　　　①なかなおり　　②なかすぐり　　③なきなおり　　④なきすぐり

2. （　　） あたらしい眼鏡にもかかわらず、もう壊れた。
　　　①がんきょう　　②がんじん　　③めきん　　　　④めがね

3. （　　） 姉は毛糸をあつめるのがしゅみだ。
　　　①けし　　　　②けいと　　　③もうし　　　④もういと

問題 2. ＿＿＿＿＿＿の言葉を漢字で書くとき、最もよいものを１・２・３・４から一つ選びなさい。

1. （　　） 先生のあいずがあったら、始めます。
　　　①指図　　　②合図　　　③相図　　　④会図

2. （　　） やさいを作るため、祖父は畑のていれをはじめた。
　　　①手人れ　　②手入れ　　③手始れ　　④手作れ

3. （　　） 鈴木さんのみまいにいきたい人は手をあげてください。
　　　①看探い　　②看舞い　　③見探い　　④見舞い

問題 3. （　　　　）に入れるのに最もよいものを、１・２・３・４から一つ選びなさい。

1. 台風で、やさいの（　　　　）があがった。
　　　①みぶん　　　②ねだん　　　③あいず　　　④みせや

2. 夏は（　　　　　）が長く、夜がみじかい。

　　①ひるま　　　　　　②しりあい　　　　③あいて　　　　　④どろぼう

3. （　　　　　）の途中で、パスポートを盗まれてしまった。

　　①かお　　　　　　　②つま　　　　　　③かみ　　　　　　④たび

問題 4. 次の言葉の使い方として最もよいものを、1・2・3・4から一つ 選びなさい。

1. むかし

　　①彼女はむかしからして、泣き出した。

　　②むかしのわりに、若く見える。

　　③日本のむかしは暑いうえに、湿気がたかい。

　　④このへんはむかし、海だったそうだ。

2. なかよし

　　①山田さんはお母さんとなかよしで、羨ましい。

　　②なかよしにおける規則は守るべきだ。

　　③係員のなかよしに従って、中に入ってください。

　　④なかよしに応じて、処理することになった。

3. みほん

　　①みほんに代わって、わたしがあいさつさせていただきます。

　　②みほんどおりに作成してください。

　　③ねだんが高くなるにつれて、みほんが減る。

　　④えいごはみほんさえ話せば、じょうずになる。

□ **命** <small>いのち</small>

例 <small>いのち だいじ</small>
命より大事なものはない。

沒有比生命更重要的東西了。

命、生命

似 **生命** <small>せいめい</small> 生命

□ **頭** <small>あたま</small>

例 <small>あたま いた がっこう やす</small>
頭が痛いので、学校を休んだ。

由於頭痛，所以跟學校請假了。

頭、腦袋、首領、腦筋

延 **頭脳** <small>ずのう</small> 頭腦、智力

□ **身** <small>み</small>

例 <small>ちち おまも み</small>
いつも父にもらった御守りを身につけている。

身上總是攜帶著父親給的護身符。

身、身體

延 **体** <small>からだ</small> 身體、身材

□ **顔** <small>かお</small>

例 <small>は かお ま か</small>
恥ずかしくて、顔が真っ赤になった。

因為害羞，變得滿臉通紅。

臉、表情、神色、容貌、人面、面子

□ **鼻** <small>はな</small>

例 <small>あ べ はな たか がいこくじん</small>
阿部さんは鼻が高くて、外国人のようだ。

阿部先生的鼻子很高，像外國人一樣。

鼻子、鼻孔、鼻涕

延 **匂い** <small>にお</small> 氣味、香味、臭味

□ **耳** <small>みみ</small>

例 <small>そ ふ さいきん みみ とお</small>
祖父は最近、耳が遠くなったようだ。

祖父最近好像變得耳背了。

耳、耳朵、聽力

□ 首 <ruby>首<rt>くび</rt></ruby>

頸、脖子、衣領、腦袋

例 <ruby>彼女<rt>かのじょ</rt></ruby>の<ruby>首<rt>くび</rt></ruby>は<ruby>細<rt>ほそ</rt></ruby>いうえに、<ruby>白<rt>しろ</rt></ruby>くて<ruby>美<rt>うつく</rt></ruby>しい。

她的脖子很細，而且白皙又美麗。

□ 腕 <ruby>腕<rt>うで</rt></ruby>

胳膊、手臂、力氣、本領

例 トレーニングのしすぎで、<ruby>腕<rt>うで</rt></ruby>が<ruby>痛<rt>いた</rt></ruby>い。

鍛鍊過度，胳膊很痛。

□ 手首 <ruby>手首<rt>てくび</rt></ruby>

手腕

例 <ruby>手首<rt>てくび</rt></ruby>の<ruby>調子<rt>ちょうし</rt></ruby>が<ruby>悪<rt>わる</rt></ruby>いので、<ruby>病院<rt>びょういん</rt></ruby>に<ruby>行<rt>い</rt></ruby>くつもりだ。

由於手腕的狀況不好，所以打算去醫院。

□ 指 <ruby>指<rt>ゆび</rt></ruby>

手指、腳趾

例 <ruby>指<rt>ゆび</rt></ruby>を<ruby>怪我<rt>けが</rt></ruby>して、ピアノが<ruby>弾<rt>ひ</rt></ruby>けない。

弄傷手指，不能彈鋼琴。

□ 親指 <ruby>親指<rt>おやゆび</rt></ruby>

大拇指

例 <ruby>野菜<rt>やさい</rt></ruby>を<ruby>切<rt>き</rt></ruby>っている<ruby>時<rt>とき</rt></ruby>に、<ruby>親指<rt>おやゆび</rt></ruby>を<ruby>切<rt>き</rt></ruby>ってしまった。

切菜的時候，不小心切到大拇指了。

□ 中指 <ruby>中指<rt>なかゆび</rt></ruby>

中指

例 この<ruby>国<rt>くに</rt></ruby>では、<ruby>中指<rt>なかゆび</rt></ruby>を<ruby>立<rt>た</rt></ruby>ててはいけない。

在這個國家，不可以比中指。

□ 小指（こゆび）

小指

例 祖父は小指を使って、耳の中を掃除する。
祖父會用小指頭清潔耳朵裡面。

□ 胸（むね）

胸、心、肺、胃、乳房、內心

例 胸が痛いほど悲しくて、辛い。
悲傷到痛徹心扉，很難受。

□ 毛（け）

毛、毛髮、（植物表面上的）細毛、羊毛、羽毛

例 頭の毛が年を取るにつれて、薄くなってきた。
頭髮隨著年齡的增長，變得越來越稀疏。

□ 血（ち）

血、血液、血緣、血統、感情

似 血液（けつえき）血液

例 試合中に転んで、血がたくさん出た。
比賽中跌倒，流了很多血。

□ 歯（は）

牙齒

例 歯が痛くて、何も食べられない。
牙痛，什麼都吃不了。

□ 虫歯（むしば）

蛀牙、齲齒

例 娘は小さい頃から虫歯だらけだ。
女兒從小就滿口蛀牙。

□ 髪 _{かみ}　　　　　　　　　　　　　　　　頭髮

例 シャンプーをすると、髪がたくさん抜ける。

一洗頭，就會掉很多頭髮。

似 髪の毛 頭髮
　頭髪 頭髮

□ 髪の毛 _{かみ　け}　　　　　　　　　　　　　　頭髮

例 そろそろ髪の毛を切りたい。

差不多想剪頭髮了。

似 髪 頭髮
　頭髪 頭髮

□ 白髪 _{しらが}　　　　　　　　　　　　　　　　白髮

例 最近、白髪がだいぶ増えた。

最近，多了不少白髮。

□ 皮 _{かわ}　　　　　　　　　　　　　　　皮、表皮、外皮

例 野球の練習中、手の皮が剥けてしまった。

練習棒球時，手破皮了。

延 皮膚 皮膚
　肌 肌膚

□ 肌 _{はだ}　　　　　　　　　　　　　　　肌膚、皮膚

例 赤ちゃんの肌は餅のように柔らかい。

嬰兒的肌膚像年糕一樣柔軟。

延 皮膚 皮膚

□ 腹 _{はら}　　　　　　　　　　　腹、肚子、母胎、胃
　　　　　　　　　　　　　　　　　　腸、心情、心思、度量

例 腹が減って、死にそうだ。

肚子餓得快死了。

似 おなか 肚子

實力測驗！

問題 1. _____ の言葉の読み方として最もよいものを 1・2・3・4から
一つ選びなさい。

1. （　　） じぶんの<u>命</u>をもっとだいじにしてください。

        ①めいし　　　　②めいこ　　　　③いのそ　　　　④いのち

2. （　　） むすこは<u>虫歯</u>が一つもないそうだ。

        ①むしは　　　　②むしば　　　　③なかは　　　　④なかば

3. （　　） <u>髪の毛</u>がなかなか伸びない。

        ①かみのけ　　②もうのけ　　③はつのけ　　④しいのけ

問題 2. _____ の言葉を漢字で書くとき、最もよいものを 1・2・3・4
から一つ選びなさい。

1. （　　） むすこの<u>むね</u>に毛が生えてきた。

        ①腹　　　　　　②胸　　　　　　③尻　　　　　　④指

2. （　　） <u>てくび</u>をもっと動かしてください。

        ①手首　　　　②腕首　　　　③足首　　　　④腰首

3. （　　） <u>はな</u>から<u>ち</u>が出て、とまらない。

        ①口　　　　　　②耳　　　　　　③目　　　　　　④鼻

問題 3. （　　　　） に入れるのに最もよいものを、1・2・3・4から一つ
選びなさい。

1. むすめの彼氏は（　　　　　） はいいが、性格が悪そうだ。

    ①せい　　　　②かお　　　　③おび　　　　④たび

2. 母がじゃがいも　（　　　　　）　をむくのを手伝った。

①かわ　　　　　　②かい　　　　　　③かき　　　　　　④かお

3. 兄は（　　　　　）がいいが、弟はぜんぜんよくない。

①けいと　　　　　②あたま　　　　　③ねだん　　　　　④むかし

問題 4. 次の言葉の使い方として最もよいものを、1・2・3・4から一つ 選びなさい。

1. みみ

①子供たちはみみだらけになって、遊んでいる。

②川の中に、みみがたくさん浮かんでいる。

③朝からどうもみみがちだから、学校をやすもう。

④部長はみみがいいから、気をつけたほうがいい。

2. うで

①あの職人はうでがたいへんいいそうだ。

②彼は得意げなうでで、ずっと泣いている。

③テーブルの上に食べかけのうでがおいてある。

④明日のうでは午後3時からだから、わすれないように。

3. しらが

①あのしらがは発売と同時にうりきれたそうだ。

②妹は若いのに、しらががけっこうある。

③入院してこそ、しらがの大切さがわかった。

④しらがさえ丈夫なら、だいじょうぶだ。

□ **腰**
こし

腰、腰身、事物的下半部、黏度、彈性

例 父はいつも腰が痛そうだ。
ちち　　　　　こし　いた

父親的腰總是看起來很痛。

□ **背中**
せ なか

背、背後

例 祖母は背中が曲がっている。
そ ぼ　　せ なか　　ま

祖母的背駝了。

□ **息**
いき

呼吸、氣息、步調

例 検査のため、合図があったら息を止める。
けん さ　　　　　あい ず　　　　　　いき　と

由於要檢查，所以接到指令的話就閉氣。

延 **呼吸** 呼吸
こ きゅう

□ **声**
こえ

（人或動物發出的）
聲音

例 赤ちゃんが泣く声が聞こえませんか。
あか　　　　な　こえ　き

沒有聽到嬰兒的哭聲嗎？

延 **音** （物品發出的）聲音
おと

□ **涙**
なみだ

眼淚

例 彼女は突然、涙を流した。
かのじょ　とつぜん　なみだ　なが

她突然流下了眼淚。

□ **緑**
みどり

綠色、新芽、
綠色的草木

例 公園にはたくさんの緑がある。
こうえん　　　　　　　　みどり

公園有許多綠色的草木。

延 **色** 顏色
いろ

カラー 色、色彩、彩色

□ **灰色** はいいろ

灰色、暗淡

例 大会にあたって、灰色の道を黒く塗り直そう。
たいかい　　　　　　はいいろ　みち　くろ　ぬ　なお

値此大會之際，把灰色的道路重新漆黑吧！

似 グレー 灰色

□ **黄色** きいろ

黄色

例 信号は黄色に変わった。
しんごう　きいろ　か

號誌變成黃色了。

似 イエロー 黄色

□ **恋** こい

戀愛、愛情

例 女性は恋をすると、きれいになる。
じょせい　こい

女人一旦談起戀愛，就會變漂亮。

似 愛 愛、愛慕、戀愛
あい
恋愛 戀愛
れんあい

□ **夢** ゆめ

夢、夢想、理想

例 将来の夢は何ですか。
しょうらい　ゆめ　なん

未來的夢想是什麼呢？

□ **型** かた

模型、固定形式、常
規、類型

例 まずは部品の型を調べる必要がある。
ぶひん　かた　しら　ひつよう

首先必須調查零件的類型。

□ **革** かわ

皮革、毛皮

例 革の鞄はかっこいいが、重い。
かわ　かばん　　　　　　　おも

皮革的包包雖然酷，但是很重。

□ **生地** (きじ)

㉄ パンの生地に牛乳を混ぜた。
把牛奶攪拌到麵包的生麵團裡了。

本來面目、素顏、布料、
生麵團、（未上釉的）坯

似 布 (ぬの) 布

□ **靴** (くつ)

㉄ 玄関で靴を脱いでください。
請在玄關脫鞋。

鞋

延 靴下 (くつした) 襪子

□ **品** (しな)

㉄ この店の物はどれも品がいい。
這家店的東西不管什麼，品質都很好。

物品、商品、品質、
種類

似 商品 (しょうひん) 商品

□ **布** (ぬの)

㉄ 布を買って、スカートを作る。
買布做裙子。

布

似 生地 (きじ) 布料

□ **針** (はり)

㉄ 子供は注射の針が怖くて、泣いている。
小孩害怕打針的針，正在哭。

針

□ **筆** (ふで)

㉄ 久しぶりに筆を持って、手紙を書いた。
久違地拿筆寫信了。

毛筆、筆的總稱、
寫文章

延 書道 (しょどう) 書法

□ **元** もと

（例）元の値段はこの倍だった。

本來的價格是這個的加倍。

過去、從前、原本、起源、基本、基礎

（似）もともと 本來、原來
本来 本來、原來

□ **横** よこ

（例）横の人の足を踏んでしまった。

不小心踩到旁邊的人的腳了。

横、寬、側面、旁邊、不正、無關

（似）隣 鄰近、隔壁

□ **幅** はば

（例）駐車場の幅が狭くて、車が止められない。

停車場的寬度太窄，車子停不進去。

寬度、幅度、差價、伸縮的餘地、勢力

□ **湯気** ゆげ

（例）鍋から湯気が出て、じつにおいしそうだ。

從鍋裡冒出熱氣，看起來實在好好吃。

熱氣、水蒸氣

□ **綿** わた

（例）寒いから、綿が入った厚い上着を着た。

因為很冷，所以穿了加了棉的厚上衣。

棉、棉花、棉絮

□ **笑顔** えがお

（例）母の笑顔を見ると、安心する。

一看到母親的笑容，就安心了。

笑臉、笑容

（延）微笑む 微笑
笑う 笑

實力測驗！

問題 1. ＿＿＿＿＿ の言葉の読み方として最もよいものを 1・2・3・4から一つ選びなさい。

1. （　） 背中がかゆいから、掻いてください。
　　　　　①せな　　　　　②せなか　　　　　③はいな　　　　　④はいなか

2. （　） 人前ではぜったい涙を見せたくない。
　　　　　①なみた　　　　②なみだ　　　　　③みなた　　　　　④みなだ

3. （　） この筆の毛は馬だそうだ。
　　　　　①ひつ　　　　　②びつ　　　　　　③ふて　　　　　　④ふで

問題 2. ＿＿＿＿＿ の言葉を漢字で書くとき、最もよいものを 1・2・3・4から一つ選びなさい。

1. （　） うちの会社のしなはどれも一流だ。
　　　　　①物　　　　　　②品　　　　　　　③個　　　　　　　④事

2. （　） 昨日の訓練が厳しすぎて、こしが痛い。
　　　　　①腰　　　　　　②肩　　　　　　　③背　　　　　　　④腹

3. （　） その店は、もとは駅の近くにあった。
　　　　　①前　　　　　　②本　　　　　　　③先　　　　　　　④元

問題 3. （　　　　　） に入れるのに最もよいものを、1・2・3・4から一つ選びなさい。

1. おそろしい（　　　　　） を見て、ねむれなくなった。
　　　①ゆき　　　　　②かね　　　　　③ゆめ　　　　　④こい

2. そぼの着物の（　　　　）でワンピースをつくる。

① きす 　　　　　② きじ 　　　　　③ あき 　　　　　④ あい

3. 鍋から（　　　　）がでて、おいしそうだ。

① ゆみ 　　　　　② はり 　　　　　③ ゆげ 　　　　　④ はし

問題 4. 次の言葉の使い方として最もよいものを、1・2・3・4から一つ選びなさい。

1. ぬの

① あの<u>ぬの</u>はおもしろくて、たった一日で読みきった。

② よわい<u>ぬの</u>や猫をいじめるのは最低な人間がすることだ。

③ 祖母はもうかなり<u>ぬの</u>だから、一人では歩けない。

④ 白い<u>ぬの</u>は汚れやすいのが欠点だ。

2. こえ

① アナウンサーは低い<u>こえ</u>のほうが聞きやすい。

② あの時計はどうも<u>こえ</u>気味で、こまっている。

③ 風邪をひいて、ちょっと<u>こえ</u>がちだ。

④ 子供たちはいつも<u>こえ</u>であそんでいる。

3. えがお

① テーブルに<u>えがお</u>のりんごが3つおいてある。

② 娘の<u>えがお</u>は世界一かわいい。

③ これは考えぬいて出した<u>えがお</u>です。

④ 兄は車の修理ばかりでなく、<u>えがお</u>もじょうずだ。

□ <ruby>香<rt>かお</rt></ruby>り

芳香、香氣

例 <ruby>彼女<rt>かのじょ</rt></ruby>の<ruby>髪<rt>かみ</rt></ruby>はいい<ruby>香<rt>かお</rt></ruby>りがする。

她的頭髮飄散著香氣。

似 <ruby>匂<rt>にお</rt></ruby>い 香味
延 <ruby>香水<rt>こうすい</rt></ruby> 香水

□ <ruby>言葉<rt>こと ば</rt></ruby>

語言、言語

例 あまりに<ruby>感動<rt>かんどう</rt></ruby>して、<ruby>言葉<rt>こと ば</rt></ruby>が<ruby>出<rt>で</rt></ruby>なかった。

太過感動到説不出話來。

似 <ruby>言語<rt>げんご</rt></ruby> 語言、言語

□ <ruby>形<rt>かたち</rt></ruby>

形狀、樣子、形式、表面、容貌

例 あの<ruby>橋<rt>はし</rt></ruby>は<ruby>面白<rt>おもしろ</rt></ruby>い<ruby>形<rt>かたち</rt></ruby>をしている。

那座橋有著有趣的造型。

□ <ruby>気持<rt>き も</rt></ruby>ち

心情、感情、情緒、心意

例 <ruby>感謝<rt>かんしゃ</rt></ruby>の<ruby>気持<rt>き も</rt></ruby>ちでいっぱいだ。

滿滿感謝之意。

延 <ruby>思<rt>おも</rt></ruby>い 心情、感覺

□ <ruby>具合<rt>ぐ あい</rt></ruby>

（事物、心理、健康的）狀態或情況、作法、方便與否

例 <ruby>鈴木<rt>すずき</rt></ruby>さんはどうも<ruby>具合<rt>ぐ あい</rt></ruby>が<ruby>悪<rt>わる</rt></ruby>そうだ。

鈴木先生身體看起來好像不舒服。

延 <ruby>状態<rt>じょうたい</rt></ruby> 狀態、情況

□ <ruby>出会<rt>で あ</rt></ruby>い

碰見、相遇、會合、邂逅

例 <ruby>人<rt>ひと</rt></ruby>と<ruby>人<rt>ひと</rt></ruby>の<ruby>出会<rt>で あ</rt></ruby>いは<ruby>大事<rt>だいじ</rt></ruby>にするべきだ。

人與人之間的相遇應該要珍惜。

□ **昼寝**（ひるね）　午睡

例 暑い夏は昼寝をしたほうがいい。
炎炎夏日午睡比較好。

□ **居眠り**（いねむり）　打瞌睡

例 うっかり居眠りをしてしまい、事故に遭った。
一不留神打瞌睡，出車禍了。

□ **布団**（ふとん）　被褥、坐墊的總稱

例 天気がいいから、布団を外に干そう。
因為天氣很好，所以把棉被拿到外面曬吧！

延 **枕**（まくら）枕頭

□ **道順**（みちじゅん）　（通往目的地的）路線

例 道順に沿って歩けば、迷わないはずだ。
沿著路線走的話，應該不會迷路。

□ **足元**（あしもと）　腳下、腳步、身邊、左右

例 滑りやすいので、足元に気をつけて。
由於容易滑倒，留意腳步！

□ **足跡**（あしあと）　足跡、腳印、蹤跡

例 この足跡は犯人のものにちがいない。
這個腳印一定是犯人的。

□ **目印** めじるし
記號、標記

例 そこには目印になる建物がありますか。
那裡有可以當作地標的建築物嗎？

□ **組合** くみあい
扭打、合夥、公會、組合、合作社

例 夫は組合の委員に選ばれたそうだ。
據說丈夫被選上公會的委員了。

□ **卵** たまご
蛋

例 卵を食べたところ、顔や手足が痒くなった。
吃了蛋，結果臉和手腳都癢了起來。

□ **刺身** さしみ
生魚片

例 この刺身は高いわりに、おいしくなかった。
這生魚片很貴，卻不好吃。

延 **寿司** すし 壽司
生 なま 生的

□ **塩** しお
鹽

例 塩をたくさん入れたわりに、味がしない。
放了很多鹽，卻沒有味道。

延 **砂糖** さとう 糖
調味料 ちょうみりょう 調味料

□ **皿** さら
碟子、盤子

例 料理を皿に盛ってください。
請把菜裝在盤子上。

延 **鍋** なべ 鍋子
包丁 ほうちょう 菜刀

038

□ **酒** ^{さけ} 酒類的總稱、清酒

例 夫は顔が赤いから、酒を飲んだに相違ない。 似 アルコール 酒精、酒類

因為老公臉紅了，所以一定是喝酒了。

□ **米** ^{こめ} 稻米

例 米を食べすぎないように、医者に言われた。 延 ご飯 飯

被醫生說了不要吃太多米飯。 ライス 米、米飯

□ **果物** ^{くだもの} 水果

例 果物なら、バナナとりんごが好きだ。 似 フルーツ 水果

水果的話，喜歡香蕉和蘋果。 延 ジュース 果汁

□ **好き嫌い** ^{す きら} 好惡、挑剔

例 うちの子は食べ物の好き嫌いが多くて困る。 延 好み 愛好、嗜好

我家小孩挑剔的食物很多，傷腦筋。

□ **印** ^{しるし} 記號、符號、信號、證明、象徵

例 これは私たちの友情の印です。

這是我們友情的象徵。

□ **立場** ^{たち ば} 立腳地、處境、立場、觀點

例 彼は自分の立場が分かっていない。

他不明白自己的處境。

實力測驗！

問題 1. _____ の言葉の読み方として最もよいものを 1・2・3・4 から 一つ選びなさい。

1. （　　） あの山はおもしろい<u>形</u>をしている。
   　　①かたち　　　②ちかた　　　③たかち　　　④かちた

2. （　　） <u>道順</u>のとおりに進んでください。
   　　①どうすん　　②どうじゅん　③みちすん　　④みちじゅん

3. （　　） 今朝、<u>具合</u>が悪かったので、病院へいった。
   　　①くごう　　　②ぐごう　　　③くあい　　　④ぐあい

問題 2. _____ の言葉を漢字で書くとき、最もよいものを 1・2・3・4 から一つ選びなさい。

1. （　　） 夫は<u>くみあい</u>のトップとして、がんばっている。
   　　①組会　　　　②組合　　　　③団会　　　　④団合

2. （　　） もう夏だから、<u>うすい</u>ふとんを出したほうがいい。
   　　①布敷　　　　②被敷　　　　③布団　　　　④被団

3. （　　） 土のうえに、動物の<u>あしあと</u>がたくさん残っている。
   　　①足後　　　　②足痕　　　　③足印　　　　④足跡

問題 3. （　　　　） に入れるのに最もよいものを、1・2・3・4 から一つ 選びなさい。

1. 犬が （　　　　） にいるのに気づかず、踏んでしまった。
   　　①あしおと　　　②めした　　　③あしもと　　　④めじるし

2. うみで食べる（　　）はしんせんでおいしい。

①ひるね　　　　　②さしみ　　　　　③かおり　　　　　④くすり

3. にほんしゅは（　　）で作ることを知っていますか。

①かみ　　　　　　②こめ　　　　　　③うめ　　　　　　④さら

問題4. 次の言葉の使い方として最もよいものを、1・2・3・4から一つ選びなさい。

1. ことば

①なやみがあれば、ことばに相談したほうがいい。

②あかちゃんはまだことばが話せない。

③今日はことばがあるから、先にかえります。

④景気がかいふくすれば、ことばもどんどん減るだろう。

2. すききらい

①すききらいは方向を変えたようだ。

②彼はけっしてすききらいの人ではない。

③父は最近すききらいが多くて、帰りが遅い。

④子どものうちに、すききらいは直したほうがいい。

3. いねむり

①じゅぎょうちゅうにいねむりをして、せんせいに叱られてしまった。

②学校のいねむりは、だいぶ活躍しているようだ。

③せっかく来てくれたのだから、よくいねむりをしよう。

④この店のいねむりは、きれいで質もいい。

□ **月日**（つき ひ）

時光、歲月

例 月日（つき ひ）の流れはじつに早（はや）いものだ。

似 **年月**（ねんげつ） 年月、歲月

歲月如梭。

□ **年月**（ねんげつ）

年月、歲月

例 あれから5年（ごねん）もの年月（ねんげつ）が経（た）った。

似 **月日**（つき ひ） 時光、歲月

從那之後，也經過了5年的歲月。

□ **日付**（ひ づけ）

（在文件上面記錄其製作或提出的）年月日、日期

例 その写真（しゃしん）の日付（ひ づけ）はいつですか。

那張照片的日期是什麼時候呢？

□ **机**（つくえ）

書桌、辦公桌、餐桌

例 机（つくえ）を動（うご）かして、教室（きょうしつ）の中（なか）を掃除（そうじ）した。

似 **デスク** 辦公桌、書桌
　テーブル 桌子、餐桌

移動桌子，打掃教室裡面了。

□ **手紙**（て がみ）

信、書信

例 手紙（て がみ）をもらうのは、うれしいものだ。

延 **葉書**（は がき） 明信片
　ポストカード 明信片

收到信真的很開心啊！

□ **便り**（たよ）

信、消息、便利

例 便（たよ）りがないのはいい知（し）らせ。（ことわざ）

延 **郵便**（ゆうびん） 郵政、郵件

沒消息就是好消息。（諺語）

□ **書留**（かきとめ）　　掛號信

例 父（ちち）の会社（かいしゃ）から書留（かきとめ）が届（とど）いた。
父親公司寄來的掛號信到了。

□ **字引**（じびき）　　字典、辭典

例 娘（むすめ）には大学生（だいがくせい）向（む）きの厚（あつ）い字引（じびき）が必要（ひつよう）だと思（おも）う。
我覺得女兒需要有適合大學生的厚字典。

似 辞書（じしょ）辭典
辞典（じてん）辭典
字典（じてん）字典

□ **封筒**（ふうとう）　　信封、文件袋

例 この封筒（ふうとう）は小（ちい）さすぎて書類（しょるい）が入（はい）らないから、もっと大（おお）きいのを買（か）って来（こ）よう。
這個信封太小，文件放不進去，所以去買更大的來吧！

延 便（びん）せん 信箋、信紙
手紙（てがみ）信

□ **煙**（けむり）　　煙

例 すごい煙（けむり）が出（で）ているから、火事（かじ）かもしれない。
冒出好多煙，説不定是火災。

□ **仕事**（しごと）　　工作、職業

例 仕事（しごと）は大変（たいへん）だが、学（まな）ぶことが多（おお）いものだ。
工作雖然很累，但是真的學到很多啊！

延 会社（かいしゃ）公司
勤務（きんむ）工作、任職

□ **試合**（しあい）　　（運動的）比賽

例 明日（あした）は試合（しあい）だから、早（はや）めに寝（ね）たほうがいい。
明天要比賽，所以早點睡比較好。

□ **出入り**（で・い）

出入、常客、收支、增減、曲折

㋑ この寮は男性の出入りを禁止している。

這個宿舍禁止男性出入。

□ **入口**（いりぐち）

入口、開端

㋑ ずっと探しているのだが、美術館の入口が見つからない。

雖然一直找了，但是找不到美術館的入口。

反 出口 出口（でぐち）

□ **出口**（でぐち）

出口

㋑ それぞれの買物が終わったら、出口で会おう。

各自買完東西的話，在出口見吧！

反 入口 入口（いりぐち）

□ **裏口**（うらぐち）

後門、走後門

㋑ 玄関は今、工事中なので、裏口を使ってください。

由於玄關現在正在施工，所以請使用後門。

□ **名前**（なまえ）

名稱、姓名、名義

㋑ この書類に名前と住所、電話番号を記入してください。

請在這個文件上填入姓名和地址、電話號碼。

□ **手前**（てまえ）

跟前、靠近自己的地方、本事

㋑ うっかりして、一つ手前の駅で降りてしまった。

一不注意，在前一個車站下車了。

□ **半ば**〔なか〕 一半、中央、進行中、中途

例 娘はまだ10代半ばだから、勉強に集中してほしい。

女兒還只是15、6歲，所以希望她專心於學習。

□ **中身**〔なかみ〕 內容、裡面的東西

例 意外なことに、箱の中身はすべてお菓子だった。

意外的是，盒子裡面全部是零食。

□ **味方**〔みかた〕 我方、站在同一邊、同夥、朋友

例 私はいつもあなたの味方だから、何かあったらいつでも言ってください。

反 敵〔てき〕敵人

我會一直站在你那邊，所以有任何事，請隨時跟我說。

□ **行方**〔ゆくえ〕 去向、下落、行蹤

例 卒業してからは誰も彼の行方を知らないそうだ。

據說畢業以後，就誰也不知他的去向。

□ **片道**〔かたみち〕 單程、單方面

例 会社まで片道2時間もかけるわけにはいかない。

反 往復〔おうふく〕往返

到公司單程不能花到2小時（那麼多）。

□ **日帰り**〔ひがえり〕 當天往返

例 今回の出張は日帰りになりそうだ。

延 宿泊〔しゅくはく〕住宿

這次的出差看來變成當天往返。

實力測驗！

問題 1. ＿＿＿＿の言葉の読み方として最もよいものを 1・2・3・4から一つ選びなさい。

1. (　　) この<u>手紙</u>は書きかけだ。

①てし　　　　②てじ　　　　③てかみ　　　　④てがみ

2. (　　) パーティーの会場は人の<u>出入り</u>が激しい。

①ていり　　　②でいり　　　③てはえり　　　④てばえり

3. (　　) 彼女の<u>名前</u>が知りたいが、恥ずかしくて聞けない。

①なぜん　　　②なまえ　　　③めいまえ　　　④めいまえ

問題 2. ＿＿＿＿の言葉を漢字で書くとき、最もよいものを 1・2・3・4から一つ選びなさい。

1. (　　) かいぎの<u>ひづけ</u>を手帳にメモした。

①日程　　　　②日付　　　　③日取　　　　④日定

2. (　　) あの建物から<u>けむり</u>が出ていると思いませんか。

①熱　　　　　②火　　　　　③気　　　　　④煙

3. (　　) 将来、どんな<u>しごと</u>がしたいですか。

①仕作　　　　②仕事　　　　③工作　　　　④工事

問題 3. (　　　　) に入れるのに最もよいものを、1・2・3・4から一つ選びなさい。

1. かのじょは20歳くらいに見えるが、ほんとうは50代 (　　　　) だ。

①なかみ　　　②まなか　　　③なかば　　　④まかば

2. 友だちだからといって、いつも（　　　　）なわけではない。

①せなか　　　　②しるし　　　　③かたち　　　　④みかた

3. 出張の切符を（　　　　）だけ買った。

①あしあと　　　②かたみち　　　③みちじゅん　　④しはらい

問題 4. 次の言葉の使い方として最もよいものを、1・2・3・4から一つ選びなさい。

1. ゆくえ

①ゆくえが忙しいので、りょこうには行けない。

②けさ、あたまがひどく痛かったから、ゆくえをのんだ。

③ずっと探していたこうこうの同級生のゆくえがやっとわかった。

④年をとるにつれて、ゆくえはどんどん悪化するばかりだ。

2. たより

①そういうたよりで、パーティーには参加できないということだ。

②むすこからとつぜん、結婚するつもりだというたよりがあった。

③たよりを取るにつれて、しらがが増える一方だ。

④じだいの変化におうじて、たよりはますます破壊されつつある。

3. ひがえり

①おおきいひがえりは関東地方に接近しているそうだ。

②そのひがえりが治るくすりは今のところないらしい。

③一流のひがえりだから、たかいにきまっている。

④つぎの週末、夫とひがえりで温泉にでかけることになっている。

□ **物音**
<small>もの おと</small>

聲響、動靜

例 物音がする方へ近づいてみた。
<small>もの おと</small> <small>ほう</small> <small>ちか</small>
試著往發出聲響的方向靠近了。

延 音 （物品發出的）聲音
<small>おと</small>
声 （人或動物發出的）
<small>こえ</small>
聲音

□ **物事**
<small>もの ごと</small>

事物、事情

例 物事の本質をきちんと見るべきだ。
<small>もの ごと</small> <small>ほん しつ</small> <small>み</small>
應該確實地觀看事物的本質。

□ **建物**
<small>たて もの</small>

房屋、建築物

例 アパートの前に大きい建物ができた。
<small>まえ</small> <small>おお</small> <small>たて もの</small>
公寓前面蓋了很大的建築物。

延 建築物 建築物
<small>けん ちく ぶつ</small>
建造物 （遺跡、古墳、
<small>けん ぞう ぶつ</small>
船舶、橋、倉庫等）建造
物

□ **住まい**
<small>す</small>

寓所、住處

例 わたしの住まいはここから遠くない。
<small>す</small> <small>とお</small>
我住的地方離這裡不遠。

延 住宅 住宅
<small>じゅう たく</small>
自宅 自宅
<small>じ たく</small>

□ **部屋**
<small>へ や</small>

房間

例 部屋をちゃんと片づけなさい。
<small>へ や</small> <small>かた</small>
好好整理房間！

□ **窓**
<small>まど</small>

窗戶

例 窓を開けたとたん、海の匂いがした。
<small>まど</small> <small>あ</small> <small>うみ</small> <small>にお</small>
一開窗，就聞到海的味道了。

□ <ruby>戸<rt>と</rt></ruby> 　　　　　　　　　　　　　門、窗

例 <ruby>戸<rt>と</rt></ruby>が<ruby>勝手<rt>かって</rt></ruby>に<ruby>開<rt>あ</rt></ruby>いたり<ruby>閉<rt>し</rt></ruby>まったりする。
門自己自動開開關關。

□ <ruby>畳<rt>たたみ</rt></ruby> 　　　　　　　　　　　　　榻榻米

例 <ruby>畳<rt>たたみ</rt></ruby>の<ruby>部屋<rt>へや</rt></ruby>では<ruby>正座<rt>せいざ</rt></ruby>をせざるを<ruby>得<rt>え</rt></ruby>ない。
在榻榻米的房間非正襟危坐不可。

□ <ruby>床<rt>ゆか</rt></ruby> 　　　　　　　　　　　　　地板

例 <ruby>学校<rt>がっこう</rt></ruby>の<ruby>床<rt>ゆか</rt></ruby>は<ruby>生徒<rt>せいと</rt></ruby>が<ruby>自分<rt>じぶん</rt></ruby>で<ruby>磨<rt>みが</rt></ruby>くべきだ。　　　延 <ruby>廊下<rt>ろうか</rt></ruby> 走廊
學校的地板應該由學生自己擦。

□ <ruby>湯<rt>ゆ</rt></ruby> 　　　　　　　　　　　　　熱水、開水、溫泉、洗
　　　　　　　　　　　　　　　　　　　澡水、澡堂
例 <ruby>湯<rt>ゆ</rt></ruby>を<ruby>沸<rt>わ</rt></ruby>かして、お<ruby>茶<rt>ちゃ</rt></ruby>を<ruby>飲<rt>の</rt></ruby>んだ。
燒開水，喝茶了。

□ <ruby>輪<rt>わ</rt></ruby> 　　　　　　　　　　　　　車輪、圈、箍、環

例 <ruby>交流<rt>こうりゅう</rt></ruby>の<ruby>輪<rt>わ</rt></ruby>をもっと<ruby>広<rt>ひろ</rt></ruby>げたい。
想更擴大交流的圈子。

□ <ruby>居間<rt>いま</rt></ruby> 　　　　　　　　　　　　（家眷的）起居室

例 <ruby>一階<rt>いっかい</rt></ruby>の<ruby>居間<rt>いま</rt></ruby>は2<ruby>人<rt>ふたり</rt></ruby>の<ruby>共有<rt>きょうゆう</rt></ruby>スペースだ。　　　似 リビング （洋式的）起
一樓的起居室是2人共有的空間。　　　　　　　　　　　居室

□ **床の間**（とこま）　　　　　　　　壁龕

例　和室に必ず床の間があるとは限らない。
和室未必就有壁龕。

□ **腰掛け**（こしか）　　　　　　　　凳子

例　竹の腰掛けは涼しくて快適だ。　　延 椅子　椅子
竹凳既涼爽又舒服。

□ **板**（いた）　　　　　　　　　　　板

例　そろそろ新しいスキーの板がほしい。
差不多想要新的滑雪板了。

□ **軒**（のき）　　　　　　　　　　　屋簷

例　急に雨が降ってきたから、軒の下に隠れた。
突然下起雨來，所以躲在屋簷下了。

□ **押し入れ**（おい）　　　　　（日式房屋的）壁櫥

例　布団は押し入れに入れるにきまっている。　　延 収納　収納
棉被肯定是放壁櫥。　　　　　　　　　　　　棚　擱板、棚架

□ **引き出し**（ひだ）　　　　　　　抽屜

例　引き出しの中が汚いから、整理しなさい。
抽屜裡面很髒，整理一下！

□ **井戸** <ruby>井<rt>い</rt></ruby><ruby>戸<rt>ど</rt></ruby>　　　　　　　　　　　　井

例 <ruby>近所<rt>きんじょ</rt></ruby>の<ruby>井戸<rt>いど</rt></ruby>からおいしい<ruby>水<rt>みず</rt></ruby>が<ruby>出<rt>で</rt></ruby>るそうだ。
據説附近的井會湧出好喝的水。

□ **管** <ruby>管<rt>くだ</rt></ruby>　　　　　　　　　　　　　管

例 <ruby>寒<rt>さむ</rt></ruby>さで<ruby>水道<rt>すいどう</rt></ruby>の<ruby>管<rt>くだ</rt></ruby>が<ruby>凍<rt>こお</rt></ruby>ってしまった。　　似 パイプ 管、導管
因為寒冷，水管結冰了。

□ **屋根** <ruby>屋<rt>や</rt></ruby><ruby>根<rt>ね</rt></ruby>　　　　　　　　　　　　屋頂、蓬蓋

例 <ruby>今回<rt>こんかい</rt></ruby>の<ruby>台風<rt>たいふう</rt></ruby>で<ruby>屋根<rt>やね</rt></ruby>が<ruby>壊<rt>こわ</rt></ruby>れた。
因為這次的颱風，屋頂壞掉了。

□ **小屋** <ruby>小<rt>こ</rt></ruby><ruby>屋<rt>や</rt></ruby>　　　　　　　　　　　　小且簡陋的房子、（放雜物或
　　　　　　　　　　　　　　　　　　　　讓家畜居住）的小屋、戲棚

例 <ruby>夫<rt>おっと</rt></ruby>は<ruby>子供<rt>こども</rt></ruby>たちが<ruby>遊<rt>あそ</rt></ruby>ぶ<ruby>小屋<rt>こや</rt></ruby>を<ruby>作<rt>つく</rt></ruby>った。
丈夫做了孩子們遊玩的小屋。

□ **歯磨き** <ruby>歯<rt>は</rt></ruby><ruby>磨<rt>みが</rt></ruby>き　　　　　　　　　　刷牙

例 <ruby>朝<rt>あさ</rt></ruby><ruby>起<rt>お</rt></ruby>きたら、<ruby>必<rt>かなら</rt></ruby>ず<ruby>歯磨<rt>はみが</rt></ruby>きをする。
早上一起床，一定會刷牙。

□ **歯磨き粉** <ruby>歯<rt>は</rt></ruby><ruby>磨<rt>みが</rt></ruby>き<ruby>粉<rt>こ</rt></ruby>　　　　　　　牙膏

例 <ruby>歯磨<rt>はみが</rt></ruby>き<ruby>粉<rt>こ</rt></ruby>がないから、<ruby>買<rt>か</rt></ruby>ってきてもらった。　　延 <ruby>歯<rt>は</rt></ruby>ブラシ 牙刷
牙膏沒有了，所以請人買了。

實力測驗！

問題 1. ＿＿＿＿の言葉の読み方として最もよいものを 1・2・3・4から一つ選びなさい。

1. （　　） いま、なにか<u>物音</u>がしませんでしたか。
　　　①ものおと　　②ものおん　　③ぶつおと　　④ぶつおん

2. （　　） 私たちはまいにち<u>居間</u>でテレビを見ながら、食事をする。
　　　①きす　　　　②きま　　　　③いす　　　　④いま

3. （　　） 祖母のために、<u>腰掛け</u>を用意する。
　　　①ようかけ　　②こしかけ　　③ようがけ　　④こしがけ

問題 2. ＿＿＿＿の言葉を漢字で書くとき、最もよいものを 1・2・3・4から一つ選びなさい。

1. （　　） <u>おしいれ</u>の中はいっぱいで、もう入らない。
　　　①推し入れ　　②押し入れ　　③収し入れ　　④納し入れ

2. （　　） この<u>たてもの</u>は海外の有名な建築家が設計したそうだ。
　　　①建物　　　　②建築　　　　③築物　　　　④築建

3. （　　） 雨が降らなければ、<u>いど</u>の水がなくなるおそれがある。
　　　①貯底　　　　②貯戸　　　　③井底　　　　④井戸

問題 3. （　　　　） に入れるのに最もよいものを、1・2・3・4から一つ選びなさい。

1. 医者は（　　　　）を入れないと助からない、と言った。
　　①くさ　　　　②くし　　　　③くだ　　　　④くじ

2. きのうの地震のせいで、（　　　　）や壁がこわれた。

　　①かわ　　　　　　②やね　　　　　　③おや　　　　　　④うま

3. けさは忙しくて、（　　　　）をする時間がなかった。

　　①うらぐち　　　　②はみがき　　　　③かたみち　　　　④かきとめ

問題4. 次の言葉の使い方として最もよいものを、1・2・3・4から一つ選びなさい。

1. ゆ

　　①るす中にゆに来たのは、田中さんだろう。

　　②彼のせいこうは毎日のゆの結果にほかならない。

　　③わたしはゆが元気なかぎり、最後までがんばりたい。

　　④雨にぬれたから、おふろのゆをわかして入ろう。

2. すまい

　　①入った以上は、すまいをきちんとそつぎょうしたい。

　　②彼は東京と九州、アメリカの3つの場所にすまいがある。

　　③ずっと出たかったすまいに出るからには、ぜったい勝ちたい。

　　④むすこはすまいが鳴ったかと思ったら、もういなくなった。

3. へや

　　①仲良しの友だちとへやの最中に、とつぜん電気がきえた。

　　②一人ぐらしのむすこのへやは、狭くてきたないにきまっている。

　　③この辺りは休日はもとより、へやもかなりにぎやかだ。

　　④いろいろさがしたが、どのへやにも、塩はうっていなかった。

□ 宿
^{やど}

家、住處、（旅途中的）下榻處、旅館

例 海のそばにある宿に泊まりたい。
想投宿在位於海邊的旅館。

延 ホテル 飯店
旅館 旅館
民宿 民宿

□ 貸家
^{かし や}

出租的房子

例 家具付きの貸家を探している。
正在找有附家具的出租的房子。

延 貸す 借出
借りる 借入

□ 貸間
^{かし ま}

（長期）出租的房間

例 ここは貸間だが、独身の男性に限る。
這裡雖然有出租的房間，但僅限單身男性。

□ 物置
^{もの おき}

堆放東西的地方、倉庫、儲藏室

例 年末に物置を整理するつもりだ。
打算在年底整理倉庫。

□ 雨戸
^{あま ど}

（為防風雨、竊盜，裝置在窗戶或走廊外的）木板門或窗

例 台風のせいで、雨戸が壊れた。
因為颱風，遮雨窗壞了。

□ 品物
^{しな もの}

物品、東西、商品、貨物

例 注文した品物はまだ届いていない。
訂購的商品還未送達。

延 商品 商品

□ 上着 （うわぎ）

上衣、外衣、外套

例 彼は夏にもかかわらず、厚い上着を着ている。

儘管是夏天，但他還是穿著厚上衣。

延 コート （外出穿在一般
衣服上的防寒、防雨）大
衣或外套

オーバー 大衣

ジャケット 夾克

□ 下着 （したぎ）

內衣褲

例 正月用に新しい下着を買いに行ったついでに、靴
とワンピースも買った。

去買過年要穿的新內衣褲，順便也買了鞋子和洋裝。

延 パンツ 內褲

ブラジャー 胸罩

□ 着物 （きもの）

和服

例 祖母が残した着物はどれも高級品だ。

祖母留下來的和服，不管哪一件都是高級品。

似 和服（わふく） 和服

延 浴衣（ゆかた） 浴衣（棉布做的和
服）

□ 毛皮 （けがわ）

皮草

例 彼女の毛皮のコートは本物ではないのに、本物だ
と言っている。

她的皮草大衣明明不是真貨，還説是真的。

□ 手袋 （てぶくろ）

手套

例 スキーに行くために、革の手袋を買った。

為了去滑雪，買了皮手套了。

延 マフラー 圍巾

□ 水着 （みずぎ）

泳衣

例 最近、太ったので水着が着られず、新しいのを買
うことにした。

由於最近變胖，所以泳衣穿不下，決定買新的了。

延 ビキニ 比基尼

□ 靴下（くつした）

襪子

例 「居間で靴下を脱がないで」というのに、夫も子供も聞いてくれない。

明明都説「不要在起居室脱襪子」了，不管老公還是小孩都講不聽。

□ 切符（きっぷ）

車票、船票、飛機票、入場券

例 新幹線の切符をインターネットで予約した。

在網路上預訂新幹線的車票了。

似 チケット　車票、船票、飛機票、入場券

□ 窓口（まどぐち）

（公家單位、銀行、郵局、車站等）處理業務、金錢的櫃台

例 窓口の業務は平日に限る。

櫃台的業務僅限平日（有服務）。

□ 指輪（ゆびわ）

戒指

例 彼から突然指輪をもらって、うれしさのあまり泣き出してしまった。

突然收到男朋友送的戒指，不由得喜極而泣。

延 アクセサリー　裝飾品
　　イヤリング　耳環
　　ピアス　耳針

□ 口紅（くちべに）

口紅

例 たまには口紅をつけて出かけよう。

偶爾也來塗個口紅出門吧！

延 化粧（けしょう）　化妝

□ 薬（くすり）

藥

例 祖母は最近、薬を飲むのを忘れがちだ。

祖母最近容易忘記吃藥。

延 病気（びょうき）　生病
　　病人（びょうにん）　病人

□ **為替**（かわせ）

匯兌、匯款、匯票

例 為替を現金にする方法を教えてもらった。

請人教我把匯票換成現金的方法了。

延 **小切手**（こぎって） 支票

□ **切手**（きって）

郵票

例 郵便局に行ったついでに、切手を買った。

到郵局，順便買了郵票。

延 **手紙**（てがみ） 信

□ **物語**（ものがたり）

談話、故事、傳奇

例 この物語は子供の頃に読んだことがある。

這個故事孩提時代讀過。

延 **小説**（しょうせつ） 小説
作家（さっか） 作家
読書（どくしょ） 讀書、閱讀

□ **荷物**（にもつ）

行李、貨物、物品、負擔

例 先週、送った荷物はもうすぐ届くにちがいない。

上個星期寄送的貨物，再不久一定抵達。

□ **逆さま**（さか）

倒、逆、顛倒

例 ぜったいに箱を上下逆さまにしないでください。

請絕對不要把箱子上下顛倒。

似 **逆さ**（さか） 倒、逆、顛倒
逆（ぎゃく） 逆、倒過來、相反

□ **広場**（ひろば）

廣場

例 子供たちは広場で楽しそうに遊んでいる。

孩子們在廣場看起來很開心地玩著。

057

實力測驗！

問題 1. _____ の言葉の読み方として最もよいものを 1・2・3・4 から
一つ選びなさい。

1. （　　　）うちの<u>物置</u>はごみだらけになっている。
   ①ものおき　　②ものち　　③ぶつおき　　④ぶっち

2. （　　　）子供たちに世界中の<u>物語</u>を話して聞かせたい。
   ①ものはなし　②ものばなし　③ものかたり　④ものがたり

3. （　　　）どうりょうから、<u>口紅</u>をぬらないと病人っぽいと言われた。
   ①こうべに　　②こうこう　　③くちべに　　④くちこう

問題 2. _____ の言葉を漢字で書くとき、最もよいものを 1・2・3・4
から一つ選びなさい。

1. （　　　）郵便局の<u>まどぐち</u>は何時まで開いていますか。
   ①受付　　　　②台付　　　　③窓口　　　　④入口

2. （　　　）きのうの台風で、壁や<u>あまど</u>がこわれてしまった。
   ①雨窓　　　　②雨戸　　　　③風窓　　　　④風戸

3. （　　　）自分の誕生日に<u>けがわ</u>のコートを買おうか買うまいか、迷っている。
   ①毛皮　　　　②毛革　　　　③毛服　　　　④毛衣

問題 3. （　　　　　）に入れるのに最もよいものを、1・2・3・4 から一つ
選びなさい。

1. いますぐ行けば、（　　　　　）が買えないわけではない。
   ①であい　　　②いねむり　　③きっぷ　　　④くみあい

2. 人の家を訪問する時は、（　　　　）を履いて行くべきだ。

　　①おしいれ　　　　②とこのま　　　　③はいいろ　　　　④くつした

3. 先週送った（　　　　）がまだとどいていない。

　　①しるし　　　　②かおり　　　　③ゆくえ　　　　④にもつ

問題 4. 次の言葉の使い方として最もよいものを、1・2・3・4から一つ選びなさい。

1. さかさま

　　①むすめは先月からダイエットのしすぎで、さかさまになった。

　　②さかさまの人はうるさいから、ぜったいに言わないでください。

　　③あの時計はふるいから、どうもさかさま気味だ。

　　④富士山の絵がさかさまに描かれているのは、どうしてですか。

2. くすり

　　①そぼは体中がわるく、毎日たくさんのくすりを飲まなければならない。

　　②彼は得意げに、みんなの前でくすりをなおした。

　　③テーブルの上に食べかけのくすりが残っているが、誰のですか。

　　④このくすりはとてもおいしいから、みんなでたくさん食べよう。

3. かしや

　　①それはチームみんなで考えぬいて出したかしやだ。

　　②ぶちょうは大阪と東京にかしやを3つも持っているそうだ。

　　③彼女はさいきん病気がちで、かしやをよく休む。

　　④子どもは親のかしやのもとに、成長していくものだ。

□ 一休み
_{ひとやす}

休息一下

例 夫にとっての一休みは、タバコを吸うことだ。
_{おっと}　　　　　_{ひとやす}　　　　　　　　_す

對老公而言的休息一下，就是抽菸。

延 休憩 休憩、休息
_{きゅうけい}

□ 市場
_{いち ば}

市場、市集

例 市場に来たついでに、新鮮でおいしい魚料理を食
_{いち ば}　_き　　　　　　　_{しんせん}　　　　　　_{さかなりょう り}　_た
べていくことにしよう。

既然都來到市場了，就順便去吃一下新鮮又美味的魚料
理吧！

似 マーケット 市場
延 夜市 夜市
_{よ いち}

□ 売り場
_{う ば}

販賣商品、車票的地方

例 この売り場は小さいながら、いい品物がたくさん
_{う ば}　　_{ちい}　　　　　　　_{しなもの}
置いてある。
_お

這個賣場雖然小，但是陳列著很多好的東西。

延 デパート 百貨公司

□ 場
_ば

場所、地點

例 公園は楽しく遊ぶ場だから、ここでお酒を飲んだ
_{こうえん}　_{たの}　　_{あそ}　_ば　　　　　　　　　_{さけ}　_の
り大声を出したりするのはやめてほしい。
_{おおごえ}　_だ

公園是開心遊樂的場所，所以希望不要在此喝酒或是大聲
喧嘩。

似 場所 場所、地點
_{ば しょ}
　　所 地點、位置、地方
_{ところ}

□ 場合
_{ば あい}

場合、情形、情況、
時候

例 ３０分以内に来ない場合は、先に出発しよう。
_{さんじゅっぷん い ない}　_こ　　_{ば あい}　　　_{さき}　_{しゅっぱつ}

30分鐘之內沒來的時候，就先出發吧！

□ 場面
_{ば めん}

場面、場景、情景

例 映画はとても悲しい場面で終わったので、今も気
_{えい が}　　　　　_{かな}　　_{ば めん}　_お　　　　　　_{いま}　_き
分がよくない。
_{ぶん}

由於電影是以非常悲傷的情景結束，所以到現在都還很難
過。

□ **床屋**〔とこや〕　理髮店

例 床屋で切ったわりには、変な髪形だと思いませんか。

雖然在理髮店剪了，但是不覺得髮型很奇怪嗎？

延 美容院〔びよういん〕 美容院

□ **間**〔ま〕　（時間的）間歇或間隔、（空間的）空隙或間隔

例 手術が終わって間がないから、痛みを感じない。

手術結束後還間隔不久，所以沒感覺到痛。

□ **港**〔みなと〕　港、港口、碼頭

例 もうそろそろ船が港に着く頃だろう。

差不多已經是船要入港的時候了吧！

□ **岸**〔きし〕　岸

例 溺れないようにしながら、岸に向かって必死に泳いだ。

一邊努力不要溺水，一邊死命地往岸邊游。

延 海岸〔かいがん〕 海岸

□ **島**〔しま〕　島

例 将来は５５歳で退職して、外国の小さい島で暮らしたい。

將來，希望55歲退休，在國外的小島上生活。

□ **城**〔しろ〕　城

例 この城は修理しないことには、数年後に崩れるおそれがある。

這座城不整修的話，幾年後有崩塌之虞。

□ 船
ふね

例 この船の船長はアメリカ人だが、日本語がペラペラなので心配はいらない。

這艘船的船長雖是美國人，但由於日語很流利，所以不需要擔心。

船、舟

似 舟 舟
　ボート 小船、小艇

□ 橋
はし

例 この橋は修理中で通れないわけではない。

這座橋並非修理中而無法通行。

橋

□ 境
さかい

例 私たちは今、国と国の境に立っている。

我們現在正站在國與國的交界。

邊界、交界、分界、
疆界、界線

似 境界 疆界

□ 夕日
ゆう ひ

例 山の上からきれいな夕日が見られるそうだ。

據說從山上可以看到美麗的夕陽。

夕陽、夕照

似 夕焼け 晚霞

□ 夜明け
よ あ

例 私たちは夜明けまでずっと語り合ったが、問題はまだ解決していない。

儘管我們一直談到天亮，但是問題仍未解決。

黎明、拂曉

似 明け方 黎明、拂曉

□ 明け方
あ がた

例 娘は明け方まで勉強していたらしく、とても眠そうだ。

女兒好像讀書讀到天亮，看起來非常想睡的樣子。

黎明、拂曉

似 夜明け 黎明、拂曉

名詞

□ **夜中**〔よなか〕 半夜、夜半

例 夜中に変な音がして、ぜんぜん眠れなかった。 似 深夜〔しんや〕 深夜

半夜有奇怪的聲音，完全睡不著。

□ **日の入り**〔ひ い〕 日沒、日暮、天黑

例 日の入り前には帰るつもりだが、ぜったいとは言 反 日の出〔ひ で〕 日出
えない。

雖然打算天黑前回家，但是不敢說絕對（一定可以）。

□ **日の出**〔ひ で〕 日出

例 ここからの日の出の眺めは最高なので、両親にも 反 日の入り〔ひ い〕 日沒、日暮、
見せてあげたい。 天黑

由於從這裡看日出是最棒的，所以也想給父母親看看。

□ **今朝**〔けさ〕 今晨

例 今朝は寝坊して、大事な会議に遅刻してしまっ
た。

今天早上不小心睡過頭，重要的會議遲到了。

□ **今年**〔ことし〕 今年

例 今年こそ、何度も失敗してきたダイエットを成功
させたい。

正是今年，想讓失敗多次的減肥成功。

□ **日差し**〔ひ ざ〕 陽光照射（的光）、
日照

例 日差しが強くて眩しいので、カーテンを閉めても
いいですか。

由於陽光很強，很刺眼，所以可以拉上窗簾嗎？

實力測驗！

問題 1. _____ の言葉の読み方として最もよいものを 1・2・3・4 から一つ選びなさい。

1. （　　） 息子は<u>床屋</u>で髪を切ってもらうのが好きだ。
　　　①ゆかや　　　②やおや　　　③とこや　　　④いまや

2. （　　） <u>今朝</u>熱があったので、病院に行ってから会社へ行った。
　　　①いま　　　②けさ　　　③さき　　　④よる

3. （　　） <u>夕日</u>を見ながら、彼女に告白するつもりだ。
　　　①よるひ　　　②ゆうひ　　　③よるにち　　　④ゆうにち

問題 2. _____ の言葉を漢字で書くとき、最もよいものを 1・2・3・4 から一つ選びなさい。

1. （　　） 娘は電化製品の<u>うりば</u>で迷子になった。
　　　①売り場　　　②売り所　　　③販り場　　　④販り所

2. （　　） つかれたから、ちょっと<u>ひとやすみ</u>しませんか。
　　　①休憩み　　　②一休み　　　③休息み　　　④一息み

3. （　　） 試験のために勉強していたら、<u>あけがた</u>になっていた。
　　　①空け方　　　②開け方　　　③朝け方　　　④明け方

問題 3. （　　　　） に入れるのに最もよいものを、1・2・3・4 から一つ選びなさい。

1. しんせんなやさいを買いたいなら、（　　　　）で買うに限る。
　　　①はとば　　　②はかば　　　③いちば　　　④ことば

2. きけんを感じた（　　　　）には、すぐに大声で叫びなさい。

　　①ばあい　　　　　②しるし　　　　　③ところ　　　　　④あいだ

3. 海のにおいがするのは、ちかくに（　　　　）があるからだ。

　　①あたま　　　　　②みかた　　　　　③みなと　　　　　④きいろ

問題 4. 次の言葉の使い方として最もよいものを、1・2・3・4から一つ選びなさい。

1. はし

　①彼女が泣いているのを見たら、はしをしないではいられない。

　②生徒にきびしくするのは、彼らに対するはしにほかならない。

　③疲れた時は、はしに入ってのんびりするに限る。

　④このはしの上から眺めるけしきは最高だから、彼女にも見せたい。

2. よなか

　①この渋滞は、何かたいへんなよなかがあったにちがいない。

　②げんばの状況から見て、きっと彼がよなかにちがいない。

　③よなかに蚊の音がうるさくて、ぜんぜんねむれなかった。

　④アメリカでの生活をきっかけに、よなかを習いはじめた。

3. ひざし

　①ひざしが強い夏は、帽子をかぶったほうがいい。

　②ひざしを通して、申し込んでください。

　③戦争をひざしに、おおくの人がしんだ。

　④古いひざしをのんだばかりに、病気になった。

□ **日当たり**
<ruby>日<rt>ひ</rt></ruby><ruby>当<rt>あ</rt></ruby>たり

陽光照射（處）、向陽
（處）、採光、日照

延 日光 日光

例 このアパートは古いが、日当たりがいい。
這個公寓雖然舊，但是採光很好。

□ **四つ角**
<ruby>四<rt>よ</rt></ruby>つ<ruby>角<rt>かど</rt></ruby>

四個角、十字路口

似 十字路 十字路口
交差点 交叉點、十字路口

例 夫は銀座の四つ角で事故に遭った。
丈夫在銀座的十字路口出了車禍。

□ **林**
はやし

林、樹林

延 森 森林
森林 森林

例 祖父は田舎に林を３つ持っている。
祖父在鄉下擁有3片林地。

□ **畑**
はたけ

（種植穀類、蔬菜的）
旱田

延 田 稻田、水田
収穫 （農作物的）收穫、收成

例 畑で採れたばかりの野菜をもらった。
得到了剛從田裡採收的蔬菜。

□ **根**
ね

根

例 玉葱をたくさん買ってベランダに置いておいたら、根が生えてきた。
買了很多洋蔥放在陽台擱著，結果生根了。

□ **葉**
は

葉

例 秋だからといって、葉が落ちるとは限らない。
雖說是秋天，葉子也未必會凋落。

□ 実【み】

（植物的）果實、（植物的）種子、內容、湯裡面的料

例 理科【りか】の先生【せんせい】によると、この木には実【み】がよくなるらしい。

據理科老師説，這種樹好像會結很多果實。

似 果実【かじつ】 果實、水果

□ 植木【うえき】

種植在庭園或花盆中的植物

例 旅行中【りょこうちゅう】、植木【うえき】に水【みず】をやらなかったから、すっかり枯【か】れてしまった。

旅行期間，盆栽因為沒有澆水，所以完全乾枯了。

延 植木鉢【うえきばち】 花盆
植物【しょくぶつ】 植物

□ 枝【えだ】

枝、樹枝、分支

例 枝【えだ】が伸【の】びすぎたので、少【すこ】し切【き】ったほうがいいだろう。

由於樹枝長得太長，所以剪掉一些比較好吧！

□ 竹【たけ】

竹子

例 祖母【そぼ】は竹【たけ】を編【あ】んで、バッグを作【つく】ってくれた。

祖母編織竹子，為我做了包包。

延 竹の子【たけのこ】 竹筍

□ 梅【うめ】

梅樹、梅花、梅子

例 梅【うめ】の季節【きせつ】になると、母【はは】は梅干【うめぼ】しをたくさん作【つく】る。

一到梅子的季節，母親就會做很多梅干。

延 桜【さくら】 櫻樹、櫻花

□ 庭【にわ】

庭園、庭院

例 この庭【にわ】は小【ちい】さいながら、よく整備【せいび】されている。

這個庭園雖然小，但是整理得很好。

延 花壇【かだん】 花壇、花圃

□ 森 _{もり}

森林

例 森_{もり}を散歩_{さんぽ}していたら熊_{くま}に会_あって、死_しんだふりをした。

在森林散步遇到熊，裝死了。

似 森林_{しんりん} 森林
延 林_{はやし} 林、樹林

□ 村 _{むら}

村、村莊、村落

例 退職_{たいしょく}したら、田舎_{いなか}の小_{ちい}さな村_{むら}で静_{しず}かに生活_{せいかつ}したいと思_{おも}っている。

退休以後，打算在鄉下小小的村莊靜靜地生活。

延 町_{まち} 都會、城鎮、街道、町
　　都会_{とかい} 都會、都市

□ 花見 _{はなみ}

賞花（尤其指賞櫻花）

例 同僚_{どうりょう}と花見_{はなみ}やら登山_{とざん}やらを楽_{たの}しんだ。

和同事開心地賞賞花、爬爬山了。

延 桜_{さくら} 櫻樹、櫻花

□ 田舎 _{いなか}

鄉下、老家

例 年_{とし}を取_とったら、田舎_{いなか}で生活_{せいかつ}するのが今_{いま}の夢_{ゆめ}だ。

上了年紀後在鄉下生活，是現在的夢想。

反 都会_{とかい} 都會、都市
延 別荘_{べっそう} 別墅

□ 都 _{みやこ}

京城、首都、具有某種特點的城市、繁華的中心城市

例 住_すめば都_{みやこ}。（ことわざ）

久居為安；住慣了哪裡都是好地方。（諺語）

延 都会_{とかい} 都會、都市

□ 下町 _{したまち}

下町（城市中靠河或海，地勢較低窪的小型工商業聚集區域，例如東京的淺草、日本橋等地方）

例 下町_{したまち}には人情_{にんじょう}があふれている。

下町充滿著人情味。

□ **田植え**（た う）

插秧

例 田植えの季節になったら、弟の畑を手伝いに行くつもりだ。

一到插秧的季節，打算去弟弟的田裡幫忙。

延 農家 農家
米 米

□ **独り言**（ひと ごと）

自言自語

例 彼は独り言が多くて、上司に注意された。

他經常自言自語，所以被主管警告了。

□ **打ち合わせ**（う あ）

商量、磋商

例 今朝、突然打ち合わせの時間が変更になったので、社内は混乱してしまった。

今天早上，由於磋商的時間臨時變更，所以公司內部一陣混亂。

似 話し合い 商量、商議、商談

□ **話し合い**（はな あ）

商量、商議、商談

例 話し合いの最中に電話が鳴ったが、出ずに話し合いを続けた。

商談正熱烈的時候，儘管電話響了，但是沒有接，繼續商談。

似 打ち合わせ 商量、磋商

□ **話し中**（はな ちゅう）

說話中、電話中

例 渡辺さんに何度も電話しているのだが、ずっと話し中だ。

雖然打了好幾次電話給渡邊先生，但是一直電話中。

□ **梅雨**（つゆ）

梅雨、梅雨季節

例 梅雨が明けたら、みんなで海へ行って楽しもう。

梅雨季節過了的話，大家去海邊開心一下吧！

延 雨 雨、雨天
季節 季節

實力測驗！

問題 1. _____ の言葉の読み方として最もよいものを 1・2・3・4 から一つ選びなさい。

1. （　　） 今でも田植えの作業は手で行っている。
　　　　①たうえ　　　　②たそえ　　　　③たはえ　　　　④たこえ

2. （　　） 日当たりのいい部屋へひっこしたい。
　　　　①にあたり　　②にちあたり　　③ひあたり　　　④ひなあたり

3. （　　） 植木に水をやるのを忘れたから、枯れてしまった。
　　　　①なえき　　　②しらき　　　　③うわき　　　　④うえき

問題 2. _____ の言葉を漢字で書くとき、最もよいものを 1・2・3・4 から一つ選びなさい。

1. （　　） あの新人はひとりごとが多くて、周囲がいやがっている。
　　　　①独り事　　　②独り言　　　　③一り事　　　　④一り言

2. （　　） 新商品のはなしあいの最中に、つぎつぎとお客さんが来た。
　　　　①話し合い　　②話し会い　　　③話し相い　　　④話し交い

3. （　　） 今年はうめがたくさんなったので、ジュースを作ろうと思う。
　　　　①梅　　　　　②桜　　　　　　③花　　　　　　④蜜

問題 3. （　　　　） に入れるのに最もよいものを、1・2・3・4 から一つ選びなさい。

1. 京都に来たついでに、（　　　　　）をたのしんだ。
　　　①さかさ　　　　②たより　　　　③くすり　　　　④はなみ

2. いつか東京の（　　　　）に住んでみたいと思っている。

　①みすびめ　　　　②したまち　　　　③はやくち　　　　④はなたば

3. 台風のせいで、木の（　　　　）がおれてしまった。

　①えり　　　　　　②えき　　　　　　③えだ　　　　　　④えん

問題 4. 次の言葉の使い方として最もよいものを、1・2・3・4から一つ 選びなさい。

1. つゆ

　①つゆの時は洗たくものがなかなか乾かなくて、ほんとうに困る。

　②こどもたちはつゆで楽しげにあそんでいるようだ。

　③つゆといっしょに空港までジョンさんを出迎えにいくことにした。

　④朝からどうもつゆ気味だから、病院へ行くことにした。

2. うちあわせ

　①部長はごごのうちあわせをせいいっぱい走りぬいた。

　②うちあわせの前にしりょうを人数分よういするよう、部長に頼まれた。

　③駅前でうちあわせにあった被害者は、きゅうきゅうしゃで運ばれた。

　④最近はうちあわせのせいか、かなりわすれっぽくなったようだ。

3. よつかど

　①渋谷のよつかどには、いつもたくさんの人が集まっている。

　②よつかどさえ元気なら、なんでもできるはずだ。

　③今朝、よつかどをわすれて、遅刻してしまった。

　④会社のよつかどにはぜったいに言わないでください。

□ <ruby>原<rt>はら</rt></ruby> 平原、原野

例 <ruby>広<rt>ひろ</rt></ruby>くて<ruby>平<rt>たい</rt></ruby>らな<ruby>土地<rt>とち</rt></ruby>を<ruby>原<rt>はら</rt></ruby>というそうだ。

據説寬廣又平坦的土地就稱為平原。

似 **<ruby>野原<rt>のはら</rt></ruby>** 平原、原野

□ <ruby>並木<rt>なみき</rt></ruby> 並排的樹木、行道樹

例 <ruby>着物<rt>きもの</rt></ruby>を<ruby>着<rt>き</rt></ruby>て、<ruby>並木<rt>なみき</rt></ruby>を<ruby>散歩<rt>さんぽ</rt></ruby>した。

穿著和服，在林蔭道散步了。

□ <ruby>生<rt>い</rt></ruby>け<ruby>花<rt>ばな</rt></ruby> 插花

例 <ruby>生<rt>い</rt></ruby>け<ruby>花<rt>ばな</rt></ruby>をはじめ、<ruby>日本<rt>にほん</rt></ruby>の<ruby>文化<rt>ぶんか</rt></ruby>を<ruby>学<rt>まな</rt></ruby>びたい。

以插花為首，想學習日本文化。

似 **<ruby>華道<rt>かどう</rt></ruby>** 花道

□ <ruby>石<rt>いし</rt></ruby> 石頭、石子

例 <ruby>試合<rt>しあい</rt></ruby>の<ruby>最中<rt>さいちゅう</rt></ruby>に、<ruby>石<rt>いし</rt></ruby>を<ruby>踏<rt>ふ</rt></ruby>んで<ruby>転<rt>ころ</rt></ruby>んでしまった。

正當比賽時，不小心踩到石頭跌倒了。

□ <ruby>砂<rt>すな</rt></ruby> 沙

例 <ruby>海岸<rt>かいがん</rt></ruby>を<ruby>歩<rt>ある</rt></ruby>いたら、<ruby>足<rt>あし</rt></ruby>が<ruby>砂<rt>すな</rt></ruby>だらけになった。

在海邊散步，腳變得全是沙。

□ <ruby>泥<rt>どろ</rt></ruby> 泥、泥土

例 <ruby>子供<rt>こども</rt></ruby>たちは<ruby>泥<rt>どろ</rt></ruby>で<ruby>遊<rt>あそ</rt></ruby>ぶのが<ruby>好<rt>す</rt></ruby>きだ。

孩子們喜歡玩泥巴。

□ **岩**（いわ）　　　　　　　　　　　岩石

例 台風（たいふう）の影響（えいきょう）で、大（おお）きい岩（いわ）が山（やま）から落（お）ちたそうだ。
據說受到颱風的影響，大石頭從山上掉下來了。

□ **波**（なみ）　　　　　　　　　　　波、波浪、波濤

例 今日（きょう）は波（なみ）が高（たか）いから、泳（およ）がないほうがいい。
今天浪高，不要游泳比較好。

延 海（うみ）　海、海洋

□ **谷**（たに）　　　　　　　　　　　谷、山谷、溪谷

例 谷（たに）の入口（いりぐち）に住宅（じゅうたく）が何軒（なんげん）かある。
山谷的入口處，有幾戶人家。

□ **灰**（はい）　　　　　　　　　　　灰

例 タバコの灰（はい）を落（お）とさないでください。
菸灰請不要掉下來。

□ **雪**（ゆき）　　　　　　　　　　　雪、雪白

例 冬（ふゆ）の北海道（ほっかいどう）といえば、やっぱり雪（ゆき）だろう。
說到冬季的北海道，終歸就是雪了吧！

延 雪（ゆき）だるま　雪人
　　スキー　滑雪

□ **氷**（こおり）　　　　　　　　　　冰

例 今朝（けさ）は気温（きおん）が低（ひく）く、氷（こおり）が張（は）るほどだった。
今晨是氣溫低到都要結冰的程度。

延 スケート　溜冰、滑冰

名詞

□ **貝**（かい）　　　　　　　　　　　　貝類、貝殻

例 海岸で子供たちといっしょに貝を拾った。
和孩子們一起在海邊撿了貝殻。

延 **貝殻**（かいがら） 貝殻

□ **雲**（くも）　　　　　　　　　　　　雲

例 今日は雲が一つもない、いい天気だ。
今天是萬里無雲的好天氣。

延 **曇り**（くも） 陰天

□ **数**（かず）　　　　　　　　　　　　數字、數目

例 売り上げの数が合わず、店長に叱られた。
銷售額的數字不正確，被店長罵了。

似 **数字**（すうじ） 數字、數目

□ **坂**（さか）　　　　　　　　　　　　坡、斜坡、坡道

例 この坂を上りきれば、遠くに富士山が見える。
能爬上這個坡的話，便能遠眺富士山。

□ **末**（すえ）　　　　　　　　　　　　末、末端、尾、最後

例 いろいろ悩んだ末に、離婚することにした。
經過各式各樣的煩惱，最後決定離婚了。

□ **隅**（すみ）　　　　　　　　　　　　角、角落、隅

例 部屋の隅まできれいに掃除しなさい。
連房間的角落都打掃乾淨！

☐ **玉** <small>たま</small>

玉石、球、珠

例 厳しい訓練で、玉のような汗が流れた。
<small>きび くんれん たま あせ なが</small>

在嚴格的訓練下，汗如雨下。

☐ **球** <small>たま</small>

球

例 息子は球を使ったスポーツなら何でも得意だ。
<small>むすこ たま つか なん とくい</small>

似 ボール 球

只要是用到球的運動，不管什麼兒子都很拿手。

☐ **粒** <small>つぶ</small>

顆、粒

例 食卓にご飯の粒をたくさんこぼしてしまった。
<small>しょくたく はん つぶ</small>

不小心把很多飯粒掉落在餐桌上。

☐ **手間** <small>て ま</small>

（工作需要的）時間、
勞力、功夫

例 うちの社長は手間と金を惜しまない。
<small>しゃちょう て ま かね お</small>

我們社長不惜勞苦和金錢。

☐ **羽** <small>はね</small>

羽毛、翅膀、翼、箭翎

例 彼は羽があるかのように、高く跳んだ。
<small>かれ はね たか と</small>

延 翼 翅膀、機翼
<small>つばさ</small>

他像擁有翅膀似地，高高地跳起。

☐ **泉** <small>いずみ</small>

泉、泉水、泉源

例 すばらしいアイデアが泉のように湧いてきた。
<small>いずみ わ</small>

厲害的點子如泉水般湧出。

實力測驗！

問題 1. _____ の言葉の読み方として最もよいものを 1・2・3・4から一つ選びなさい。

1.（　　） 黒い雲が空をおおっているから、雨がふるだろう。
　　　　①くり　　　　②くも　　　　③くさ　　　　④くき

2.（　　） 母は絵画だけでなく、生け花もならっている。
　　　　①いけはな　　②いけばな　　③はけはな　　④はけばな

3.（　　） 人生山あり谷あり。（ことわざ）
　　　　①いわ　　　　②いし　　　　③たき　　　　④たに

問題 2. _____ の言葉を漢字で書くとき、最もよいものを 1・2・3・4から一つ選びなさい。

1.（　　） 桜のなみきを彼氏と手をつないで歩きたい。
　　　　①街木　　　　②列木　　　　③並木　　　　④行木

2.（　　） このくすりは朝と夜それぞれ3つぶずつ飲んでください。
　　　　①粒　　　　　②個　　　　　③玉　　　　　④珠

3.（　　） とりのようにはねがあったら、そらを自由にとびたい。
　　　　①葉　　　　　②手　　　　　③首　　　　　④羽

問題 3.（　　　　）に入れるのに最もよいものを、1・2・3・4から一つ選びなさい。

1. 北海道で生まれて初めて（　　　　）を見た。
　　①かわ　　　　　②わた　　　　　③ゆき　　　　　④いす

2. 強い風で、窓からたくさんの（　　　　）が入ってしまった。

①すし　　　　　②むね　　　　　③すな　　　　　④ゆめ

3. 誰かが（　　　　　）を投げて、まどガラスが割れた。

①いし　　　　　②いと　　　　　③みみ　　　　　④うま

問題4. 次の言葉の使い方として最もよいものを、1・2・3・4から一つ 選びなさい。

1. どろ

①私たちがるすちゅうに家に来たのは、どろにちがいない。

②しんぶんによると、半年もにげていたどろが、ついに捕まったそう だ。

③子どもたちは公園でどろだらけになって、遊んでいる。

④きょうはどうもどろ気味だから、かいしゃを休むことにした。

2. すみ

①あの子はすみなのに、じつに大人っぽい。

②すみをいじめるなんて、ぜったいに許せない。

③この映画は実際にあった話をすみに、作られたそうだ。

④教科書のすみからすみまで読んだおかげで、100点だった。

3. さか

①コンビニはさかを問わず、24時間開いている。

②夫のために毎朝、さかをこめておべんとうを作っている。

③さかは上る時より下りる時のほうが、ひざに負担があるそうだ。

④ジョンさんをさかとして、英語をまなぶことにした。

□ **見出し**
_{み だ}

標題、索引、目錄、提拔

例 編集長の見出しはさすが簡潔で分かりやすい。
_{へんしゅうちょう}　_{み だ}　　　　　_{かんけつ}　_わ

總編輯的標題果然簡潔易懂。

似 タイトル 標題

□ **一通り**
_{ひととお}

大略、普通、一般、一種、一套

例 道具は一通り揃っているはずだから、そろそろ出
_{どうぐ}　　_{ひととお} _{そろ}　　　　　　　　　　　　_{しゅっ}
発することにしよう。
_{ぱつ}

工具應該大致備齊，所以決定差不多該出發了！

□ **割合**
_{わりあい}

比率、比例

例 この料理の本によると、米と水の割合は一対一だ
_{りょうり} _{ほん}　　　　_{こめ} _{みず} _{わりあい} _{いちたいいち}
そうです。

根據這本食譜，據說米和水的比率是一比一。

□ **目安**
_{め やす}

基準、目標

例 一週間後の完成を目安に進めることにしよう。
_{いっしゅうかんご} _{かんせい} _{め やす} _{すす}

就決定以一星期後完成為目標往前推進吧！

□ **土産**
_{みやげ}

土產、特產

例 土産を買っていたばかりに、電車に乗り遅れてし
_{みやげ} _か　　　　　　　　_{でんしゃ} _の _{おく}
まった。

就因為買土產，結果沒趕上電車。

□ **贈り物**
_{おく もの}

贈品、禮物

例 妹の誕生日に贈り物どころか、電話もしなかっ
_{いもうと} _{たんじょうび} _{おく もの}　　　　　_{でんわ}
た。

妹妹的生日，別說是禮物了，連通電話都沒打。

似 プレゼント 禮物

□ **役割** （やくわり）

分派的任務、職務、角色、作用

（例）現代人（げんだいじん）にとって、電気（でんき）の役割（やくわり）はじつに大（おお）きい。

對現代人而言，電力的角色真的很重要。

似 役目（やくめ） 任務、職責、職務

□ **思い出** （おもで）

回憶、紀念

（例）20年（にじゅうねんちか）近く住（す）んだこの家（いえ）には、ほんとうにたくさんの思い出（おもで）がある。

住了將近20年的這個家，真的有很多回憶。

□ **貸し出し** （かだ）

出借、出租、放款

（例）銀行（ぎんこう）は簡単（かんたん）に貸し出し（かだ）をしてくれないと思（おも）う。

我覺得銀行不會輕易地就放款給我們。

反 貸し入れ（かい） 借入

□ **出迎え** （でむか）

迎接

（例）今日（きょう）は夫（おっと）が娘（むすめ）の出迎え（でむか）に行（い）くことになっている。

今天丈夫會去接女兒。

反 見送り（みおく） 送行

□ **見送り** （みおく）

送行

（例）空港（くうこう）で泣（な）いてしまうと困（こま）るので、見送り（みおく）はいりません。

由於在機場哭哭啼啼的很困擾，所以不用來送行。

反 出迎え（でむか） 迎接

□ **引き分け** （ひわ）

平手、不分勝負

（例）残念（ざんねん）ながら、今日（きょう）の試合（しあい）は引き分け（ひわ）に終（お）わった。

雖然很遺憾，但是今天的比賽以平手告終。

延 勝ち負け（かま） 勝負

□ **問い合わせ**

打聽、詢問、照會

例 商品の故障で、たくさんの問い合わせがあった。

因為產品故障，所以有許多人來詢問。

□ **乗り換え**

轉乘（船、車等）

例 初めて東京に来たので、電車の乗り換えがよく分からない。

由於第一次到東京，所以不太清楚電車的轉乘。

□ **乗り越し**

坐過站

例 すみません、乗り越しの分はどこで払えばいいですか。

不好意思，坐過站的部分，要在哪裡付錢好呢？

□ **踏切**

平交道

例 近くの踏切で事故が遭ったそうだから、電車はしばらく来ないだろう。

聽說因為附近的平交道出了事故，所以電車暫時不會來吧！

延 **線路** 軌道、線路
　 列車 列車

□ **歯車**

齒輪

例 その機械の歯車は休むことなく、回転している。

那台機器的齒輪毫不停歇地運轉著。

□ **売り上げ**

銷售額

例 雑誌の売り上げは年々減少気味だから、対策を考えなければならない。

雜誌的銷售額有年年減少的傾向，所以非思考對策不可。

☐ **売^うり切^きれ**　　　　　　　　賣完、銷售一空

例 そのゲームはいつも売^うり切^きれで、なかなか手^てに入^{はい}らない。

那個遊戲總是銷售一空，一直到不了手。

☐ **落^おとし物^{もの}**　　　　　　　　遺失的物品

例 落^おとし物^{もの}が見^みつかり次第^{しだい}、すぐに連絡^{れんらく}します。

一旦拾獲遺失的物品，會立刻聯絡。

☐ **忘^{わす}れ物^{もの}**　　　　　　　　忘了帶、忘了拿、
　　　　　　　　　　　　　　　　　　遺失物

例 息子^{むすこ}は忘^{わす}れ物^{もの}をしがちで、よく先生^{せんせい}に注意^{ちゅうい}されている。

兒子容易忘記東西，所以經常被老師警告。

☐ **勢^{いきお}い**　　　　　　　　　　勁頭、氣勢、勢力、
　　　　　　　　　　　　　　　　　　形勢

例 炎^{ほのお}の勢^{いきお}いが強^{つよ}く、一瞬^{いっしゅん}で燃^もえてしまった。

火勢很強，瞬間燃起。

☐ **受付^{うけつけ}**　　　　　　　　　　（申請的）受理、櫃
　　　　　　　　　　　　　　　　　　台、接待處、接待員

例 あの2人^{ふたり}は受付^{うけつけ}の仕事^{しごと}を通^{つう}じて、知^しり合^あったそうだ。

據説那2個人透過受理的工作而認識了。

☐ **書^かき取^とり**　　　　　　　　抄寫、記錄、聽寫

例 学生^{がくせい}たちに書^かき取^とりをさせたのだが、ほとんど不合格^{ふごうかく}だった。

雖然都讓學生們抄寫了，但幾乎不及格。

實力測驗！

問題 1. ＿＿＿＿＿＿の言葉の読み方として最もよいものを１・２・３・４から一つ選びなさい。

1. （　　） くすりは一日5粒が目安なのに、飲みすぎてしまった。
　　　①めあん　　　②めやす　　　③みやん　　　④みやす

2. （　　） えきで拾った落とし物をけいさつに届けた。
　　　①さとしぶつ　　②おとしぶつ　　③さとしもの　　④おとしもの

3. （　　） 今日のしあいは2対2の引き分けだった。
　　　①いきふけ　　　②ひきふけ　　　③いきわけ　　　④ひきわけ

問題 2. ＿＿＿＿＿＿の言葉を漢字で書くとき、最もよいものを１・２・３・４から一つ選びなさい。

1. （　　） 会議の前に、ひととおりしりょうに目を通しておくように。
　　　①一透り　　　②一通り　　　③人透り　　　④人通り

2. （　　） 上司はあかいペンでみだしに印をつけた。
　　　①見出し　　　②見題し　　　③見標し　　　④見表し

3. （　　） 京都にしゅっちょうの際、妻にみやげを買うのを忘れた。
　　　①物産　　　②土産　　　③礼品　　　④産品

問題 3. （　　　　　）に入れるのに最もよいものを、１・２・３・４から一つ選びなさい。

1. 彼はリーダーにもかかわらず、（　　　　　）を果たさない。
　　　①ひあたり　　　②やくわり　　　③しなもの　　　④おしいれ

2. 電話での　（　　　　　）は、受け付けていません。

　　①ひきだし　　　　②といあわせ　　　③ひのいり　　　　④つきあたり

3. 目的地までの　（　　　　　）は不要です。

　　①ふみきり　　　　②よつかど　　　　③のりかえ　　　　④ひがえり

問題 4. 次の言葉の使い方として最もよいものを、1・2・3・4から一つ 選びなさい。

1. おもいで

　　①彼はけちだから、おもいでを貸してくれるわけがない。

　　②この忙しいときにおもいでを休むなんて、自分勝手だ。

　　③多ければ多いほどおもいではあるものだ。

　　④これは家族のおもいでの写真だから、捨てるわけにはいかない。

2. かしだし

　　①この本は成人向けだから、学生にはかしだしをしていない。

　　②あんなまずい店には、もう二度とかしだしに行くまい。

　　③弟にかしだしを壊されて、うごかなくなってしまった。

　　④かしだしが整ったうえに、全力をつくしましょう。

3. はぐるま

　　①はぐるまは使い方がやすいうえで、買うことにした。

　　②わたしたちは会社のはぐるまにすぎない。

　　③祖母は足がわるいので、はぐるまに沿ってゆっくりあいた。

　　④都市のはぐるまにともない、さまざまな環境問題が生じた。

□ **下書き**
 したがき

試寫、草稿、底稿

例 鉛筆で下書きをしてから、色を塗ることにした。
 えんぴつ　したが　　　　　　いろ　ぬ
決定用鉛筆打底稿後再上色了。

□ **手伝い**
 てつだい

幫助、幫忙、幫手

例 子供には家の手伝いをきちんとさせるべきだ。
 こども　　いえ　てつだ
應該讓小孩確實幫忙家事。

延 **家事** 家事
 かじ
　掃除 打掃
 そうじ
　洗たく 洗衣服
 せん

□ **手洗い**
 てあらい

洗手、廁所、用手洗

例 家に帰ったら、まず手洗いをしっかりすること
 いえ　かえ　　　　　　てあら
だ。
應該一回到家，就先確實洗手。

延 **シャワー** 淋浴
　風呂 浴池、浴室、洗澡
 ふろ
　清潔 清潔
 せいけつ

□ **手続き**
 てつづき

手續、程序

例 入学の手続きに来たものの、担当の人がいない。
 にゅうがく　てつづ　き　　　　　たんとう　ひと
來辦入學手續，但是承辦人不在。

延 **申請** 申請
 しんせい
　申し込み 提議、報名、
 もう　こ
　申請、預約

□ **組**
 くみ

套、（學校的）班級、
組

例 うちの組は学園祭で劇を披露することになった。
 くみ　がくえんさい　げき　ひろう
我們班要在校慶時演話劇了。

延 **クラス** 等級、（學校
　的）班級
　一年一組 一年一班
 いちねんいちくみ

□ **早口**
 はやくち

說話快（語速快）

例 彼は早口で話すので、まったく分からない。
 かれ　はやくち　はな　　　　　　わ
由於他説話很快，所以完全不懂。

□ **悪口** わるくち

例 これ以上彼の悪口を言ったら、許さない。

再説他壞話的話，就不饒你。

說人壞話、壞話

□ **割引き** わりびき

例 この時間にスーパーに行けば、割引きの商品が買える。

這個時間到超級市場的話，能買到折扣的商品。

折扣、減價

延 **半額** はんがく 半價
　 セール 出售、大減價

□ **両替** りょうがえ

例 母は銀行へ両替をしに行ったきり、まだ帰ってこない。

媽媽去銀行換錢之後，就一直還沒回來。

（貨幣之間）兌換

延 **外貨** がいか 外幣、外國貨

□ **差し支え** さしつか

例 差し支えがなければ、相談に乗ってもらえますか。

如果沒有不方便的話，可以找你談談心嗎？

不方便、妨礙

□ **幸せ** しあわ

例 金持ちだからといって、幸せだとは限らない。

雖說是有錢人，也未必幸福。

幸運、幸福

似 **幸福** こうふく 幸福

□ **幸い** さいわ

例 返事をいただけると幸いです。

若能得到您的回覆，備感榮幸。

幸運、幸福

似 **幸運** こううん 幸運

□ 一言 (ひとこと)

一句話

例 一言（ひとこと）と言（い）ったわりには、もう３０分（さんじゅっぷん）も話（はな）している。
説要講一句話，但是已經講30分鐘了。

延 あいさつ 問候、致意、寒暄、致詞、打招呼

□ 回り道 (まわみち)

繞道、繞遠路

例 健康（けんこう）のため、わざわざ回（まわ）り道（みち）をして歩（ある）くことにしている。
為了健康，向來會故意繞道而行。

反 近道（ちかみち） 近路、捷徑

□ 両側 (りょうがわ)

兩側、兩邊

例 門（もん）の両側（りょうがわ）に石（いし）の柱（はしら）が立（た）っている。
大門兩側矗立著石柱。

反 片側（かたがわ） 一側、一邊
一方（いっぽう） 一方、一側

□ 大通り (おおどお)

大街、大馬路

例 大通（おおどお）りに出（で）たとたん、車（くるま）の数（かず）が増（ふ）えた。
一進到大馬路，車流就增加了。

延 道路（どうろ） 道路、公路
道（みち） 路、道路
車道（しゃどう） 車道

□ 人通り (ひとどお)

行人來往

例 週末（しゅうまつ）は人通（ひとどお）りが多（おお）いので、外出（がいしゅつ）したくない。
由於週末行人來往多，所以不想外出。

延 歩道（ほどう） 人行道
混雑（こんざつ） 混雜、擁擠

□ 突き当たり (つあ)

道路或走廊的盡頭處

例 トイレは廊下（ろうか）の突（つ）き当（あ）たりにあるに違（ちが）いない。
廁所一定是在走廊的盡頭處。

086

□ **矢印**（や じるし）

箭頭記號、箭頭標示

例 矢印（や じるし）に沿（そ）って歩（ある）けば、目的地（もくてきち）に着（つ）くはずだ。

沿著箭頭標示走的話，應該就會到達目的地。

延 印（しるし） 記號、證據、象徵
標識（ひょうしき） 標識、標誌

□ **欲張り**（よく ば）

貪婪（的人）

例 彼（かれ）は昔（むかし）から欲張（よく ば）りで、人（ひと）の物（もの）を何（なん）でも欲（ほ）しがる。

他從以前就貪得無厭，人家的東西什麼都要。

反 無欲（むよく） 無欲、不貪

□ **間違い**（ま ちが）

錯誤、過失、不準確、差錯

例 先生（せんせい）に作文（さくぶん）の間違（ま ちが）いを直（なお）していただいた。

請老師幫我改作文的錯誤了。

延 失敗（しっぱい） 失敗
ミス 失誤

□ **目覚まし**（め ざ）

使睡意消失、鬧鐘

例 年（とし）のせいか、目覚（め ざ）ましがなくても目（め）が覚（さ）めるようになった。

不知道是不是年紀的關係，變得即使沒有鬧鐘也會醒來。

延 時計（とけい） 鐘錶

□ **引っ越し**（ひ こ）

搬家

例 今月（こんげつ）は転職（てんしょく）やら引（ひ）っ越（こ）しやらで忙（いそが）しかった。

這個月因為又是換工作、又是搬家，很忙。

延 移動（いどう） 調動、巡迴

□ **世の中**（よ なか）

世上、社會、時代

例 世の中（よ なか）はどんどん便利（べんり）になっている。

社會變得越來越方便。

延 社会（しゃかい） 社會
世界（せかい） 世界

實力測驗！

問題 1. ＿＿＿＿＿の言葉の読み方として最もよいものを 1・2・3・4 から一つ選びなさい。

1. （　　） 今はまだ下書きの段階なので、見せられない。
　　　①しもかき　　②しもがき　　③したかき　　④したがき

2. （　　） 娘には結婚して幸せになってもらいたいものだ。
　　　①しわわせ　　②しあわせ　　③さちあせ　　④さかあせ

3. （　　） カードに一言だけメッセージを書こう。
　　　①ひとこと　　②いちこと　　③ひとごん　　④いちごん

問題 2. ＿＿＿＿＿の言葉を漢字で書くとき、最もよいものを 1・2・3・4 から一つ選びなさい。

1. （　　） はやくちで話されると、まったくりかいできない。
　　　①悪口　　　②早口　　　③即口　　　④臭口

2. （　　） 夫は休みの日でさえ、家のてつだいをぜんぜんしてくれない。
　　　①手助い　　②手補い　　③手伝い　　④手仕い

3. （　　） 銀行はこの道をまっすぐ行くと、つきあたりにあります。
　　　①着き当たり　②到き当たり　③行き当たり　④突き当たり

問題 3. （　　　　） に入れるのに最もよいものを、1・2・3・4 から一つ選びなさい。

1. 退院の（　　　　）は済んだものの、まだ帰れないらしい。
　　①なかゆび　　②てつづき　　③てぶくろ　　④いねむり

2. 学校に行きたくないから、自然と（　　　　　）をしてしまう。

　　①ものがたり　　　②なかなおり　　　③うちあわせ　　　④まわりみち

3. 外貨の（　　　　　）なら、空港でもできますよ。

　　①ひとりごと　　　②りょうがえ　　　③みちじゅん　　　④したまち

問題 4. 次の言葉の使い方として最もよいものを、1・2・3・4から一つ 選びなさい。

1. てあらい

　　①てあらいがあって連絡したところ、留守だったそうだ。

　　②むすめが入学するにあたって、てあらいを手伝った。

　　③感染予防のため、てあらいを欠かすわけにはいかない。

　　④ともだちやしゅくだいが多くて、てあらいどころではない。

2. よのなか

　　①よのなかにはいい人も悪い人もいるものだ。

　　②仕事でミスをして、よのなかを出されるところだった。

　　③よのなかはまったく減らないで、増えるばかりだ。

　　④そういう次第で、よのなかに行けないおそれがある。

3. ひとどおり

　　①年を取るにつれて、ひとどおりは増える一方だ。

　　②この辺りは夜になるとひとどおりがないから、通らないほうがいい。

　　③ニュースによると、大阪のひとどおりは悪化するばかりだそうだ。

　　④社長の成功はひとどおりの結果にほかならないと思う。

□ **苦**しい
（くる）

痛苦的、困難的、令人不快的

例 妻は昨日から熱があって、苦しげだ。
（つま）（きのう）（ねつ）（くる）

老婆從昨天開始發燒，看起來很痛苦的樣子。

□ **辛**い
（つら）

痛苦的、艱苦的、難過的、難受的、難堪的、吃不消的、苛刻的

例 どんなに辛くても、最後までやりぬく。
（つら）（さいご）

不管多麼艱苦，也會堅持到最後。

□ **賢**い
（かしこ）

聰明的、賢明的、伶俐的

例 田中くんは教授の子だけあって、賢い。
（たなか）（きょうじゅ）（こ）（かしこ）

田中同學正因為是教授的小孩，所以很聰明。

延 **頭**がいい 腦子好的、聰明的
（あたま）

□ **大人**しい
（おとな）

老實的、溫馴的、聽話的、乖的

例 息子は大人しいばかりに、よくいじめられる。
（むすこ）（おとな）

兒子只是因為很乖，就經常被欺負。

似 **静**か 文靜
（しず）

反 うるさい 吵鬧的
　喧しい 喧鬧的
　（やかま）
　賑やか 鬧哄哄
　（にぎ）

□ **若々**しい
（わかわか）

年輕的、朝氣蓬勃的

例 祖母は年をとっても、じつに若々しい。
（そぼ）（とし）（わかわか）

祖母雖然上了年紀，但真的很有朝氣。

延 **若**い 年輕的、（年紀）小的、幼稚的、朝氣蓬勃的
（わか）

□ **幼**い
（おさな）

幼小的、年幼的、幼稚的

例 父は幼い頃、いろいろ苦労したに違いない。
（ちち）（おさな）（ころ）（くろう）（ちが）

父親年幼時，一定吃了各式各樣的苦。

延 **子供** 小孩
（こども）
　幼児 幼兒
　（ようじ）

□ **可愛い**（かわい）

例 娘は成長するにつれて、ますます可愛くなる。（むすめ・せいちょう・かわい）

女兒隨著成長，變得越來越可愛。

可愛的、討人喜歡的、小巧玲瓏的

似 可愛らしい（かわい） 可愛的、討人喜歡的、小巧玲瓏的

□ **可愛らしい**（かわい）

例 背が低くて、可愛らしい女性が好きだ。（せ・ひく・かわい・じょせい・す）

喜歡個子矮、小巧玲瓏的女性。

可愛的、討人喜歡的、小巧玲瓏的

似 可愛い（かわい） 可愛的、討人喜歡的、小巧玲瓏的

□ **怪しい**（あや）

例 門のところに、怪しい男が立っている。（もん・あや・おとこ・た）

大門那裡，站著可疑的男人。

奇怪的、可疑的、靠不住的、曖昧的

延 変（へん） 奇怪、異常

□ **恐ろしい**（おそ）

例 昨夜、恐ろしい映画を見たせいで、眠れなかった。（さくや・おそ・えいが・み・ねむ）

昨晚，因為看了可怕的電影，睡不著。

可怕的、驚人的

似 怖い（こわ） 可怕的、害怕的
恐怖（きょうふ） 恐怖

□ **暗い**（くら）

例 空が暗いから、雨が降るだろう。（そら・くら・あめ・ふ）

天空很暗，所以大概會下雨吧！

黑暗的、深色的、陰沉的、黯淡的、不可告人的、不熟悉的

反 明るい（あか） 明亮的、明朗的、鮮豔的、熟悉的、有希望的、公正的

□ **薄暗い**（うすぐら）

例 この辺りは夕方になると、だいぶ薄暗い。（あた・ゆうがた・うすぐら）

這附近一到黃昏，就相當昏暗。

微暗的、昏暗的、陰暗的

□ 鋭い ^{するど}

鋭利的、尖銳的、敏銳的

例 彼は犬のように鼻が鋭い。

他的鼻子像狗一樣敏銳。

反 鈍い ^{にぶ} 鈍的、遲鈍的

□ 醜い ^{みにく}

難看的、醜陋的

例 娘の焼いたケーキは見た目は醜いが、味はいい。

女兒烘焙的蛋糕雖然外表看起來很醜，但是味道很好。

反 美しい ^{うつく} 美麗的、高尚的
綺麗 ^{きれい} 美麗

□ 気味が悪い ^{き み　わる}

毛骨悚然的、感到害怕的

例 この辺りは夜になると、薄暗くて気味が悪い。

這附近一到晚上就很昏暗，令人毛骨悚然。

延 気持ち悪い ^{き も　わる} 覺得噁心的

□ 貧しい ^{まず}

貧窮的、貧困的、貧乏的

例 父は昔、たいへん貧しい家庭で育ったそうだ。

據說父親以前是在非常貧窮的家庭長大。

似 貧困 ^{ひんこん} 貧困、貧乏
延 お金持ち ^{かね も} 有錢（人）

□ 偉い ^{えら}

偉大的、卓越的、了不起的、高貴的、厲害的、吃力的

例 将来は偉い人になって、この国を変えたい。

將來想成為偉大的人，改變這個國家。

似 偉大 ^{いだい} 偉大、宏偉

□ すばらしい

極美的、極優秀的、盛大的、了不起的、驚人的

例 3日にわたって、すばらしいイベントが開かれた。

舉辦了連續3天精彩非凡的活動。

似 素敵 ^{すてき} 極好、絕妙、非常漂亮
最高 ^{さいこう} 最高、最好、最佳、非常精彩
反 ひどい 極悲慘的

□ ものすごい

可怕的、恐怖的、驚人的、厲害的

例 週末、ものすごい台風_{（しゅうまつ）}が来るそうだ。
據說週末，有非常強烈的颱風要來。

似 すごい　可怕的、厲害的

□ 甚_{はなは}だしい

很大的、非常的

例 南部_{（なんぶ）}で起_{（お）}きた大地震_{（おおじしん）}の被害_{（ひがい）}は甚_{（はなは）}だしい。
在南部發生的大地震受害甚鉅。

□ とんでもない

意想不到的、不合情理的、豈有此理的、荒唐的、哪裡的話

例 約束_{（やくそく）}を破_{（やぶ）}るなんて、とんでもないことだ。
破壞約定之類的，豈有此理。

□ 騒_{さわ}がしい

吵鬧的、議論紛紛的

例 深夜_{（しんや）}なのに、外_{（そと）}がお祭_{（まつ）}りのように騒_{（さわ）}がしい。
都大半夜了，外面還像祭典一樣鬧哄哄。

似 うるさい　吵鬧的
　　喧_{（やかま）}しい　喧鬧的、吵雜的、嘮叨的
　　騒々_{（そうぞう）}しい　吵雜的、喧囂的
延 賑_{（にぎ）}やか　熱鬧、熙熙攘攘、繁華

□ 喧_{やかま}しい

喧鬧的、吵雜的、嘮叨的、議論紛紛的

例 会場_{（かいじょう）}が喧_{（やかま）}しくて、社長_{（しゃちょう）}のあいさつが聞_{（き）}こえない。
會場喧鬧吵雜，聽不到社長的致詞。

似 うるさい　吵鬧的
　　騒_{（さわ）}がしい　吵鬧的
　　騒々_{（そうぞう）}しい　吵雜的、喧囂的
延 賑_{（にぎ）}やか　熱鬧、熙熙攘攘、繁華

□ 騒々_{そうぞう}しい

吵雜的、喧囂的

例 選挙_{（せんきょ）}の際_{（さい）}は、町全体_{（まちぜんたい）}が騒々_{（そうぞう）}しくて困_{（こま）}る。
選舉的時候，街頭巷尾吵得要命，很困擾。

似 うるさい　吵鬧的
　　騒_{（さわ）}がしい　吵鬧的
　　喧_{（やかま）}しい　喧鬧的、吵雜的、嘮叨的
延 賑_{（にぎ）}やか　熱鬧、熙熙攘攘、繁華

實力測驗！

問題 1. ＿＿＿＿＿ の言葉の読み方として最もよいものを 1・2・3・4 から 一つ選びなさい。

1. （　　） 面接の担当者は目つきがとても鋭くて、緊張した。
　　　①おもたくて　②しつこくて　③するどくて　④あやしくて

2. （　　） ホテルの部屋の中が薄暗いので、電気を換えてもらった。
　　　①はけくらい　②はけぐらい　③うすくらい　④うすぐらい

3. （　　） 相手のチームは恐ろしいほど強いらしい。
　　　①すえろしい　②きまろしい　③あらろしい　④おそろしい

問題 2. ＿＿＿＿＿ の言葉を漢字で書くとき、最もよいものを 1・2・3・4 から一つ選びなさい。

1. （　　） 兄は子供の頃からかしこくて、せいせきはいつもいちばんだった。
　　　①鋭くて　　　②賢くて　　　③清くて　　　④偉くて

2. （　　） ちゅうしゃを打ったとたんに、くるしくなった。
　　　①恋しく　　　②苦しく　　　③等しく　　　④激しく

3. （　　） おさないからといって、わるいことをしたら注意すべきだ。
　　　①幼い　　　　②荒い　　　　③臭い　　　　④憎い

問題 3. （　　　　） に入れるのに最もよいものを、1・2・3・4 から一つ 選びなさい。

1. 近所のいぬのなき声が （　　　　　）、ぜんぜんねむれなかった。
　①あつかましくて　　　　　　　②やかましくて
　③やむをえなくて　　　　　　　④なつかしくて

2. でんしゃの中で（　　　　）男に体を触られたから、おおごえを出した。

①きみがわるい　　　　　　　　②うらやましい

③かわいらしい　　　　　　　　④そそっかしい

3. 息子は痛くても泣かないで、とても（　　　　）と思う。

①かゆかった　　②くどかった　　③えらかった　　④けむかった

問題 4. 次の言葉の使い方として最もよいものを、1・2・3・4から一つ選びなさい。

1. あやしい

①うみの風はほんとうにあやしくてきもちがいい。

②あやしい男が学校の中にはいっていったので、けいさつにでんわした。

③居間のとけいは最近あやしいから、あたらしいものを買うつもりだ。

④むすめが大学にうかって、家族みんなあやしくてたまらない。

2. かわいらしい

①かしこい弟にひきかえ、兄のほうはじつにかわいらしい。

②山はかわいらしくなるにつれて、おんどが下がるそうだ。

③鈴木さんはかわいらしげに、一人であそんでいる。

④彼女の娘さんはいつもにこにこしていて、じつにかわいらしい。

3. とんでもない

①たんじょうびが同じ日だなんて、とんでもなくてりっぱだ。

②あの新人はとんでもないしっぱいをして、部長によばれたそうだ。

③かんきょうにとんでもない商品を、開発したいとかんがえている。

④彼女はこどもにかぎらず、だれにでもとんでもない人だ。

□ 旨い／上手い

うま / うま

好吃的、美味的、高明的、好的

例 彼女はピアノが弾けるだけでなく、歌も上手い。
かのじょ / ひ / うた / うま

她不只會彈鋼琴，歌也唱得好。

似 上手 （某種技術）好、高明
じょうず

おいしい 好吃的、美味的

□ 酸っぱい

す

酸的

例 酢や梅干しは酸っぱいからこそ、体にいい。
す / うめぼ / す / からだ

醋或梅干正因為酸，所以對身體好。

延 レモン 檸檬

□ 塩辛い

しおから

鹹的

例 海の水は塩辛いにきまっている。
うみ / みず / しおから

海水肯定是鹹的。

似 しょっぱい 鹹的

□ しょっぱい

鹹的、吝嗇的、為難的、沙啞的

例 腎臓が悪いなら、しょっぱいものは控えるべきだ。
じんぞう / わる / ひか

如果對腎臟不好的話，鹹的東西應該要節制。

似 塩辛い 鹹的
しおから

□ 濃い

こ

深的、濃的、烈的、濃密的、濃稠的、親密的、可能性大的

例 昨日はとても濃いお茶を飲んだあまり、ぜんぜん眠れなくて困った。
きのう / こ / ちゃ / の / ねむ / こま

昨天喝了過多非常濃的茶，完全睡不著，傷腦筋。

似 濃厚 濃、濃豔、濃厚、強烈
のうこう

反 薄い 淡的、淺的、冷淡的、稀少的
うす

□ 薄い

うす

薄的、淡的、淺的、冷淡的、稀薄的、稀少的

例 父は髪の毛が薄くなったことを、たいへん気にしている。
ちち / かみ / け / うす / き

父親對於頭髮變得稀疏非常在意。

似 希薄 稀薄、缺乏
きはく

淡泊 淡、素、直率、淡泊
たんぱく

反 濃い 深的、濃的、濃密的、親密的、可能性大的
こ

□ 清い^{きよ}

清澈的、純潔的

例 子供^{こども}たちには勉強^{べんきょう}はできなくても、せめて清^{きよ}い心^{こころ}を持ってほしいものだ。

希望小孩們就算不會讀書，也至少擁有純潔的心。

似 清^{きよ}らか 清澈、潔淨、純潔、清白
反 汚^{きたな}い 骯髒的
　醜^{みにく}い 醜陋的

□ 憎い^{にく}

可憎的、可惡的、可恨的、令人欽佩的

例 今^{いま}でも両親^{りょうしん}の命^{いのち}を奪^{うば}った津波^{つなみ}が憎^{にく}くてたまらない。

直至今日，仍對奪走雙親生命的海嘯痛恨不已。

似 憎^{にく}らしい 可憎的

□ 憎らしい^{にく}

討厭的、可憎的、憎恨的、令人羨慕又忌妒的

例 あの男^{おとこ}の顔^{かお}を見^みると、なぜか憎^{にく}らしいことを言^いわずにはいられない。

一看到那個男人的臉，不知道為什麼，不禁要說出嫌惡的話。

似 憎^{にく}い 可憎的

□ 固い^{かた}

堅定的、堅決的、可靠的、有把握的、嚴厲的、固執的

例 成績^{せいせき}はともかく、団結^{だんけつ}が固^{かた}くていいチームだ。

姑且不論成績，是團結一致的好隊伍。

反 緩^{ゆる}い 不嚴的

□ 硬い^{かた}

硬的、死板的、生硬的、一本正經的

例 祖母^{そぼ}は歯^はがないから硬^{かた}い物^{もの}が噛^かめないので、いろいろ考^{かんが}えて料理^{りょうり}している。

由於祖母沒有牙齒，無法咬硬的東西，所以做菜時有多方考量。

反 軟^{やわ}らかい 軟的、嫩的

□ 堅い^{かた}

堅硬的、堅固的、靠得住的、死板的、拘謹的

例 彼^{かれ}の信念^{しんねん}は堅^{かた}くて、まったく揺^ゆるがない。

他的信念堅定，完全不動搖。

反 柔^{やわ}らかい 柔軟的、柔和的、溫柔、靈活的
　脆^{もろ}い 脆弱的、易壞的、沒有耐力的

097

□ 痒い (かゆ) 　　　　　　　　　　　　　癢的

例 蚊に刺された場所がどんどん痒くなってきたの
で、薬を塗った。

由於被蚊子叮到的地方變得越來越癢，所以擦藥了。

□ 痛い (いた) 　　　　　　　　　　　　　疼的、痛的、痛心的

例 横山さんはおなかが痛いというわりには、よく食
べている。

横山同學説肚子痛，可是卻吃很多。

延 傷 (きず) 傷
病気 (びょうき) 病、疾病

□ 悔しい (くや) 　　　　　　　　　　　　遺憾的、懊悔的

例 彼は悔しくてたまらないにもかかわらず、笑って
いる。

儘管他懊悔不已，卻依然笑著。

□ 惜しい (お) 　　　　　　　　　　　　　可惜的、遺憾的、捨不
得的、值得愛惜的

例 壊れていないのに捨てるというのは、惜しいとい
うものだ。

東西沒壞卻丟掉，真的很可惜。

□ 羨ましい (うらや) 　　　　　　　　　　令人羨慕的、
令人忌妒的

例 最近は年をとったせいか、娘たちの若さが羨まし
くてならない。

最近可能是因為上了年紀，對女兒們的年輕模樣羨慕得不
得了。

□ 臭い (くさ) 　　　　　　　　　　　　　臭的、可疑的

例 A「どうして食べないの？」
B「だって、臭いんだもん」
A「為什麼不吃呢？」
B「因為很臭啊！」

延 匂い (にお) 氣味
臭い (にお) 臭味

□ <ruby>汗臭<rt>あせくさ</rt></ruby>い

有汗臭味的

例 <ruby>息子<rt>むすこ</rt></ruby>のシャツは<ruby>汚<rt>よご</rt></ruby>れているどころか、<ruby>汗臭<rt>あせくさ</rt></ruby>い。

兒子的襯衫豈止是髒，還有汗臭味。

□ <ruby>生臭<rt>なまぐさ</rt></ruby>い

有血腥味的、有腥羶味的、不守清規的

例 <ruby>犯行現場<rt>はんこうげんば</rt></ruby>は<ruby>血<rt>ち</rt></ruby>の<ruby>跡<rt>あと</rt></ruby>が<ruby>残<rt>のこ</rt></ruby>り、<ruby>生臭<rt>なまぐさ</rt></ruby>かった。

犯案現場血跡斑斑，都是血腥味。

□ <ruby>重<rt>おも</rt></ruby>たい

沉的、重的、沉重的

例 <ruby>腰<rt>こし</rt></ruby>が<ruby>悪<rt>わる</rt></ruby>いのだから、<ruby>重<rt>おも</rt></ruby>たいものを<ruby>持<rt>も</rt></ruby>つな。

腰不好，所以不要提重的東西！

似 <ruby>重<rt>おも</rt></ruby>い 沉的、重的
反 <ruby>軽<rt>かる</rt></ruby>い 輕的

□ <ruby>親<rt>した</rt></ruby>しい

親密的、親近的、熟悉的、（血緣）近的

例 <ruby>私<rt>わたし</rt></ruby>たちは<ruby>同僚<rt>どうりょう</rt></ruby>といっても、<ruby>親<rt>した</rt></ruby>しいわけではない。

我們雖説是同事，但並不親近。

延 <ruby>仲良<rt>なか よ</rt></ruby>し 要好、好朋友
<ruby>関係<rt>かんけい</rt></ruby> 關係

□ <ruby>浅<rt>あさ</rt></ruby>い

淺的、淡的、膚淺的、少的、不親密的

例 <ruby>経験<rt>けいけん</rt></ruby>が<ruby>浅<rt>あさ</rt></ruby>いのだから、できなくてもしょうがない。

因為經驗少，所以不會也沒辦法。

反 <ruby>深<rt>ふか</rt></ruby>い 深的、濃的

□ <ruby>深<rt>ふか</rt></ruby>い

深的、深長的、深厚的、深遠的、濃的、茂密的

例 <ruby>川<rt>かわ</rt></ruby>の<ruby>水<rt>みず</rt></ruby>はかなり<ruby>深<rt>ふか</rt></ruby>いと思って入ってみたら、じつはすごく<ruby>浅<rt>あさ</rt></ruby>くてびっくりした。

以為河水相當深，進入一看其實非常淺，嚇了一跳。

反 <ruby>浅<rt>あさ</rt></ruby>い 淺的、淡的、膚淺的、少的、不親密的

實力測驗！

問題 1. ＿＿＿＿＿の言葉の読み方として最もよいものを 1・2・3・4 から
一つ選びなさい。

1. （　　　）この卵は臭いから、腐っているかもしれない。

　　　①あまい　　　　②からい　　　　③しろい　　　　④くさい

2. （　　　）海にずっといたら、背中が痒くなった。

　　　①からく　　　　②あかく　　　　③よわく　　　　④かゆく

3. （　　　）夫が作ったスープはしお辛いが、飲めないわけじゃない。

　　　①つらい　　　　②からい　　　　③くろい　　　　④かたい

問題 2. ＿＿＿＿＿の言葉を漢字で書くとき、最もよいものを 1・2・3・4
から一つ選びなさい。

1. （　　　）彼の意志はかたく、心配でも応援せざるを得ない。

　　　①固く　　　　②難く　　　　③硬く　　　　④確く

2. （　　　）娘を傷つけた男が、にくらしくてたまらない。

　　　①悪らしくて　　②憎らしくて　　③嫌らしくて　　④怒らしくて

3. （　　　）塩をいれすぎたばかりに、味がこすぎてしまった。

　　　①濃すぎて　　　②黒すぎて　　　③深すぎて　　　④強すぎて

問題 3. （　　　　　）に入れるのに最もよいものを、1・2・3・4 から一つ
選びなさい。

1. 誰だって命が（　　　　　）ものだ。

　　①よわい　　　　②かたい　　　　③おしい　　　　④きつい

2. あんなに血が出ているのだから、（　　　　）に相違ない。

   ①すごい　　　　　②いたい　　　　　③あかい　　　　　④くどい

3. かねもちの彼のことが、（　　　　）しょうがない。

   ①かっこわるくて　　　　　　　　②そうぞうしくて

   ③ずうずうしくて　　　　　　　　④うらやましくて

問題 4. 次の言葉の使い方として最もよいものを、1・2・3・4から一つ選びなさい。

1. うまい

   ①たとえどんなにうまくても、仕事をやすむわけにはいかない。

   ②けいさつがうまく来てくれたおかげで、たすかった。

   ③彼はえいごだけじゃなく、ドイツ語もうまいそうだ。

   ④昨夜のみすぎたせいで、あたまがうまくてたまらない。

2. したしい

   ①したしくない人に、おかねを貸すわけにはいかない。

   ②なんども練習したので、英語がだいぶしたしくなりました。

   ③あの先生の授業はしたしいとみえて、せいとがいつも笑っている。

   ④将来について、したしくないではいられない。

3. すっぱい

   ①先生は奥さんを亡くして、すっぱみに沈んでいる。

   ②このジュースはかなりすっぱいから、子ども向きではない。

   ③部屋の中がすっぱいから、ヒーターをつけましょう。

   ④今はいそがしいので、すっぱいことは後で話しましょう。

□ **蒸し暑い**　　　　　　　　　　　　　　悶熱的
<small>む あつ</small>

例 日本の夏は蒸し暑くてならない。　　　　延 **暑い** 炎熱的
<small>にほん なつ む あつ</small>　　　　　　　　　　　　　　　　<small>あつ</small>
日本的夏天悶熱到不行。　　　　　　　　　　**猛暑** 酷熱
　　　　　　　　　　　　　　　　　　　　　　<small>もうしょ</small>

□ **煙い**　　　　　　　　　　　　　　　　嗆人的、燻人的
<small>けむ</small>

例 タバコの煙で部屋の中が煙い。　　　　　似 **煙たい** 嗆人的、燻人的
<small>けむり へ や なか けむ</small>　　　　　　　　　　<small>けむ</small>
因為香菸的煙，房間裡面很嗆。

□ **煙たい**　　　　　　　　　　　　　　　嗆人的、燻人的、感到
<small>けむ</small>　　　　　　　　　　　　　　　　　　侷促不安的

例 火事の現場はかなり煙たくなっていた。　　似 **煙い** 嗆人的、燻人的
<small>か じ げん ば けむ</small>　　　　　　　　　　　<small>けむ</small>
火災現場變得相當嗆人。

□ **鈍い**　　　　　　　　　　　　　　　　遲鈍的、笨拙的、緩慢
<small>のろ</small>　　　　　　　　　　　　　　　　　　的、（對女性）順從的

例 あの新人は仕事が鈍くてしょうがない。　　似 **遅い** 緩慢的
<small>しんじん し ごと のろ</small>　　　　　　　　　<small>おそ</small>
那個新人工作非常遲鈍。　　　　　　　　　　反 **速い** 迅速的
　　　　　　　　　　　　　　　　　　　　　　<small>はや</small>

□ **鈍い**　　　　　　　　　　　　　　　　鈍的、遲鈍的、（光線
<small>にぶ</small>　　　　　　　　　　　　　　　　　　或聲音）微弱的

例 年のせいか、頭の回転が鈍くなったようだ。　似 **緩い** 緩慢的
<small>とし あたま かいてん にぶ</small>　　　　　　　　<small>ゆる</small>
不知道是不是年紀的關係，腦子的轉動好像變得遲鈍了。　反 **鋭い** 銳利的
　　　　　　　　　　　　　　　　　　　　　　<small>するど</small>

□ **緩い**　　　　　　　　　　　　　　　　鬆弛的、不嚴的、（坡）不
<small>ゆる</small>　　　　　　　　　　　　　　　　　　陡的、緩慢的、稀的

例 学校の規則をもっと緩くしてほしい。　　　似 **鈍い** 遲鈍的
<small>がっこう き そく ゆる</small>　　　　　　　　　<small>にぶ</small>
希望學校的規定更鬆一些。　　　　　　　　　反 **鋭い** 激烈的、強烈的
　　　　　　　　　　　　　　　　　　　　　　<small>するど</small>

□ 細かい
（こま）

例 50歳を過ぎてから、細かい字を見る時は眼鏡をかけなければならなくなった。
（ごじゅっさい）（す）（こま）（じ）（み）（とき）（めがね）

過了50歲以後，看小字的時候，變得非戴眼鏡不可了。

小的、細小的、詳細的、瑣碎的、精打細算的

延 小さい 小的、輕微的、幼小的、瑣碎的
（ちい）

□ 荒い
（あら）

例 彼の運転は荒いから、ぜったい乗りたくない。
（かれ）（うんてん）（あら）（の）

他開車很粗暴，所以絕對不想搭。

粗暴的、劇烈的、粗俗的、亂來的

□ いけない

例 あの子はいけないことをして、先生に叱られた。
（こ）（せんせい）（しか）

那個孩子做了不好的事情，被老師罵了。

不好的、不行的、沒希望的、有毛病的、不舒服的

似 駄目 不行
（だめ）
悪い 壞的、不好的
（わる）

□ 丸い
（まる）

例 昔の人は地球が丸いことを知らなかったはずだ。
（むかし）（ひと）（ちきゅう）（まる）（し）

以前的人應該不知道地球是圓的。

圓的、圓滑的、圓滿的

延 形 身材、形狀、外表、樣子、形式
（かたち）
丸 圓形、球形、句點、圓圈、整個
（まる）

□ 四角い
（しかく）

例 四角い砂糖のことを角砂糖というのだと、知っていましたか。
（しかく）（さとう）（かくざとう）（し）

四角形的糖就叫方糖，知道了嗎？

四角的、四方的、拘謹的

延 四角 四角形、方形
（しかく）
正方形 正方形
（せいほうけい）
長方形 長方形
（ちょうほうけい）

□ 詳しい
（くわ）

例 詳しく説明せざるを得ないだろう。
（くわ）（せつめい）（え）

不得不詳細說明了吧！

詳細的、精通的、熟悉的

□ **違いない**
ちが

例 祖父は一人きりで寂しいに違いない。
そふ　ひとり　　　　さび　　　　　ちが

祖父只有一個人一定很寂寞。

肯定的

似 **間違いない** 肯定的
　まちが

□ **くだらない**

例 生徒はくだらない質問をして、先生を困らせた。
せいと　　　　　　しつもん　　　　せんせい　こま

學生問無聊的問題，讓老師困擾。

無用的、無益的、無價值的、
無意義的、無聊的、不足取的

延 つまらない
　　沒有價值的、無趣的、沒
　　有意義的

□ **険しい**
けわ

例 どんなに険しい山でも、途中であきらめたくな
　　　　　けわ　　やま　　　　とちゅう
い。

再怎麼險峻的山，也不想中途放棄。

險峻的、陡峭的、崎嶇的、
險惡的、艱險的、嚴峻的

□ **しつこい**

例 男でも女でもしつこい人は嫌われるものだ。
おとこ　おんな　　　　　　ひと　きら

不管男人還是女人，糾纏不休的人就是令人討厭啊！

執拗的、糾纏不休的、
濃豔的

□ **等しい**
ひと

例 私たちは本来、等しい立場にあるはずだ。
わたし　　　　ほんらい　ひと　たちば

我們本來就應該是平等的立場。

相等的、相同的、等於

□ **ありがたい**

例 部長からアドバイスをいただけるなんて、なんと
ぶちょう
ありがたいことか。

能從部長這邊得到建議，是多麼感謝啊！

值得慶幸的、難得的、
值得感謝的、珍貴的

□ 厚かましい
あつ

厚顔無恥的、厚臉皮
的、難為情的

（例）厚かましいお願いをして、本当にすみません。
あつ　　　　　　　　ねが　　　　　　　　ほんとう

厚顏請求，真的很抱歉。

□ 力強い
ちからづよ

有恃無恐的、
強而有力的

（例）彼の力強い演説は多くの人を魅了した。
かれ　ちからづよ　えんぜつ　おお　ひと　みりょう

他強而有力的演講，吸引了許多人。

□ くどい

冗長的、囉嗦的、繁瑣的、
味道過濃的、顏色太艷的

（例）くどい説明ぬきで、話を進めてほしいものだ。
せつめい　　　　　　　はなし　すす

希望省去繁瑣的說明，進展話題。

□ 眩しい
まぶ

刺眼的、耀眼的

（例）運転中、光が眩しかったら、サングラスをかけた
うんてんちゅう　ひかり　まぶ

ほうがいい。

延　太陽　太陽
たいよう

開車的時候，如果陽光刺眼，最好戴太陽眼鏡。

□ ずるい

狡猾的、滑頭的

（例）自分の都合だけを優先するというのは、ずるいと
じぶん　つごう　　　　　　ゆうせん

いうものだ。

只以自己的方便為優先，真是狡猾啊！

□ きつい

厲害的、苛刻的、
累人、剛強的、緊的

（例）仕事はきついが、学ぶことも多い。
しごと　　　　　　　まな　　　　　おお

工作雖然累人，但是學的東西也多。

實力測驗！

問題 1. ＿＿＿＿ の言葉の読み方として最もよいものを１・２・３・４から一つ選びなさい。

1. （　　） 私は機械はもとより、車に関しても詳しくない。
　　　①くわしく　　②あやしく　　③たのしく　　④うれしく

2. （　　） へやの中が蒸し暑いから、窓をあけよう。
　　　①からい　　②あつい　　③かたい　　④あまい

3. （　　） 私にとって、学校でいちばん美人の彼女は眩しい存在だ。
　　　①かなしい　　②ちかしい　　③まぶしい　　④かなしい

問題 2. ＿＿＿＿ の言葉を漢字で書くとき、最もよいものを１・２・３・４から一つ選びなさい。

1. （　　） ただで修理してくれとは、じつにあつかましい。
　　　①暑かましい　②厚かましい　③熱かましい　④強かましい

2. （　　） 医師はけわしいひょうじょうで、父の病状を告げた。
　　　①怪しい　　②厳しい　　③悪しい　　④険しい

3. （　　） このまるい形をしためがねは彼女に似合うと思う。
　　　①白い　　②丸い　　③固い　　④浅い

問題 3. （　　　　） に入れるのに最もよいものを、１・２・３・４から一つ選びなさい。

1. 部屋の中を（　　　　）したら、虫がいなくなった。
　　①したしく　　②けむたく　　③するどく　　④おもたく

2. あなたの（　　　　　）応援のおかげで、勝つことができた。

　　①さわがしい　　②ずうずうしい　　③ちからづよい　　④にくらしい

3. ケーキを（　　　　　）分量に分けるというのは難しいというものだ。

　　①いけない　　②はげしい　　③ひとしい　　④まずしい

問題 4. 次の言葉の使い方として最もよいものを、1・2・3・4から一つ選びなさい。

1. くどい

　　①試験に落ちてどんなにくどいか、他人に分かりっこない。

　　②くどいようですが、もう一度だけ確認させていただきます。

　　③やってみないことには、くどいにきまっている。

　　④祖母が亡くなって、くどくてたまらない。

2. しつこい

　　①体の調子がしつこいが、かいしゃを休むわけにはいかない。

　　②仲間のしつこさを見たら、手伝わないではいられない。

　　③現場の様子から見て、犯人はしつこかったにちがいない。

　　④今回の風邪はしつこくて、なかなか治らない。

3. ずるい

　　①この車はすこしずるいながら、性能はいいと思う。

　　②窓から見える景色はすばらしくて、じつにずるい。

　　③ずるい方法で勝っても、ぜんぜんうれしくない。

　　④自分でやってみてはじめて、料理のずるさを知った。

□ 温い ^{ぬる}

微溫的、不涼不熱的、溫和的、寬鬆的

例 銭湯のお湯が温くて、体が温まらなかった。

澡堂的水溫溫的，所以身體不暖和。

□ 頼もしい ^{たの}

可靠的、有出息的、有望的

例 彼は厳しい環境のもとで、頼もしく成長した。

他在嚴苛的環境下，頂天立地地長大成人了。

□ 忙しい ^{いそが}

忙碌的、匆忙的

例 平日どころか休日も残業で、毎日忙しい。

別説平日了，連假日也加班，每天都很忙碌。

反 暇 空閒

延 仕事 工作
勉強 用功、學習

□ ひどい

殘酷的、嚴重的

例 傷の状態がひどくて、手術することになった。

傷勢嚴重，要動手術了。

□ 恋しい ^{こい}

愛慕的、思念的、懷念的

例 海外に住む家族のことが恋しくてたまらない。

非常思念住在國外的家人。

延 愛しい 可愛的、可憐的

□ 珍しい ^{めずら}

新奇的、稀奇的、罕見的、珍貴的

例 この国で雪が降るなんて、なんと珍しいことか。

這個國家會下雪什麼的，真是太稀奇啦！

□ **めでたい**

可喜可賀的、順利的

例 今日（きょう）はめでたい日（ひ）だから、ワインで乾杯（かんぱい）しよう。
今天是可喜可賀的日子，所以用紅酒來乾杯吧！

似 おめでたい　可喜可賀的
延 お祝（いわ）い　祝賀、慶賀（的禮品）

□ **おめでたい**

可喜可賀的、憨厚的、傻氣的、過於樂觀的

例 この国（くに）では赤（あか）はおめでたい色（いろ）とされている。
這個國家視紅色為喜氣的顏色。

似 めでたい　可喜可賀的、順利的

□ **たまらない**

受不了的、不得了的

例 こう暑（あつ）くてはたまらないというものだ。
這麼熱，真是受不了啊！

□ **馬鹿（ばか）らしい**

愚蠢的、無聊的、不值得的

例 そんな馬鹿（ばか）らしい話（はなし）を信（しん）じるものか。
那麼愚蠢的事情，哪能相信啊！

似 くだらない　無用的、無益的、無價值的、無聊的
延 馬鹿（ばか）　愚蠢、糊塗、荒唐事、無聊

□ **そそっかしい**

舉止慌張的、粗心大意的、冒失的、輕率的、馬虎的

例 彼（かれ）はそそっかしくて、よく忘（わす）れ物（もの）をする。
他粗心大意，經常忘記東西。

□ **だらしない**

邋遢的、散漫的、不檢點的、馬虎的、不爭氣的

例 夏休（なつやす）みは生活（せいかつ）がだらしなくなりがちだ。
暑假生活容易變得散漫。

□ 思いがけない

（例）人生には思いがけないことが起きるものだ。
人生就是會發生意想不到的事情啊！

意想不到的、意外的、偶然的

（似）意外　意外、想不到

□ やむを得ない

（例）やむを得ない事情で、大会は延期になった。
因為不得已的情況，大會變成延期了。

出於無奈的、不得已的

□ 面倒くさい

（例）毎日弁当を作るのは、面倒くさいに違いない。
每天做便當，一定很麻煩。

費事的、麻煩的、棘手的

（似）面倒　麻煩的、費事的、棘手的

めんどくさい　費事的、麻煩的、棘手的

□ みっともない

（例）男が泣くなんて、みっともないというものだ。
男人還哭什麼的，真不像樣啊！

不像樣的、不體面的、醜的

（延）恥ずかしい　害羞的、難為情的、慚愧的、可恥的

□ 恥ずかしい

（例）そんなにじっと見られると、恥ずかしい。
被那樣盯著看，很害羞。

害羞的、難為情的、慚愧的、可恥的

（延）みっともない　不像樣的、不體面的、醜的

□ ずうずうしい

（例）ずうずうしいお願いで、すみません。
厚臉皮的請求，不好意思。

厚臉皮的、無恥的

（似）厚かましい　厚臉皮的、無恥的

□ 申し訳ない

實在抱歉的、十分對不起的

例 迷惑をかけて、ほんとうに申し訳なかった。
添了麻煩，真的十分抱歉。

似 すまない 抱歉的、過意不去的

□ 懐かしい

令人懷念的、依依不捨的

例 懐かしい曲を聴いたら、当時を思い出した。
聽到懷念的歌曲，憶起了當時。

延 思い出 回憶、紀念

□ かっこ悪い

遜的、難看的、難為情的

例 外見はかっこ悪くても、性格がよければいい。
就算外表難看，個性好的話就好。

似 格好悪い 遜的、難看的、難為情的

反 かっこいい 帥氣的、體面的
格好いい 帥氣的、體面的

□ 正しい

正確的、正直的、合理的、正當的、端正的

例 上司の判断がいつも正しいというわけではない。
主管的判斷並非永遠都正確。

延 正確 正確

□ 礼儀正しい

有禮貌的

例 日本人はみんな礼儀正しいというものではない。
日本人並非大家都有禮貌。

延 マナー 禮貌、禮節、舉止和態度
作法 禮法、禮節、禮儀、禮貌、規矩

□ 人懐っこい

和藹可親的、易親近的、不怕生的

例 猫と違って、ほとんどの犬は人懐っこいものだ。
和貓不同，幾乎所有的狗都是易親近的。

實力測驗！

問題 1. ＿＿＿＿＿ の言葉の読み方として最もよいものを１・２・３・４から一つ選びなさい。

1. （　　） 毎日、弁当を作るのは面倒くさいものだ。
    ①めんとう　　②めんどう　　③めんつい　　④めんづい

2. （　　） こんなまずい料理にお金を払うなんて、馬鹿らしい。
    ①ばか　　　　②うま　　　　③しか　　　　④かめ

3. （　　） 亡くなった祖母のことが、恋しくてたまらない。
    ①こいしくて　②いとしくて　③あいしくて　④あかしくて

問題 2. ＿＿＿＿＿ の言葉を漢字で書くとき、最もよいものを１・２・３・４から一つ選びなさい。

1. （　　） 彼女と写真を撮る時、はずかしくてしょうがなかった。
    ①嬉ずかしくて　　　　　　②緊ずかしくて
    ③恥ずかしくて　　　　　　④喜ずかしくて

2. （　　） わかいときの失恋も、今ではなつかしい思い出だ。
    ①輝かしい　　②尊かしい　　③悲かしい　　④懐かしい

3. （　　） あなたの大事な結婚式に参加できず、本当に申しわけない。
    ①由ない　　　②訳ない　　　③理ない　　　④事ない

問題 3. （　　　　） に入れるのに最もよいものを、１・２・３・４から一つ選びなさい。

1. 石油の発見は（　　　　）幸運だった。
    ①にくらしい　　　　　　　②おもいがけない
    ③おとなしい　　　　　　　④めんどうくさい

2. 人前で酔ったあげく、泣き出すなんて、（　　　　）。

①わかわかしい　　②みっともない　　③あわただしい　　④あつかましい

3. 彼は味方にすれば（　　　　）が、敵にすれば恐ろしい男だ。

①しおからい　　　②うすぐらい　　　③くだらない　　　④たのもしい

問題 4. 次の言葉の使い方として最もよいものを、1・2・3・4から一つ選びなさい。

い形容詞

1. そそっかしい

①バスの中にさいふをわすれるとは、そそっかしい人だ。

②日本はけっしてそそっかしい国ではない。

③来週は試験やら旅行やらでそそっかしくなりそうだ。

④彼は経験がほうふなだけあって、どんなしごとでもそそっかしく頼める。

2. ずうずうしい

①わたしなら、社長にそんなずうずうしいお願いはできない。

②彼女は歌もずうずうしいなら、踊りもずうずうしい。

③昨夜から朝にかけて何回もずうずうしいじしんが続いた。

④もうすぐ結婚するというのに、ずうずうしい料理さえできない。

3. だらしない

①弱い人をいじめるなんて、じつにだらしないというものだ。

②たとえアルバイトでも、面接にだらしないふくそうで行くべきではない。

③ほしかったゲームが売りきれてしまい、だらしなくてならない。

④経済のはってんとともに、人々のせいかつはだらしなくなった。

□ 愛らしい

可愛的、惹人愛的

例 生まれたばかりの馬の赤ちゃんは愛らしかった。
剛出生的馬寶寶好可愛。

似 可愛い 可愛的、討人喜歡的
可愛らしい 可愛的、討人喜歡的

□ 危ない

危險的、不安全的、令人擔心的、不保險的

例 夜中に一人で歩くのは、危ないというものだ。
半夜一個人走路，真的很危險啊！

似 危うい 危險的、差點就～的
危険 危險

□ 危うい

危險的、差點就～的、幾乎

例 危うく車にぶつかるところだった。
差點就撞到車子了。

似 危ない 危險的
危険 危險

□ 悲しい

悲哀的、悲傷的、可悲的、遺憾的

例 悲しい時は、運動して汗を流すことにしている。
悲傷的時候，都會用運動讓汗水流下。

延 つらい 痛苦的、難過的

□ 多い

多的

例 夏休みなのに、宿題が多くて遊ぶ時間がない。
明明就是暑假，卻因為作業很多，沒時間玩。

似 たくさん 很多、許多、大量
反 少ない 少的

□ 少ない

少的、不多的

例 子供の数は少なく、老人の数は多い。
小孩的人數少，老人的人數多。

似 少し 一點、有點、少許、少量
反 多い 多的

□ **速い**（はや）

あの新人は頭の回転が速く、仕事も速い。

那個新人腦筋動得快，工作也迅速。

快的、迅速的、急的

反 遅い 慢的

□ **早い**（はや）

息子は最近、早く起きて勉強している。

兒子最近，都早起讀書。

早的、為時尚早的

反 遅い 晚的

□ **遅い**（おそ）

私の髪は伸びるのは遅いのに、抜けるのは早い。

我的頭髮長得慢，但是卻掉得快。

慢的、晚的、來不及的

反 早い 早的
速い 快的、迅速的

□ **重い**（おも）

重い荷物を持ち上げた際に、腰を痛めたらしい。

拿起重的行李時，好像弄傷了腰。

重的、沉重的、重大的、嚴重的、重要的

反 軽い 輕的、輕微的

□ **軽い**（かる）

試験が終わったので、心がだいぶ軽くなった。

由於考試結束，心情變得輕鬆不少。

輕的、輕微的、輕浮的、輕鬆的、清淡的

反 重い 重的、沉重的、嚴重的

□ **面白い**（おもしろ）

この漫画はすごく面白いから、おすすめです。

這本漫畫非常有趣，所以推薦。

滑稽的、可笑的、有趣的、快樂的、新奇的

反 つまらない 無趣的
延 楽しい 快樂的

□ 楽しい

たの

快樂的

例 あの先生の授業は分かりやすくて楽しいから、学
生たちに人気がある。

那位老師的教學易懂且有趣，所以受到學生們的歡迎。

反 つまらない 無趣的
延 面白い 滑稽的、可笑
的、有趣的、快樂的

□ 厳しい

きび

嚴格的、嚴厲的、嚴峻的、嚴
肅的、嚴重的、毫不留情的

例 うちの会社は今、かなり厳しい状況にあるよう
だ。

我們公司現在好像處於相當嚴重的情況。

□ つまらない

微不足道的、無趣的、
沒有意義的

例 このドラマはつまらなくて、思わず寝てしまっ
た。

這個連續劇很無趣，不由得睡著了。

似 退屈 無聊、悶
反 面白い 有趣的、快樂的
楽しい 快樂的

□ 冷たい

つめ

冰涼的、冷淡的

例 最近、彼の態度が冷たい気がするが、他に好きな
人ができたのだろうか。

最近，覺得男朋友的態度很冷淡，是有其他喜歡的人了
嗎？

反 温かい 暖和的、熱情的

□ 強い

つよ

強的、強壯的、堅強的、強
烈的、有抵抗力的、擅長的

例 日本は地震が多いから、地震に強い建物を選ぶこ
とは大切だ。

日本地震很多，所以選擇耐震的建築物很重要。

反 弱い 弱的、挺不住的、
不擅長的

□ 弱い

よわ

弱的、軟弱的、不結實的、不
耐久的、挺不住的、不擅長的

例 相手のチームは弱いからといって、安心するな。

雖説對手的隊伍很弱，也不可以放心！

反 強い 強的、有抵抗力
的、擅長的

□ 遠<ruby>とお</ruby>い

例 うちから塾<ruby>じゅく</ruby>までは少<ruby>すこ</ruby>し遠<ruby>とお</ruby>いので、バスで行<ruby>い</ruby>く。
從家裡到補習班有點遠，所以搭巴士去。

遠的、久遠的、疏遠的、恍惚的、聲音不清楚的、差異大的

反 近<ruby>ちか</ruby>い 近的、親近的、親密的

□ 近<ruby>ちか</ruby>い

例 近<ruby>ちか</ruby>いうちにまた会<ruby>あ</ruby>いましょう。
近期之內再見面吧！

近的、接近的、靠近的、親近的、親密的、近乎

反 遠<ruby>とお</ruby>い 遠的、久遠的、疏遠的

□ 長<ruby>なが</ruby>い

例 お客<ruby>きゃく</ruby>さんを長<ruby>なが</ruby>い時間<ruby>じかん</ruby>、待<ruby>ま</ruby>たせてはいけない。
不可以讓客人久等。

長的、遠的、長久的、不慌不忙的

反 短<ruby>みじか</ruby>い 短的、近的、急性子的

□ 短<ruby>みじか</ruby>い

例 彼<ruby>かれ</ruby>は仕事<ruby>しごと</ruby>はできるが、気<ruby>き</ruby>が短<ruby>みじか</ruby>いのが欠点<ruby>けってん</ruby>だ。
他雖然工作能力強，但是性急是缺點。

短的、近的、矮的、急性子的

反 長<ruby>なが</ruby>い 長的、遠的、長久的、不慌不忙的

□ 広<ruby>ひろ</ruby>い

例 森林<ruby>しんりん</ruby>は広<ruby>ひろ</ruby>い範囲<ruby>はんい</ruby>にわたって、燃<ruby>も</ruby>え続<ruby>つづ</ruby>けた。
森林遍及廣闊的範圍持續燃燒了。

寬闊的、廣泛的、寬廣的、開闊的、寬鬆的

反 狭<ruby>せま</ruby>い 狹小的、狹窄的、狹隘的、肚量小的

□ 狭<ruby>せま</ruby>い

例 道<ruby>みち</ruby>が狭<ruby>せま</ruby>くて消防車<ruby>しょうぼうしゃ</ruby>が入<ruby>はい</ruby>れず、消火活動<ruby>しょうかかつどう</ruby>が遅<ruby>おく</ruby>れてしまった。
道路狹窄消防車進不去，救火行動延遲了。

狹小的、狹窄的、狹隘的、肚量小的

反 広<ruby>ひろ</ruby>い 寬闊的、廣泛的、寬廣的、開闊的

實力測驗！

問題 1. ＿＿＿＿＿の言葉の読み方として最もよいものを 1・2・3・4から
一つ選びなさい。

1. （　　） 父はアルコールに強く、どんなに飲んでも酔うことがない。
　　　　　 ①しろく　　　　②つよく　　　　③とおく　　　　④よわく

2. （　　） 母はふだんとても優しいが、礼儀にだけはひじょうに厳しい。
　　　　　 ①かなしい　　　②けわしい　　　③おかしい　　　④きびしい

3. （　　） 部屋が狭いばかりに、服やバッグを置く場所がない。
　　　　　 ①せまい　　　　②ほそい　　　　③やすい　　　　④さむい

問題 2. ＿＿＿＿＿の言葉を漢字で書くとき、最もよいものを 1・2・3・4
から一つ選びなさい。

1. （　　） むすめは目と口の辺りがつまに似て、とてもあいらしい。
　　　　　 ①綺らしい　　　②愛らしい　　　③可らしい　　　④好らしい

2. （　　） 風呂から出た後、つめたいビールを飲むのはさいこうだ。
　　　　　 ①涼たい　　　　②爽たい　　　　③冷たい　　　　④冰たい

3. （　　） おっとは最近帰りがだいぶおそく、ちょっと心配だ。
　　　　　 ①近く　　　　　②遅く　　　　　③晩く　　　　　④忙く

問題 3. （　　　　　）に入れるのに最もよいものを、1・2・3・4から一つ
選びなさい。

1. パーティーは期待に反して、あまり（　　　　　）なかった。
　　　①おめでたく　　　②ちがいなく　　　③つまらなく　　　④おもしろく

2. この建物は（　　　　　）歴史があるだけに、破損もかなりひどい。

①からい　　　　　②あまい　　　　③ながい　　　　④とおい

3. 鈴木さんは口が（　　　　　）から、誰にも信用されないそうだ。

①おおい　　　　　②かるい　　　　③はやい　　　　④ながい

問題 4. 次の言葉の使い方として最もよいものを、1・2・3・4から一つ選びなさい。

1. あやうい

①かれは重傷で、いのちもあやういほどだったらしい。

②この肉はあやういから、子供もお年寄りもたべられるだろう。

③もうしがつなのに、まるで冬のようにあやうい。

④彼はあやういにもかかわらず、そそっかしい。

2. すくない

①この部屋はえきに近いことは近いが、すくなすぎると思う。

②からだがすくないかぎりは、せいいっぱい働きたい。

③おとな向けに書かれた絵本は意外とすくなくないものだ。

④新しいコンピューターはつかいかたがすくないうえに、軽くてかんたんだ。

3. みじかい

①イベントの開始に先立って、みじかい準備がひつようだ。

②アメリカに比べて、東京のほうが物価がみじかいと思う。

③人生はわたしたちが思っている以上にみじかいものだ。

④近くにできたマンションはこのあたりでいちばんみじかいらしい。

☐ 太い
ふと

例 妹は足が太いことを、とても気にしている。
妹妹非常在意腿粗。

粗的、胖的、肥的、
（膽子）大的、無恥的

反 細い 纖細的、狹窄的、
微小的

☐ 細い
ほそ

例 モデルは細ければ細いほどいいというものではない。
模特兒並非越瘦越好。

纖細的、狹窄的、微小
的、微弱的

反 太い 粗的、胖的、肥的

☐ 難しい
むずか

例 試験は難しかったが、最後までがんばりぬいた。
考試雖然很難，但是努力到最後一刻了。

困難的、難理解的、難解決的、
難治的、麻煩的、複雜的

反 易しい 容易的、易懂
的、簡單的
簡単 簡單

☐ 易しい
やさ

例 彼女にとって、英語はもとよりドイツ語も易しい。
對她而言，英語自不待言，德語也很簡單。

容易的、易懂的、
簡單的

似 簡単 簡單
反 難しい 困難的、難理解
的

☐ まずい

例 こんなまずい店には二度と来るもんか。
這麼難吃的店，怎麼可能再來第二次啊！

難吃的、笨拙的、不合
適的、不妙的

反 おいしい 好吃的
旨い 美味的

☐ もったいない

例 着られる服を捨てるなんて、じつにもったいない。
丟掉還可以穿的衣服，實在很浪費。

可惜的、浪費的、好得與身
分不相符的、不勝惶恐的

□ **美しい**
　うつく

例 祖母は着物が似合う美しい女性だった。
　　そぼ　　きもの　　にあ　　うつく　　じょせい
祖母是適合穿和服的美麗女性。

美麗的、好看的、高尚
的、純正的

似 **綺麗** 美麗、漂亮、乾淨
　きれい
反 **醜い** 難看的、醜陋的
　みにく

□ **激しい**
　はげ

例 激しい腹痛で、救急車を呼ばずにはいられな
　　はげ　　ふくつう　　きゅうきゅうしゃ　よ
かった。
因劇烈的腹痛，不得不叫救護車。

激烈的、強烈的、猛烈的、劇烈的、
激動的、過甚的、厲害的、頻繁的

□ **柔らかい**
　やわ

例 赤ちゃんの頬は焼きたてのパンのように柔らか
　　あか　　　　ほお　や　　　　　　　　　　　やわ
かった。
嬰兒的臉頰像剛烤好的麵包一樣柔軟。

柔軟的、柔和的、溫柔
的、靈活的

反 **硬い** 硬的.
　かた
堅い 堅硬的、堅固的
　かた

□ **欲しい**
　ほ

例 娘はクリスマスにアクセサリーが欲しいそうだ。
　　むすめ　　　　　　　　　　　　　　　　　ほ
聽説女兒聖誕節想要飾品。

想要的

□ **可笑しい**
　おか

例 男性が化粧するのは可笑しいですか。
　　だんせい　けしょう　　　おか
男性化妝奇怪嗎？

可笑的、滑稽的、可疑
的、奇怪的、不恰當的

延 **変** 奇怪、古怪、異常
　へん

□ **眠たい**
　ねむ

例 徹夜で勉強したら、次の日は眠たいにきまってい
　　てつや　べんきょう　　　つぎ　ひ　ねむ
る。
徹夜讀書的話，第二天想睡是一定的。

發睏的、想睡的

似 **眠い** 發睏的、想睡的
　ねむ

□ **珍しい**
<ruby>珍<rt>めずら</rt></ruby>しい

例 べつに<ruby>珍<rt>めずら</rt></ruby>しい<ruby>病気<rt>びょうき</rt></ruby>ではないから、<ruby>心配<rt>しんぱい</rt></ruby>するな。

不是什麼特別罕見的病，所以別擔心！

稀奇的、罕見的、新穎的、珍貴的

□ **黄色い**
<ruby>黄色<rt>きいろ</rt></ruby>い

例 <ruby>彼女<rt>かのじょ</rt></ruby>は<ruby>黄色<rt>きいろ</rt></ruby>いドレスがとても<ruby>似合<rt>にあ</rt></ruby>っていた。

她非常適合黃色的洋裝。

黃色的、乳臭未乾的

延 <ruby>色<rt>いろ</rt></ruby> 顏色
カラー 顏色、彩色
イエロー 黃色

□ **著しい**
<ruby>著<rt>いちじる</rt></ruby>しい

例 <ruby>彼<rt>かれ</rt></ruby>は<ruby>勉強<rt>べんきょう</rt></ruby>や<ruby>運動<rt>うんどう</rt></ruby>において、<ruby>著<rt>いちじる</rt></ruby>しい<ruby>成長<rt>せいちょう</rt></ruby>を<ruby>見<rt>み</rt></ruby>せた。

他在學習或運動上，讓大家看到顯著的成長。

顯著的、明顯的

□ **おびただしい**

例 <ruby>今回<rt>こんかい</rt></ruby>の<ruby>地震<rt>じしん</rt></ruby>は<ruby>大<rt>おお</rt></ruby>きかっただけに、おびただしい<ruby>数<rt>かず</rt></ruby>の<ruby>被害者<rt>ひがいしゃ</rt></ruby>が<ruby>出<rt>で</rt></ruby>た。

正因為這次的地震很大，所以受害者為數眾多。

眾多的、誇張的

□ **いやらしい**

例 そんないやらしい<ruby>目<rt>め</rt></ruby>で<ruby>見<rt>み</rt></ruby>ないでください。

請不要用那種色瞇瞇的眼神看我。

令人不快的、討厭的、下流的

□ **そっけない**

例 <ruby>彼<rt>かれ</rt></ruby>は<ruby>最近<rt>さいきん</rt></ruby>、<ruby>態度<rt>たいど</rt></ruby>が<ruby>急<rt>きゅう</rt></ruby>にそっけなくなった。

他最近態度突然變得冷淡。

冷淡的、無情的、不客氣的

□ **脆い** <ruby>脆<rt>もろ</rt></ruby>い

容易壞的、脆弱的、沒有持久力的

例 <ruby>年<rt>とし</rt></ruby>を<ruby>取<rt>と</rt></ruby>ると、<ruby>骨<rt>ほね</rt></ruby>が<ruby>脆<rt>もろ</rt></ruby>くなって<ruby>骨折<rt>こっせつ</rt></ruby>しやすいそうだ。

聽說年紀一大，骨頭就會變得脆弱，容易骨折。

□ **切ない** <ruby>切<rt>せつ</rt></ruby>ない

難過的、難受的、苦惱的、喘不過氣的

例 あまりに<ruby>切<rt>せつ</rt></ruby>なくて、<ruby>涙<rt>なみだ</rt></ruby>が<ruby>止<rt>と</rt></ruby>まらなかった。

因為太難過，淚流不止。

□ **名高い** <ruby>名高<rt>なだか</rt></ruby>い

有名的、著名的、聞名的

似 **有名** <ruby>有名<rt>ゆうめい</rt></ruby> 有名

例 <ruby>彼<rt>かれ</rt></ruby>は<ruby>世界的<rt>せかいてき</rt></ruby>に<ruby>名高<rt>なだか</rt></ruby>い<ruby>学者<rt>がくしゃ</rt></ruby>だそうだ。

據說他是舉世聞名的學者。

□ **逞しい** <ruby>逞<rt>たくま</rt></ruby>しい

健壯的、魁梧的、旺盛的、茁壯的、頑強的

例 あの<ruby>選手<rt>せんしゅ</rt></ruby>は<ruby>試合中<rt>しあいちゅう</rt></ruby>に<ruby>逞<rt>たくま</rt></ruby>しい<ruby>成長<rt>せいちょう</rt></ruby>を<ruby>見<rt>み</rt></ruby>せて、<ruby>観客<rt>かんきゃく</rt></ruby>を<ruby>感動<rt>かんどう</rt></ruby>させた。

那位選手在比賽中讓大家看到其茁壯的成長，觀眾無不為之感動。

□ **慌ただしい** <ruby>慌<rt>あわ</rt></ruby>ただしい

匆匆忙忙的、慌慌張張的、不穩定的

例 <ruby>年末<rt>ねんまつ</rt></ruby>はいつも<ruby>慌<rt>あわ</rt></ruby>ただしくて、<ruby>休<rt>やす</rt></ruby>む<ruby>暇<rt>ひま</rt></ruby>もない。

年底總是匆匆忙忙，連休息的閒暇都沒有。

□ **勇ましい** <ruby>勇<rt>いさ</rt></ruby>ましい

勇敢的、勇猛的、活潑的、雄壯的

似 **勇敢** <ruby>勇敢<rt>ゆうかん</rt></ruby> 勇敢

例 <ruby>消防士<rt>しょうぼうし</rt></ruby>は<ruby>勇<rt>いさ</rt></ruby>ましい<ruby>姿<rt>すがた</rt></ruby>で<ruby>火<rt>ひ</rt></ruby>の<ruby>中<rt>なか</rt></ruby>に<ruby>飛<rt>と</rt></ruby>び<ruby>込<rt>こ</rt></ruby>んだ。

消防員以英勇之姿衝入火海了。

實力測驗！

問題 1. ＿＿＿＿の言葉の読み方として最もよいものを１・２・３・４から一つ選びなさい。

1. （　　）昨夜の激しい嵐で、公園の木はほとんど倒れてしまった。
　　　　①おかしい　　②けわしい　　③はげしい　　④せわしい

2. （　　）わたしの成績は一番の佐藤さんと比べて、著しい差がある。
　　　　①おびただしい　　　　　　②あつかましい
　　　　③いちじるしい　　　　　　④うらやましい

3. （　　）今、もっとも欲しいものといったら、最新のコンピューターだ。
　　　　①よしい　　②ほしい　　③ましい　　④もしい

問題 2. ＿＿＿＿の言葉を漢字で書くとき、最もよいものを１・２・３・４から一つ選びなさい。

1. （　　）わたしがアナウンサーの試験にパスするのは、むずかしいものがある。
　　　　①困しい　　②優しい　　③厳しい　　④難しい

2. （　　）ポスターの字はもう少しふとくしたほうが、見やすいと思う。
　　　　①太く　　②大く　　③黒く　　④細く

3. （　　）男の人がスカートを履くことをおかしいと思いますか。
　　　　①笑可しい　　②可笑しい　　③好笑しい　　④笑好しい

問題 3. （　　　　）に入れるのに最もよいものを、１・２・３・４から一つ選びなさい。

1. そんな高い服は、わたしには（　　　　）着られない。
　　①あつかましくて　　　　　　②ずうずうしくて
　　③もったいなくて　　　　　　④ちからづよくて

2. 部長のつまらない話のせいで、せっかくの食事が（　　　　　）なった。

　　①かゆく　　　　　②くどく　　　　　③あさく　　　　　④まずく

3. あの教授は村上春樹の研究で（　　　　　）、たくさんの賞も受賞している。

　　①あやうく　　　　②なだかく　　　　③まぶしく　　　　④しつこく

問題 4. 次の言葉の使い方として最もよいものを、1・2・3・4から一つ選びなさい。

1. おびただしい

　　①彼女はれいせいに見えるが、ほんとうはおびただしいところがある。

　　②母のしゅじゅつが成功したと聞いて、おびただしくなった。

　　③むすこは将来について、あまりにおびただしく考えている。

　　④佐藤先生の久しぶりの講演におびただしいかずの人があつまった。

2. いやらしい

　　①契約をめぐって、今もまだいやらしい討論がつづいている。

　　②あの男はいやらしい目でじょせいを見ていて、じつにきみがわるい。

　　③鈴木くんは頭がいいばかりでなく、心もいやらしい。

　　④きのうの大地震で、じつにいやらしい数の犠牲者が出たそうだ。

3. そっけない

　　①お客様に対して、そんなそっけない態度をとるべきではない。

　　②そっけない卵を食べたばかりに、からだじゅうがかゆくなった。

　　③今日は朝からしごとがそっけなく、水さえのんでいない。

　　④ネクタイをしないで会社に来るなんで、じつにそっけない新人だ。

□ **得意**（とくい）

例 娘は、勉強は得意な反面、運動は苦手だ。

女兒讀書拿手的另一面，就是不擅長運動。

得意、拿手、擅長

似 上手（じょうず） 很會、高明、擅長
反 下手（へた） 笨拙、不擅長
　 苦手（にがて） 難對付、不擅長、最怕

□ **苦手**（にがて）

例 どんなに苦手でも、努力してみるものだ。

再怎麼不擅長，也要努力看看啊！

難對付、不擅長、最怕

似 下手（へた） 笨拙、不擅長
反 上手（じょうず） 很會、高明、擅長
　 得意（とくい） 得意、拿手、擅長

□ **上手**（じょうず）

例 姉は料理が上手といっても、めったに作らない。

雖説姊姊擅長做菜，但是幾乎不下廚。

很會、高明、擅長

似 得意（とくい） 得意、拿手、擅長
　 巧み（たくみ） 巧妙、靈巧、出色、技藝精湛
反 苦手（にがて） 難對付、不擅長、最怕
　 下手（へた） 笨拙、不擅長

□ **下手**（へた）

例 息子は水泳は下手だが、海が好きだそうだ。

兒子不善於游泳，但據説喜歡海。

笨拙、不擅長

似 苦手（にがて） 不擅長、最怕
反 上手（じょうず） 很會、高明、擅長
　 得意（とくい） 得意、拿手、擅長

□ **明らか**（あき）

例 失敗の責任が彼にあるのは明らかだ。

失敗的責任在於他是顯然的。

分明、顯然、明亮

似 明確（めいかく） 明確
　 確か（たし） 確實、可靠

□ **静か**（しず）

例 将来は静かな田舎でのんびり暮らしたい。

將來想在安靜的鄉下悠閒度日。

寂靜、安靜、平靜、文靜、輕輕

反 賑やか（にぎ） 熱鬧
　 うるさい 吵鬧的
　 喧しい（やかま） 喧鬧的、吵雜的

□ 和やか

例 パーティーは和やかな雰囲気に包まれていた。
宴會被和諧的氛圍包圍著。

平靜、安詳、和諧、
和睦、溫和

□ 豊か

例 彼は想像力が豊かだから、芸術の道に進むといい。
他因為想像力豐富，所以走藝術之路很好。

富裕、豐富、足夠

似 豊富 豐富
反 貧しい 貧乏的

□ 新た

例 今後、新たな分野に挑戦したいと思っている。
今後，我想挑戰新的領域。

新、重新、
（記憶）新鮮

似 新しい 新的、新鮮的

□ 平ら

例 地面を平らにしないと、怪我人が出ることになるだろう。
不把地面弄平的話，可能有人會受傷吧！

平、平坦

□ 盛ん

例 オリンピックの影響で、さまざまなスポーツが盛んになった。
受到奧運的影響，各式各樣的運動都變得盛行了。

旺盛、繁榮、盛大、盛
行、不斷、積極、熱烈

□ 大雑把

例 まず最初に鉛筆で大雑把に書いた後、色を塗っていくつもりだ。
打算一開始先用鉛筆大致畫好，之後再上色。

草率、粗枝大葉、
大致、粗略

な形容詞

127

□ おしゃべり

多嘴、愛講話、
喋喋不休

例 彼女はおしゃべりで何でもみんなに話してしまうので、気をつけたほうがいい。

她很多嘴，不管什麼都跟大家説，所以小心點比較好。

□ 空っぽ

空、空空的

例 あまりに緊張しすぎて、頭の中が空っぽになってしまった。

因為太過緊張，脳子變得一片空白。

□ 気の毒

可憐、悲惨、遺憾、
抱歉、過意不去

例 気の毒だとは思うが、彼にはもうお金は貸せない。

雖然覺得可憐，但是不能再借他錢了。

似 可哀想　可憐

□ 奇妙

奇怪、奇異、出奇、
奇妙

例 昨夜、奇妙な夢を見たのだが、思い出せない。

昨晚做了奇怪的夢，但是想不起來。

似 変　奇怪、異常
不思議　奇怪、不可思議

□ 強引

強行、強制、強迫、
蠻幹

例 強引なやり方をしたことから、上司に叱られた。

因為用了蠻幹的方法，被主管罵了。

□ 曖昧

曖昧、含糊、模稜兩可

例 彼女の返答はいつも曖昧で、理解できない。

她的回答總是模稜兩可，所以無法理解。

反 はっきり　清楚、明確

□ **安価**
あんか

廉價、便宜、沒有價值

例 今回の地震の被害は、安価な材料を用いたことに
ある。

這次地震受害，在於用了便宜的材料。

似 安い 便宜的
やす

□ **意外**
いがい

意外、想不到、
出乎意料

例 ホテルのロビーで意外な人に再会した。

在飯店大廳和意想不到的人再會了。

□ **欲張り**
よくば

貪婪、貪得無厭

例 あの男は欲張りであつかましいから苦手だ。

那個男人貪得無厭、臉皮又厚，所以我最怕這種人。

□ **手頃**
てごろ

合手、（對自己的力
量、條件而言）合適

例 このコンピューターは性能がいいうえに、値段も
手頃だ。

這台電腦性能好，而且價錢也合適。

□ **粗末**
そまつ

粗糙、不精緻、簡陋、
疏忽、浪費

例 彼は金持ちなわりに、粗末な食事をしている。

他雖然有錢，但是飲食卻很簡陋。

□ **大胆**
だいたん

大膽、膽大

例 わが社には大胆で新しい考え方をする人材が必要
だ。

我們公司需要大膽、有創新想法的人才。

129

實力測驗！

問題 1. _____ の言葉の読み方として最もよいものを 1・2・3・4 から一つ選びなさい。

1. （　　） 今日のコンサートは子供も加わり、和やかなものだった。
   ①しめやか　　　②なごやか　　　③おだやか　　　④わけやか

2. （　　） お金を粗末にするものではない。
   ①そもつ　　　②そまつ　　　③しもつ　　　④しまつ

3. （　　） いつまでも曖昧な関係は嫌なので、今日こそはっきりさせたい。
   ①あいめい　　　②あいもう　　　③あいまい　　　④あいまつ

問題 2. _____ の言葉を漢字で書くとき、最もよいものを 1・2・3・4 から一つ選びなさい。

1. （　　） 旅行にでかける前に、冷蔵庫の中をからっぽにしたほうがいい。
   ①満　　　②除　　　③空　　　④白

2. （　　） 曲を作るため、大ざっぱなイメージを描いてみた。
   ①雑把　　　②雑羽　　　③殺把　　　④殺羽

3. （　　） 妻の運転がへたなばかりに、車はきずだらけになった。
   ①上足　　　②下足　　　③上手　　　④下手

問題 3. （　　　　） に入れるのに最もよいものを、1・2・3・4 から一つ選びなさい。

1. まずは目標を （　　　　） にしたうえで、計画をたてるべきだ。
   ①あんせい　　　②こっけい　　　③ゆうこう　　　④あきらか

2. 女性社員を（　　　　）にお酒に誘ったあげく、訴えられた。

①びんかん　　　　②れいせい　　　　③ごういん　　　　④てきかく

3. 犬は飼い主を発見したとたん、（　　　　　）に尻尾をふった。

①さかん　　　　②そぼく　　　　③あんか　　　　④ゆうい

問題 4. 次の言葉の使い方として最もよいものを、1・2・3・4から一つ選びなさい。

1. きみょう

①このワインは値段もきみょうだし、おいしいから買うことにした。

②採れたての野菜は炒めるにつけ、茹でるにつけ、とてもきみょうだ。

③よなかにとなりの家からきみょうなこえがして、すごくこわかった。

④彼はスポーツ選手にしては、からだがきみょうで小さすぎる。

2. ゆたか

①おきゃくさまへの返事は、できるだけゆたかにしたほうがいい。

②この辺りはゆたかな自然にしろ住んでいる人にしろ、さいこうの環境だ。

③どんなにあらたでゆたかな人でも、欠点はあるものだ。

④かのじょはアメリカに20年もいたにしては、えいごがゆたかだ。

3. てごろ

①お祭りに着て行くてごろな浴衣をデパートでかうつもりだ。

②しけんの日が近づくにつれて、だんだんてごろになってきた。

③にほんの漢字はちゅうごくじんにとって、てごろというものだ。

④つまの作る弁当は、いつもてごろでよくばりだ。

□ **確実**（かくじつ）　　　　　　　　　　　　　確實、準確、可靠

例 今はまだ確実な治療法が見つかっていないらしい。

現在好像還沒有找到確切的治療方法。

似 **確か**（たしか）　確實、確切、可靠
明確（めいかく）　明確

□ **当たり前**（あたりまえ）　　　　　　　　　　理所當然、普通

例 社会人が働くように、学生が勉強するのは当たり前のことだ。

就像上班族要工作一樣，學生要讀書也是理所當然的。

似 **当然**（とうぜん）　當然、應當、應該、理所當然

□ **忠実**（ちゅうじつ）　　　　　　　　　　　　忠實、忠誠

例 犬好きの友人は「犬は人類にとって、もっとも忠実な友である」と熱く語った。

愛狗的朋友熱切地說：「狗對人類而言是最忠實的朋友。」

□ **貧乏**（びんぼう）　　　　　　　　　　　　　貧窮、貧困、貧苦

例 貧乏な家庭に生まれたからこそ、人の何倍も努力した。

正因為生在貧困的家庭，所以比別人多了好幾倍的努力。

□ **微妙**（びみょう）　　　　　　　　　　　　　微妙

例 私は微妙な立場にあるため、気軽に発言することはできない。

因為我的立場微妙，所以不能隨隨便便發言。

□ **偉大**（いだい）　　　　　　　　　　　　　　偉大、宏偉

例 偉大な両親を持った子供は、ほんとうに大変だと思う。

我覺得擁有偉大雙親的小孩，真的很辛苦。

☐ **安静**
あんせい

安靜

例 手術したばかりだから、安静にしたほうがいい。
しゅじゅつ　　　　　　　　　　　　　　　あんせい

剛手術完，靜養一下比較好。

似 **静か** 安靜
しず

☐ **足早**
あしばや

快步

例 約束の時間に間に合わないので、足早に歩いた。
やくそく　　じかん　　ま　　あ　　　　　　　　あしばや　　ある

由於約定的時間來不及了，所以快步走了。

☐ **いい加減**
かげん

適當、適可而止、不徹底、
馬馬虎虎、敷衍、靠不住

例 彼はよく遅刻するうえに、仕事もいい加減で困
かれ　　　　ちこく　　　　　　　しごと　　　　かげん　　こま
る。

因為他常遲到，而且工作也馬馬虎虎，所以很困擾。

似 **適当** 適當、酌情、隨
てきとう
便、馬虎

☐ **貴重**
きちょう

貴重、寶貴、珍貴

例 今回の貴重な経験を通して、たくさんのことを学
こんかい　　きちょう　　けいけん　　とお　　　　　　　　　　　　　　まな
んだ。

經過這次寶貴的經驗，學到了很多事情。

☐ **謙虚**
けんきょ

謙虛

例 彼女は謙虚なだけでなく、ファンをとても大切に
かのじょ　　けんきょ　　　　　　　　　　　　　　　　　　　たいせつ
することで知られている。
し

她以不只謙虛，而且還非常重視粉絲而聞名。

☐ **気楽**
きらく

輕鬆、舒暢、舒適、
無憂無慮

例 気楽なパーティーだから、よかったら参加してく
きらく　　　　　　　　　　　　　　　　　　　　　さんか
ださい。

因為是輕鬆的宴會，所以可以的話請參加。

延 **リラックス** 放鬆、鬆弛

□ **勤勉**
きんべん

例 弟は兄ほど勤勉ではないが、昔から頭がよかった。
おとうと　あに　きんべん　　　　　むかし　あたま

弟弟雖然沒有像哥哥那樣勤奮，但是從以前就很聰明。

勤勉、勤奮

延 努力 努力
どりょく

□ **厳重**
げんじゅう

例 伝染病に対して、厳重な警戒が必要だ。
でんせんびょう　たい　　　げんじゅう　けいかい　ひつよう

面對傳染病，必須保持嚴格的警戒。

嚴重、嚴格

似 厳しい 嚴格的、嚴厲
きび　　　的、嚴峻的、嚴肅的

□ **爽やか**
さわ

例 適度な運動をすると、心身ともに爽やかになる。
てきど　うんどう　　　　　しんしん　　さわ

一旦從事適度的運動，身心都會變得清爽。

（天氣）清爽、（心情）爽朗、
（口齒）清晰、（嗓音）嘹亮

□ **器用**
きよう

例 器用な母が、パーティー用のドレスを作ってくれた。
きよう　はは　　　　　　　　よう　　　　　　　　つく

手巧的母親，為我做了宴會要穿的禮服。

手巧、靈巧、精巧、
聰明機靈

反 不器用 笨手笨腳、不精
ぶきよう　巧、不靈巧、不機靈

□ **派手**
はで

例 そのネクタイは派手すぎるから、面接向きではないと思う。
はで　　　　　　　めんせつむ　　　　おも

那條領帶太過華麗，所以我覺得不適合面試。

（打扮、樣式、色調）花俏或華麗；
（態度、行為）闊氣或浮華

反 地味 樸素、樸實
じみ

□ **地味**
じみ

例 彼の両親と会うので、いつもより地味な服を選んだ。
かれ　りょうしん　あ　　　　　　　　じみ　ふく　えら

由於要和男朋友的雙親見面，所以選了比平常樸素的衣服。

（服裝、打扮、個性）
樸素或樸實

反 派手 花俏、浮華
はで

134

□ **素直**〔すなお〕

坦率、老實、聽話、不矯飾

例 彼〔かれ〕は素直〔すなお〕で真面目〔まじめ〕だから、上司〔じょうし〕に気〔き〕に入〔い〕られている。

他既坦率又認真，所以能得到上司喜愛。

□ **率直**〔そっちょく〕

直率、率直

例 率直〔そっちょく〕なアドバイスをいただければうれしいです。

若能承蒙給予直率的建議，會很開心。

□ **妥当**〔だとう〕

妥當、妥善

例 冷静〔れいせい〕に見〔み〕たうえで、彼女〔かのじょ〕の判断〔はんだん〕は妥当〔だとう〕だったと思〔おも〕う。

冷靜看過之後，覺得她的判斷是妥當的。

□ **適切**〔てきせつ〕

恰當、適當

例 適切〔てきせつ〕な温度管理〔おんどかんり〕をしなかったおそれがある。

恐怕沒有做到適當的溫度管理。

□ **透明**〔とうめい〕

透明、純粹、不含雜質

例 これからは透明〔とうめい〕な政治〔せいじ〕を目指〔めざ〕すべきだ。

今後應該要以透明的政治為目標。

反 **不透明**〔ふとうめい〕 不透明、混濁、可疑

□ **呑気**〔のんき〕

悠閒、不拘小節、粗心大意、漫不經心

例 息子〔むすこ〕は夫〔おっと〕とそっくりで呑気〔のんき〕な性格〔せいかく〕で困〔こま〕る。

兒子和丈夫一模一樣，都是漫不經心的個性，所以很傷腦筋。

實力測驗！

問題 1. ＿＿＿ の言葉の読み方として最もよいものを 1・2・3・4 から 一つ選びなさい。

1. （　　） 息子はもうすぐ試験なのに、呑気にゲームなどしている。
   ①のんき　　　②とんき　　　③のんけ　　　④とんけ

2. （　　） 彼は昔、偉大な音楽家だったそうだ。
   ①せだい　　　②こだい　　　③きだい　　　④いだい

3. （　　） 彼女は派手なお姉さんに比べて、どちらかというと地味だ。
   ①ちあじ　　　②じあじ　　　③ちみ　　　④じみ

問題 2. ＿＿＿ の言葉を漢字で書くとき、最もよいものを 1・2・3・4 から一つ選びなさい。

1. （　　） いつ来ても、山の空気はさわやかでおいしい。
   ①快やか　　　②鮮やか　　　③爽やか　　　④新やか

2. （　　） ほとんどの学生はきんべんだが、まれに例外もいる。
   ①努勉　　　②勤勉　　　③懸勉　　　④快勉

3. （　　） あの時の部長の判断はだとうだったと思う。
   ①加減　　　②適当　　　③相応　　　④妥当

問題 3. （　　　） に入れるのに最もよいものを、1・2・3・4 から一つ 選びなさい。

1. 先日はじつに（　　　　）な体験をさせていただきました。
   ①あきらか　　　②おろか　　　③きちょう　　　④たいら

2. 自分の間違いを（　　　　　）に認めるべきだ。

　　①いだい　　　　　②すなお　　　　　③ふかい　　　　　④へいき

3. たとえ相手が社長であっても、（　　　　　）な意見を述べてほしい。

　　①びんぼう　　　　②あしばや　　　　③かいてき　　　　④そっちょく

問題 4. 次の言葉の使い方として最もよいものを、1・2・3・4から一つ選びなさい。

な形容詞

1. ちゅうじつ

　　①運転手はじょうきゃくの身のちゅうじつをだいいいちにかんがるべきだ。

　　②月曜日まではちゅうじつにしていなさいと、医者に注意された。

　　③秘書であるからには、社長に対していつもちゅうじつであるべきだ。

　　④部下は仕事のあいまになんどもちゅうじつにタバコを吸いに行く。

2. いいかげん

　　①たとえアルバイトでも、いいかげんな態度は許されるべきではない。

　　②けいさつがいいかげんだったおかげで、助かったというわけだ。

　　③だいじな会議の際は、できるだけいいかげんな発言をしてください。

　　④説明書どおりに、いいかげんに組み立ててください。

3. あたりまえ

　　①この店のりょうりは値段に対して、味があたりまえだ。

　　②飲みすぎたせいか、声がちょっとあたりまえになった。

　　③娘の帰りがおそければ、親がしんぱいするのはあたりまえだ。

　　④彼はかわいがっていたペットに死なれて、あたりまえにみえる。

□ **楽**
らく

快樂、舒適、舒服、
輕鬆

例 楽な仕事がないわけではないが、給料はおそらく
  らく しごと　　　　　　　　　　　　きゅうりょう
  少ないだろう。
  すく

  並非沒有輕鬆的工作，但是薪水恐怕很少吧！

似 気楽 舒適、輕鬆
  きらく
反 厳しい 艱苦的、嚴格的
  きび

□ **無事**
ぶじ

平安無事、健康、閒散

例 乗っていた電車が事故に遭ったと聞いて心配して
  の　　　　でんしゃ じこ あ　　　き　　　　しんぱい
  いたが、無事でよかった。
  　　　　ぶじ

  聽到搭乘的電車遭遇事故很擔心，但是平安無事太好了。

□ **快適**
かいてき

舒適、舒服

例 船旅は優雅で快適どころか、揺れて大変だった。
  ふなたび ゆうが かいてき　　　　ゆ　　たいへん

  搭船旅行哪裡是既優雅又舒適啊，搖搖晃晃很辛苦的。

反 不快 不快、不愉快、不
  ふかい 舒服

□ **不快**
ふかい

不快、不愉快、不舒服

例 彼の冗談は女性を不快にさせるものがある。
  かれ じょうだん じょせい ふかい

  他開的玩笑有讓女性感到不舒服的地方。

反 快適 舒適、舒服
  かいてき

□ **平凡**
へいぼん

平凡、普通

例 わたしの人生はなんと平凡なことか。
  　　　　じんせい　　　　へいぼん

  我的人生是多麼平凡啊！

反 特別 特別
  とくべつ

□ **平気**
へいき

冷靜、不介意、滿不在
乎、輕而易舉

例 自分は悪口を言われても平気だが、親のことを悪
  じぶん わるくち い　　　　へいき　　　おや　　　　　わる
  く言うのは許せない。
  　 い　　　　ゆる

  自己被説壞話還不介意，但是説我父母親的壞話就不可原
  諒了。

□ 幼稚

よう ち

年幼、幼稚、不熟練

例 審査員たちはその劇を幼稚でつまならいと言った。
しん さ いん　　　　　　　　げき　　　ようち　　　　　　　　　い

評審們説那場戲既幼稚又無聊。

似 幼い 幼小的、年幼的、
おさな　　不成熟的

□ 面倒

めんどう

麻煩、費事、棘手、
照顧

例 できることなら、面倒なことには関わりたくない。
めんどう　　　　　　　かか

如果可以的話，不想牽扯到麻煩的事情。

似 面倒くさい 麻煩的、費
めんどう　　　事的

めんどくさい 麻煩的、
費事的

□ 見事

み ごと

漂亮、精彩、卓越、
出色

例 彼は最後までがんばりぬいて、見事な成績を出し
かれ　さいご　　　　　　　　　　　　　　みごと　せいせき　だ
た。

他一直努力到最後，交出漂亮的成績了。

似 すばらしい 極好的、絕
佳的

□ 冷静

れいせい

冷靜、鎮靜、沉著、
清醒

例 今はまだ冷静な判断ができないから、落ち着くま
いま　　　　れいせい　はんだん　　　　　　　　　お　つ
で待ってもらおう。
ま

現在還無法冷靜判斷，所以等平靜下來（再説）吧！

□ わがまま

任性、放肆

例 きつい性格はもとより、わがままな所も直すべき
せいかく　　　　　　　　　　　　　ところ　なお
だ。

剛強的個性就不用説了，任性的地方也應該要改。

□ 稀

まれ

少有、稀少、稀奇、
罕見

例 神様は彼女に稀な才能をプレゼントした。
かみさま　かのじょ　まれ　さいのう

神明賞賜給她稀有的才能。

延 珍しい 新奇的、稀奇
めずら　　的、少有的、罕見的

□ 満足 (まんぞく)

例 先生に質問したが、満足な回答が得られなかった。

詢問老師了，但是無法得到滿意的回答。

滿足、滿意、完整

反 不満 (ふまん) 不滿、不滿意

□ 愉快 (ゆかい)

例 たくさん釣れれば、釣りも愉快なものだ。

若能釣到很多魚的話，釣魚也是開心的事情。

愉快、快活、開心

似 楽しい (たのしい) 快樂的、愉快的
反 不愉快 (ふゆかい) 不愉快、不舒服、不高興

□ なだらか

例 なだらかな山かと思ったら、実際は違った。

還以為是平緩的山，實際上不是。

坡度小、平緩、順暢、順利、流利

似 緩やか (ゆるやか) 緩和
反 険しい (けわしい) 險峻的、陡峭的、崎嶇的、艱險的
急 (きゅう) 急、陡、險峻

□ 特殊 (とくしゅ)

例 特殊な訓練を受けた末に、やっと選手に選ばれた。

經過接受特殊的訓練，最後終於被選為選手。

特殊

似 特別 (とくべつ) 特別

□ 慎重 (しんちょう)

例 彼は行動にしろ発言にしろ、もっと慎重に行うべきだ。

他無論是行為還是發言，都應該更慎重行事。

慎重、謹慎、穩重

□ 誠実 (せいじつ)

例 娘の彼氏は誠実なうえに、真面目だそうだ。

據說女兒的男朋友不僅真誠，還很認真。

誠實、真誠

□ **不平** ふ へい

例 岡本さんは先生に叱られて、不平な顔をした。

岡本同學被老師罵，一臉不服氣。

不平、不滿、牢騷

延 **不滿** ふ まん 不滿、不滿意

□ **不便** ふ べん

例 田舎の生活は不便といっても、自転車さえあれば何とかなる。

鄉下的生活雖説不便，但是只要有腳踏車的話，總會有辦法的。

不便、不方便、不便利

反 **便利** べん り 便利、方便

□ **朗らか** ほが

例 隣の教室から外国人の先生の朗らかな笑い声が聞こえてきた。

聽到從隔壁教室傳來外國老師的爽朗笑聲。

（個性）爽朗、
（天氣）晴朗

□ **重大** じゅうだい

例 午後３時に、社長から重大なお知らせがあるそうです。

據説在下午3點，社長要宣布重大的消息。

重大、重要、嚴重、
要緊

似 **大事** だい じ 重要
大切 たい せつ 要緊、重要

□ **真剣** しんけん

例 自分の将来について、もっと真剣に考えるべきだ。

有關自己的未來，應該更認真地思考。

認真、一絲不苟

似 **真面目** ま じめ 認真
一生懸命 いっしょうけんめい 拚命、一心

□ **無駄** む だ

例 彼とこれ以上議論しても、時間の無駄だ。

和他做再多的爭辯，也是時間的浪費。

徒勞、白費、無益、
浪費

實力測驗！

問題 1. _____ の言葉の読み方として最もよいものを 1・2・3・4から
一つ選びなさい。

1. （　　）先生に話を聞いてもらったら、気分がすこし<u>楽</u>になった。

　　　①たの　　　②あん　　　③らく　　　④がく

2. （　　）彼女は<u>朗</u>らかで優しいので、クラスで人気がある。

　　　①たからか　　②ほがらか　　③きよらか　　④すみやか

3. （　　）このオートバイは<u>特殊</u>なエンジンを使っているそうだ。

　　　①とくしゅ　　②とくじゅ　　③としゅつ　　④とじゅつ

問題 2. _____ の言葉を漢字で書くとき、最もよいものを 1・2・3・4
から一つ選びなさい。

1. （　　）彼は考え方が<u>ようち</u>であるのみならず、責任感がなくて困る。

　　　①用地　　　②幼稚　　　③用事　　　④妖怪

2. （　　）息子が<u>ぶじ</u>だったと聞いたとたん、涙がながれた。

　　　①未事　　　②無事　　　③不事　　　④否事

3. （　　）今回の見学はわたしにとって<u>まんぞく</u>なものではなかった。

　　　①満息　　　②萬息　　　③満足　　　④萬足

問題 3. （　　　　）に入れるのに最もよいものを、1・2・3・4から一つ
選びなさい。

1. 田舎での<u>せいかつ</u>は（　　　　）だが、自然に囲まれて気分がいい。

　①ふあん　　　②ふべん　　　③ふりん　　　④ふこう

2. ガラスを削る音は人を（　　　　）にさせるものがある。

①ふかい　　　　　②しずか　　　　　③たいら　　　　　④ゆたか

3. 彼は事故にあって、（　　　　）な判断ができなくなっているようだ。

①なごやか　　　　②いたずら　　　　③にぎやか　　　　④れいせい

問題 4. 次の言葉の使い方として最もよいものを、1・2・3・4から一つ選びなさい。

1. なだらか

①うちの娘は子どものころからなだらかな音楽がすきだった。

②アメリカは野菜の栽培がとてもなだらかだそうだ。

③人々の生活はますますなだらかになっているようだ。

④わたしの家はなだらかな坂のとちゅうにある。

2. わがまま

①オリンピックの会場ではわがままな歓迎会が行われている。

②会議が終わったら、わがままなことについて話すつもりだ。

③娘はわがままなことを言って、幼稚園のせんせいを困らせたそうだ。

④わたしは彼女についてはあまりわがままではない。

3. まれ

①このへんで雪が降るなんて、じつにまれなことだ。

②まれなことを気にしていたら、大きいことはできないものだ。

③この本はわたしにはまれで、よくわからなかった。

④部長はかなりまれな人なので、女性社員に人気がある。

□ **有名**
ゆうめい

有名、著名

例 有名だからといって、おいしいとは限らない。
ゆうめい　　　　　　　　　　　　　　かぎ

雖說有名，也不見得好吃。

□ **有効**
ゆうこう

有效

例 その病気はまだ有効な治療法が見つかっていない
びょうき　　　　ゆうこう　ちりょうほう　み

反 **無効** 無效
むこう

そうだ。

據說那種病還沒有找到有效的治療方法。

□ **親切**
しんせつ

親切、懇切、好意、好心

例 お年寄りにはもっと親切にするべきだ。
としよ　　　　　　　しんせつ

似 **優しい** 親切的、懇切的、體貼的
やさ

對年長者應該要更親切。

□ **新鮮**
しんせん

新鮮

例 窓を開けて、新鮮な空気を入れましょう。
まど　あ　　　　しんせん　くうき　い

打開窗，讓新鮮的空氣進來吧！

□ **立派**
りっぱ

漂亮、宏偉、盛大、傑出、崇高

例 教師というのは、立派な職業だと思う。
きょうし　　　　　　りっぱ　しょくぎょう　おも

我認為所謂的教師，是崇高的職業。

□ **意地悪**
いじわる

使壞、刁難、捉弄

例 息子は愛ちゃんのことが好きなのに、意地悪なこ
むすこ　あい　　　　　　　す　　　　　いじわる

延 **いじめ** 欺負

とばかりする。

兒子明明就喜歡小愛，卻老是捉弄她。

□ **穏やか**　おだ

平穏、温和、妥當

例 部長は課長に比べて、穏やかで優しいから好きだ。
ぶちょう　かちょう　くら　　おだ　　　やさ　　　す

和課長比較起來，部長既溫和又體貼，所以喜歡。

□ **正確**　せいかく

正確、準確

例 被害者の正確な数がさっき発表されたところだ。
ひがいしゃ　せいかく　かず　　　　　はっぴょう

似 正しい　正確的
ただ

正好受害者正確的數字剛剛發布了。

□ **可哀想**　かわいそう

可憐、令人同情

例 彼だけに責任を負わせるのは可哀想というものだ。
かれ　　　せきにん　お　　　　　　　かわいそう

光只讓他負責任，實在太可憐了啊！

□ **危険**　きけん

危険

例 この手術は危険なだけに、家族が反対する気持ち
しゅじゅつ　きけん　　　　　かぞく　はんたい　　きも
も理解できる。
りかい

似 危ない　危険的、不安全的
あぶ

正因為這個手術很危險，家人反對的心情也是可以理解的。

□ **巨大**　きょだい

巨大

例 台風で山の岩が落ち、道路に巨大な穴が開いた。
たいふう　やま　いわ　お　　　どうろ　きょだい　あな　あ

因為颱風，山上的岩石崩落，把道路炸裂了好大一個洞。

□ **不安**　ふあん

不安、不放心、擔心、不穩定

例 不安がないことはないが、投資する価値はある。
ふあん　　　　　　　　　　とうし　　かち

似 心配　擔心
しんぱい
反 安心　安心、放心
あんしん

雖然並非沒有不安，但是有投資的價值。

□ 複雑 （ふくざつ）

例 このデザインは複雑で、分かりにくい。
這個設計很複雑，不好理解。

複雑

反 簡単 簡單
シンプル 簡單

□ 懸命 （けんめい）

例 わたしは懸命に勉強した末に、ついに東大に受かった。
我拚命讀書，最後終於考上東大。

拚命、竭盡全力

似 一生懸命 拚命、努力
必死 拚命

□ 幸せ （しあわ）

例 幸せな結婚生活は長くは続かなかった。
幸福的婚姻生活好景不常。

運氣好、僥倖、幸福、幸運

似 幸福 幸福、幸運

□ 退屈 （たいくつ）

例 この教材は子供向きに書かれたものだから、退屈でたまらない。
這個教材是為了適合小孩而寫，所以無聊到不行。

無聊、悶、寂寞、厭倦

似 つまらない 無趣的、無聊的

□ 生意気 （なまいき）

例 そんな生意気な態度だと、誰も教えてくれないだろう。
如果是那麼狂妄的態度，誰都不願意教吧！

傲慢、自大、狂妄

□ 粋 （いき）

例 娘の彼氏は粋な方法で告白したそうだ。
據說她的男朋友用瀟灑的方式告白了。

精粹、精華、體貼入微、瀟灑、風流、俊俏

□ **大事**　（だいじ）

重要、保重、愛護

例 私にとって、家族ほど大事なものはない。
對我而言，沒有比家人更重要的事情了。

延 **大切**（たいせつ） 重要、貴重、心愛、珍惜、保重
重要（じゅうよう） 重要、要緊

□ **大切**　（たいせつ）

重要、貴重、心愛、珍惜、保重

例 昔からの伝統をもっと大切にするべきだ。
應該要更珍惜自古以來的傳統。

延 **大事**（だいじ） 重要、保重、愛護
重要（じゅうよう） 重要、要緊

□ **賑やか**　（にぎ）

熱鬧、熙熙攘攘、繁華、極其開朗

例 娘が生まれて、家の中が賑やかになった。
自從女兒出生，家裡變熱鬧了。

延 **うるさい** 吵雜的
喧しい（やかま） 喧鬧的、吵雜的、嘮叨的、議論紛紛的

□ **暇**　（ひま）

空、閒暇、休假、解雇、離婚

例 店は昼夜を問わず、一日中暇だった。
店裡不分晝夜，一整天都很閒。

反 **忙しい**（いそが） 忙碌的

□ **本当**　（ほんとう）

真、真的、實在、本來

例 彼の話が本当なのかどうか、私には疑問だ。
他的話是否為真，我存疑。

反 **嘘**（うそ） 謊言

□ **真面目**　（まじめ）

認真、踏實

例 娘の結婚相手は優しくて真面目な人がいい。
女兒結婚的對象要既體貼又認真的人。

實力測驗！

問題 1. ＿＿＿＿の言葉の読み方として最もよいものを 1・2・3・4 から一つ選びなさい。

1. （　　）選手たちの懸命な姿は、そこにいた観客たちを感動させた。
   ①けんみん　　②けんめい　　③けいみん　　④けいめい

2. （　　）娘には立派なアナウンサーになってもらいたい。
   ①りつは　　②りっぱ　　③たては　　④たっぱ

3. （　　）先月は暇だったのに、今月は忙しくて休日も働いている。
   ①ひま　　②いま　　③かま　　④ちま

問題 2. ＿＿＿＿の言葉を漢字で書くとき、最もよいものを 1・2・3・4 から一つ選びなさい。

1. （　　）この通りは昔に比べて、ずいぶんにぎやかになった。
   ①穏やか　　②賑やか　　③喧やか　　④煩やか

2. （　　）海が近いので、毎日しんせんな魚がたべられる。
   ①新鮮　　②新美　　③清鮮　　④清美

3. （　　）日本のまんがやアニメは世界中でゆうめいだそうだ。
   ①人気　　②元気　　③知名　　④有名

問題 3. （　　　）に入れるのに最もよいものを、1・2・3・4 から一つ選びなさい。

1. ともだちに（　　　）なことをして、先生にしかられた。
   ①ぜいたく　　②あいまい　　③いじわる　　④にぎやか

2. 嘘をよくつくせいで、今回は（　　　　　）なのに誰も信じてくれない。

　　①でたらめ　　　　②ほんとう　　　　③からっぽ　　　　④いたずら

3. 金庫の使い方が（　　　　　）で、説明書を読んでもよくわからない。

　　①でたらめ　　　　②あんぜん　　　　③あきらか　　　　④ふくざつ

問題 4. 次の言葉の使い方として最もよいものを、1・2・3・4から一つ選びなさい。

な形容詞

1. かわいそう

　　①地球上にはたべものがなくて、かわいそうなこどもたちが山ほどいる。

　　②やきたてのパンははなはだしくて、かわいそうだった。

　　③英語がかわいそうになりたければ、もっと勉強することだ。

　　④動物のあかちゃんはどれもちいさくて、かわいそうなものだ。

2. しあわせ

　　①今すぐ出かければ、しあわせにならないこともない。

　　②ペットが死んでも、しあわせに感じることはない。

　　③ずっと憧れていた女優になれて、しあわせでたまらない。

　　④そぼの病気はどんどんしあわせになっているそうだ。

3. ゆうこう

　　①ごみの量はぜんぜん減らず、ますますゆうこうになっている。

　　②この口座は海外で生活している間に、ゆうこうではなくなっていた。

　　③年をとるにつれて、髪や体はゆうこうになりつつある。

　　④彼は最初から知っていたかのように、ゆうこうな顔をしていた。

□ **気軽**（き がる）

輕鬆愉快、舒暢、爽快、隨便

例 いつでも気軽（き がる）に遊（あそ）びに来（き）てください。

隨時請隨意來玩。

□ **真っすぐ**（ま）

筆直、直接、直率、坦率

例 銀行（ぎんこう）は真（ま）っすぐ行（い）って、2つ目（め）の信号（しんごう）を右（みぎ）に曲（ま）がるとあります。

銀行就是直直走，第二個紅綠燈右轉的地方。

□ **明確**（めいかく）

明確

例 明確（めいかく）な目標（もくひょう）がまだ見（み）つかっていない。

還沒有找到明確的目標。

似 確（たし）か　確切

　　はっきり　明確、清楚

□ **愚か**（おろ）

愚笨、愚蠢、糊塗

例 せっかくのチャンスをあきらめるなんて、愚（おろ）かすぎるというものだ。

放棄難得的機會什麼的，真是太愚蠢了啊！

反 賢（かしこ）い　聰明的

□ **巧み**（たく）

巧妙、靈巧、出色、技藝精湛、技巧高明

例 彼（かれ）は英語（えいご）はもとより、フランス語（ご）も巧（たく）みだ。

他的英語自不待言，連法語都出色。

似 上手（じょうず）　很會、高明、擅長

□ **盛ん**（さか）

旺盛、繁榮、盛行、熱烈

例 オリンピックの影響（えいきょう）で、卓球（たっきゅう）が盛（さか）んになった。

受到奧運的影響，桌球變得盛行了。

☐ **細やか**（こま）

例 彼女は人に対する心づかいが細やかで、礼儀正しい素敵な女性だ。

她是一位對人的關懷無微不至、有禮貌的優秀女性。

細心、細緻、細膩

☐ **有望**（ゆうぼう）

例 ２０年ぶりに会った田中くんは、将来有望な青年に成長していた。

相隔20年再見面的田中同學，已經成長為未來充滿希望的青年了。

充滿希望、有前途

☐ **緩やか**（ゆる）

例 緩やかな坂はともかく、こんな険しくては祖父には上れないだろう。

緩坡姑且不論，這麼陡峭的，祖父爬不上去吧！

緩慢、緩和、寬鬆、舒暢

似 なだらか 坡度小、平緩
反 険しい 險峻的、陡峭的、崎嶇的
急 急、陡、險峻

☐ **清らか**（きよ）

例 今夜のすばらしいコンサートのおかげで、心が清らかになった気がする。

託今晚很棒的音樂會的福，覺得心情變得清爽。

清澈、潔淨、清爽

☐ **健やか**（すこ）

例 自分の子には健やかに育ってほしいと願うのが、親というものだ。

祈求希望自己的孩子健康成長，就是所謂的父母吧！

健壯、健康、健全

似 健康 健康、健壯
元気 朝氣蓬勃、精力充沛、健康

☐ **滑らか**（なめ）

例 木の表面を滑らかにしてから、テーブルを作った。

把木頭表面磨到平滑之後，製作成桌子了。

光滑、滑溜、平滑、流利

□ **几帳面** （き ちょうめん）

規規矩矩、一絲不苟

例 彼は几帳面というより神経質すぎて、付き合いにくい。

與其說他一絲不苟，不如說是過於神經質，很難相處。

□ **微か** （かす）

微弱、些微、隱約、朦朧、可憐

例 どこかで嗅いだことのある花の香りが微かにした。

微微傳來曾經在哪裡聞過的花香。

似 わずか 一點點、稍微
少し 一點點、少許

□ **手軽** （て がる）

簡單、簡便、輕易

例 インターネットのおかげで、家で買物が手軽にできるようになった。

託網路之福，變得可以在家輕鬆購物了。

延 楽 快樂、舒適

□ **身近** （み じか）

切身、身旁

例 身近な住人が犯人だったと知って、驚いた。

知道身邊的居民是犯人，嚇了一跳。

□ **鮮やか** （あざ）

鮮明、鮮豔、精湛

例 年を取ったからといって、鮮やかな色の服を着ないのはもったいない。

雖說上了年紀，不穿色彩鮮豔的衣服也太可惜了。

似 鮮明 鮮明、清楚

□ **大まか** （おお）

粗枝大葉、粗略、籠統

例 課長に代わって、会議の大まかな内容を記録することになった。

要代替課長，記錄會議粗略的內容。

似 大体 大概、大略

□ **速やか**〔すみ〕

快、迅速、立即

例 道路に落ちている危険物を速やかに処分してほしい。

似 速い 快的、迅速的

希望迅速處理掉落在道路上的危險物品。

□ **しなやか**

柔軟且有彈性、
（舉止或動作）優美

例 娘の長くてしなやかな指はピアニスト向きだ。

女兒長且柔軟的手指，適合當鋼琴家。

□ **疎か**〔おろそ〕

疏忽、馬虎、草率

例 休みなく働かされたせいで、安全管理が疎かになったおそれがある。

會因為沒有休息、被迫工作，而有導致安全管理上疏忽的危險。

□ **滑稽**〔こっけい〕

滑稽、可笑、詼諧

例 これは滑稽な話を集めた江戸時代の小説だそうだ。

據説這是一部匯集了滑稽故事的江戶時代小説。

□ **純粋**〔じゅんすい〕

純粹、純淨、完全、
一心一意

例 純粋に彼の言葉を信じてお金を貸したものの、
二度と返ってくることはなかった。

完全相信他的話借錢給他，但卻有去無回。

□ **有益**〔ゆうえき〕

有益、有意義、有好處

例 それほど有益な情報なら、欲しくないわけがない。

如果是那麼有用的情報，不可能不想要。

實力測驗！

問題 1. _____ の言葉の読み方として最もよいものを 1・2・3・4 から一つ選びなさい。

1. (　　) いつでも気軽に相談しに来てください。
　　　①きけい　　　②きげい　　　③きかる　　　④きがる

2. (　　) 彼は観察や分析が巧みで、優秀な技術者だ。
　　　①たくみ　　　②きくみ　　　③しろみ　　　④こうみ

3. (　　) 上司から「速やかに報告するように」と言われている。
　　　①そくやか　　②すこやか　　③すみやか　　④こみやか

問題 2. _____ の言葉を漢字で書くとき、最もよいものを 1・2・3・4 から一つ選びなさい。

1. (　　) 息子たちはこっけいな動作をして、病気の祖父を笑わせようとした。
　　　①面白　　　　②滑稽　　　　③酷動　　　　④怪奇

2. (　　) 世の中にはまったくじゅんすいな事物などないと思う。
　　　①純正　　　　②淳粋　　　　③純粋　　　　④淳酔

3. (　　) 彼女の声はじつにきよらかで、コンサート会場いっぱいに響いた。
　　　①清らか　　　②滑らか　　　③朗らか　　　④高らか

問題 3. (　　　　) に入れるのに最もよいものを、1・2・3・4 から一つ選びなさい。

1. 学生である以上、学業を (　　　　) にするべきではない。
　　①あきらか　　　②なごやか　　　③おそろか　　　④おだやか

2. 新しい秘書は、ぜひとも（　　　　）な人を選んでほしい。

①でたらめ　　　②きちょうめん　③いじわる　　　④からっぽ

3. 田舎の生活はじかんが（　　　　）に流れる気がする。

①しなやか　　　②なめらか　　　③おろそか　　　④ゆるやか

問題 4. 次の言葉の使い方として最もよいものを、1・2・3・4から一つ 選びなさい。

1. かすか

①わたしは曲のリズムがかすかなほうが好きだ。

②どんなにつかれていても、仕事はぜったいかすかにしない。

③彼はあまりに問題をかすかに考えていると思う。

④かすかな希望がないというものではない。

2. ゆうえき

①学生証をなくしたので、ゆうえきに発行してもらった。

②妹は政治にはまったくゆうえきで、首相の名前もしらない。

③社長は社会にゆうえきなイベントを行うよう、社員全員に指示した。

④ゆうえきなツアーに参加して、事故にあってしまった。

3. おおまか

①おおまかな統計だが、この地域の人口は300万人ほどだ。

②運転免許証の期限がおおまかになるので、市役所にいった。

③スーパーのアルバイトは客との応対におおまかで、給料も安い。

④社員たちは毎日の残業につかれて、おおまかな休みを要求した。

□ 選ぶ_{えら}

選擇、挑選

例 インターネットは便利_{べんり}だが、実物_{じつぶつ}を見_みて選_{えら}んだほうが安心_{あんしん}だ。

似 選択_{せんたく} 選擇

網路雖然方便，但是還是看到實體的東西再挑選比較放心。

□ 働く_{はたら}

工作、勞動、起作用

例 私_{わたし}たちは生活_{せいかつ}のために、必死_{ひっし}で働_{はたら}かなければならない。

延 仕事_{しごと} 工作
給料_{きゅうりょう} 薪水

我們為了生活，非死命工作不可。

サラリーマン 上班族

□ 洗う_{あら}

洗、淨化、調查、沖刷

例 息子_{むすこ}の泥_{どろ}だらけのシャツと靴_{くつ}を洗_{あら}うのは本当_{ほんとう}に大変_{たい へん}だ。

似 洗濯_{せんたく} 洗衣服
延 洗濯機_{せんたくき} 洗衣機

洗兒子滿是泥巴的襯衫和鞋子真的很辛苦。

□ 磨く_{みが}

刷（淨）、擦（亮）、磨（光）、磨鍊

例 朝_{あさ}、起_おきたらまず顔_{かお}を洗_{あら}って、そのあと歯_はを磨_{みが}く。

延 歯磨き_{はみが} 刷牙

早上，起床後會先洗臉，之後再刷牙。

□ 沸く_わ

沸騰、燒開、燒熱、（觀眾）激動、（金屬）熔化

例 お湯_ゆが沸_わいたらすぐ火_ひを止_とめないと、危_{あぶ}ないです。

似 沸騰_{ふっとう} 沸騰
延 ガス 瓦斯

水燒開了不立刻熄火的話，會很危險。

□ 消す_け

熄滅、關掉、擦掉、消除、消滅

例 母_{はは}は最近忘_{さいきんわす}れっぽくなって、テレビや電気_{でんき}を消_けさないで寝_ねてしまう。

母親最近變得健忘，沒關電視或電燈就睡覺。

□ 通_{かよ}う

往來、定期往返、通學、通勤、流通

例 うちから高校_{こうこう}まで３時間_{さんじかん}もかかるが、３年間一日_{さんねんかんいちにち}も休_{やす}まずに通_{かよ}いきった。

雖然從家裡到高中要花到3小時，但是3年來連一天都沒有休息地通學到底了。

延 学校_{がっこう} 學校
会社_{かいしゃ} 公司
通学_{つうがく} 通學
通勤_{つうきん} 通勤

□ 払_{はら}う

拂、揮、支付、除掉、賣掉、表示（尊敬）

例 お金_{かね}を払_{はら}わないことには、会場_{かいじょう}の中_{なか}に入_{はい}ることはできない。

如果不付錢的話，就無法進到會場裡。

似 支払_{しはら}う 支付
延 会費_{かいひ} 會費
家賃_{やちん} 房租

□ 拾_{ひろ}う

拾、撿、挑、選、意外得到

例 プラットホームで知_しらない人_{ひと}の財布_{さいふ}を拾_{ひろ}ったので、駅員_{えきいん}さんに渡_{わた}した。

由於在月台拾獲了不知名人士的錢包，所以交給車站人員了。

延 ごみ 垃圾
落_{おと}し物_{もの} 遺失物品

□ 泳_{およ}ぐ

游泳、穿行、鑽營、向前栽

例 今日_{きょう}はとても暑_{あつ}いので、海_{うみ}に行_いって泳_{およ}ぎたくてならない。

由於今天非常炎熱，所以特別想去海邊游泳。

似 水泳_{すいえい} 游泳
延 プール 游泳池
水着_{みずぎ} 泳衣

□ 浮_うく

浮、漂、浮現、動搖、興高采烈、輕佻、剩餘

例 台風_{たいふう}が去_さった後_{あと}、川_{かわ}にたくさんの魚_{さかな}が浮_ういていた。

颱風走了後，河川上浮著很多魚。

□ 浮_うかぶ

漂浮、想起、浮現

例 昨日_{きのう}ほとんど寝_ねていないせいか、今日_{きょう}はアイデアがまったく浮_うかばない。

可能是因為昨天幾乎沒睡，今天一點點子都想不出來。

□ **続く**
つづ

例 パーティーは深夜まで続くそうだが、疲れたから
もう帰ろう。

據說宴會會持續到深夜，但是因為累了，所以快回家吧！

連續、接連發生、
接著、連著、接得上

似 連続 連續
れんぞく

□ **続ける**
つづ

例 引き受けたからには、ジャーナリストとして最後
まで取材を続けたい。

既然承接了，想以媒體人的身分持續採訪到最後。

持續、繼續、連接起來

似 継続 繼續
けいぞく

□ **掃く**
は

例 夫は部屋を掃いたといっても、掃いたのは自分の
部屋だけだ。

丈夫雖說打掃了房間，但是打掃了的只有自己的房間。

打掃、輕輕塗抹

延 掃除 打掃
そうじ
　 掃除機 吸塵器
そうじき
　 ごみ 垃圾

□ **省く**
はぶ

例 無駄や手間は省くべきだと思う。

浪費或費時費力的，我覺得都應該去掉。

省、節省、減去、
省略、去掉

□ **座る**
すわ

例 公園のベンチに座ったところ、今朝の雨で濡れて
いた。

坐在公園的長凳上，結果被今天早上的雨弄濕了。

坐、居某種地位

延 椅子 椅子
いす

□ **暮らす**
く

例 息子夫婦は来年から、アメリカで暮らすことに
なっている。

兒子夫婦確定從明年開始要在美國生活。

生活、度日

似 生活 生活
せいかつ
　 住む 居住
す

□ 慣れる

習慣、熟練

<ruby>慣<rt>な</rt></ruby>れる

例 <ruby>明<rt>あか</rt></ruby>るい<ruby>彼女<rt>かのじょ</rt></ruby>のことだから、<ruby>新<rt>あたら</rt></ruby>しい<ruby>生活<rt>せいかつ</rt></ruby>にもすぐ<ruby>慣<rt>な</rt></ruby>れるだろう。

那麼開朗的她，一定會馬上習慣新生活吧！

似 <ruby>習慣<rt>しゅうかん</rt></ruby> 習慣

□ 押す

推、按、壓、蓋（章）、
不顧、壓倒、強加於人

<ruby>押<rt>お</rt></ruby>す

例 <ruby>右<rt>みぎ</rt></ruby>にある<ruby>赤<rt>あか</rt></ruby>いボタンを<ruby>押<rt>お</rt></ruby>すと、<ruby>文字<rt>もじ</rt></ruby>が<ruby>大<rt>おお</rt></ruby>きくなります。

一按右邊的紅色按鈕，文字就會變大。

延 スイッチ 開關

□ 探す

找、尋找

<ruby>探<rt>さが</rt></ruby>す

例 <ruby>息子<rt>むすこ</rt></ruby>は<ruby>最近<rt>さいきん</rt></ruby>、<ruby>宝石<rt>ほうせき</rt></ruby>や<ruby>金<rt>きん</rt></ruby>など<ruby>宝物<rt>たからもの</rt></ruby>を<ruby>探<rt>さが</rt></ruby>すゲームに<ruby>夢中<rt>むちゅう</rt></ruby>だ。

兒子最近熱中於尋找寶石或金子等寶物的遊戲。

□ 捜す

尋找、搜索

<ruby>捜<rt>さが</rt></ruby>す

例 <ruby>警察<rt>けいさつ</rt></ruby>は<ruby>逃<rt>に</rt></ruby>げた<ruby>犯人<rt>はんにん</rt></ruby>を<ruby>捜<rt>さが</rt></ruby>しているにもかかわらず、まだ<ruby>見<rt>み</rt></ruby>つからないようだ。

儘管警察正在搜索逃走的犯人，但好像還沒有找到。

□ 残す

留下、剩下、遺留、
（相撲比賽中的）站穩

<ruby>残<rt>のこ</rt></ruby>す

例 <ruby>課長<rt>かちょう</rt></ruby>は<ruby>会議<rt>かいぎ</rt></ruby>の<ruby>最中<rt>さいちゅう</rt></ruby>だったので、<ruby>机<rt>つくえ</rt></ruby>の<ruby>上<rt>うえ</rt></ruby>にメモを<ruby>残<rt>のこ</rt></ruby>した。

由於課長正在會議中，所以在桌上留下便條紙了。

□ 残る

留、剩下、殘留、遺留

<ruby>残<rt>のこ</rt></ruby>る

例 <ruby>子供<rt>こども</rt></ruby>の<ruby>頃<rt>ころ</rt></ruby>に<ruby>転<rt>ころ</rt></ruby>んでできた<ruby>足<rt>あし</rt></ruby>の<ruby>傷<rt>きず</rt></ruby>は、<ruby>今<rt>いま</rt></ruby>もまだ<ruby>残<rt>のこ</rt></ruby>っている。

孩提時候跌倒造成的腳傷，到現在還殘留著。

實力測驗！

問題 1. ＿＿＿＿の言葉の読み方として最もよいものを 1・2・3・4 から
一つ選びなさい

1. （　　　） 弟は食べかけのケーキを残して、ともだちと遊びに出かけた。
　　　　　①はずして　　　②のこして　　　③さいして　　　④こうして

2. （　　　） 今日、教室を掃く当番は、木村くんと鈴木さんです。
　　　　　①はく　　　　　②しく　　　　　③かく　　　　　④たく

3. （　　　） 一日中探しても見つからなかった眼鏡は、冷蔵庫の中にあった。
　　　　　①ためして　　　②かえして　　　③つぶして　　　④さがして

問題 2. ＿＿＿＿の言葉を漢字で書くとき、最もよいものを 1・2・3・4
から一つ選びなさい。

1. （　　　） ふくはともかく、したぎくらい自分であらいなさい。
　　　　　①拾いなさい　　②洗いなさい　　③通いなさい　　④救いなさい

2. （　　　） 火があっという間に移ってしまい、なかなかけしきれない。
　　　　　①消し　　　　　②殺し　　　　　③刺し　　　　　④去し

3. （　　　） 娘は来年から京都のだいがくにかようことになっている。
　　　　　①通う　　　　　②行う　　　　　③雇う　　　　　④住う

問題 3. （　　　　　） に入れるのに最もよいものを、1・2・3・4から一つ
選びなさい。

1. 老後は大自然の中で静かに（　　　　　）たいものだ。
　　　①かよい　　　　　②くらし　　　　　③すくい　　　　　④ひろい

160

2. 母は油絵の勉強をもう20年以上も （　　　　　）いる。

①いだいて　　　　②いためて　　　　③このんで　　　　④つづけて

3. 何かいい考えが （　　　　　）ら、手をあげて発表してください。

①うかんだ　　　　②しずんだ　　　　③つつんだ　　　　④かこんだ

問題 4. 次の言葉の使い方として最もよいものを、1・2・3・4から一つ 選びなさい。

1. はぶく

①大阪にある神社で手をあわせて、かみさまをはぶいた。

②父はテレビを見ながら、すっかりはぶいてしまった。

③コンピューターのおかげで、むだな手間がはぶけてよかった。

④やっとしけんがはぶいたので、ともだちと遊園地へ遊びにいくつもり だ。

2. なれる

①新しい会社に入って2か月たつが、なかなかなれない。

②今年は去年となれると、だいぶあつい気がする。

③赤に白をなれると、ピンク色になるそうだ。

④じしょで分からないことばの意味をなれた。

3. はらう

①タイヤに釘が刺さって、くうきがはらってしまった。

②今月の家賃がはらえず、大家さんに待ってもらうことになった。

③ホテルのへやの窓から景色をはらいつつ、ワインをのもう。

④コンビニへいったついでに、郵便局へはらって手紙を出そう。

□ **直る**（なお）

改正過來、修理好、復原、改成

例 このパソコンはかなり古い（ふる）ので、直（なお）るかどうか分（わ）からない。

由於這台電腦很舊了，所以不知道能不能修好。

延 **修理**（しゅうり） 修理

□ **直す**（なお）

改正、修改、修理、換算

例 弟（おとうと）は機械（きかい）に強（つよ）く、壊（こわ）れていた父（ちち）のスピーカーも簡単（かん）（たん）に直（なお）した。

弟弟對機械很在行，父親壞掉了的喇叭也輕鬆修理好了。

□ **治る**（なお）

治好、痊癒

例 医者（いしゃ）の話（はなし）によれば、手術（しゅじゅつ）をしても治（なお）る確率（かくりつ）は５０（ごじゅっ）パーセントだそうだ。

根據醫生的話，據說就算動手術，治癒率也只有50%。

延 **病気**（びょうき） 病、疾病
　 怪我（けが） 受傷

□ **治す**（なお）

醫治、治療

例 とにかく風邪（かぜ）を治（なお）してからでないと、旅行（りょこう）に行（い）くことはできない。

總之，如果沒有治好感冒的話，不能去旅行。

似 **治療**（ちりょう） 治療

□ **外す**（はず）

取下、摘下、解開、躲開、錯過、沒接住、離（席）

例 おなかがいっぱいだったのでベルトを外（はず）したら、またおなかが空（す）いた。

因為肚子很飽而解開皮帶，然後肚子又餓了。

□ **外れる**（はず）

脫落、掉下、離開、（期待）落空、違反（道理）、落選

例 彼（かれ）は足（あし）の怪我（けが）が治（なお）らず、チームから外（はず）れることになった。

他的腳傷沒好，所以沒有被選進團隊。

□ **伝える**
<ruby>伝<rt>つた</rt></ruby>える

傳達、轉告、傳授、
傳、傳給、傳導

例 部長のメッセージを伝えるために課長の部屋を訪れたが、不在だった。

為了傳達部長的口信拜訪了課長室，但是課長不在。

似 **伝達** 傳達、轉達

延 **メモ** 筆記、備忘錄、便條

□ **申す**
<ruby>申<rt>もう</rt></ruby>す

說、講、告訴、叫做
（謙讓語）

例 はじめまして。今田と申します。どうぞよろしくお願いします。

初次見面。我叫今田。請多多指教。

似 **言う** 說、講、告訴、叫做

□ **結ぶ**
<ruby>結<rt>むす</rt></ruby>ぶ

繋、連結、締結、結束

例 靴の紐が緩んでいるから、しっかり結んだほうがいいですよ。

因為鞋帶鬆了，所以繫緊一點比較好喔！

□ **打つ**
<ruby>打<rt>う</rt></ruby>つ

打、敲、拍、打動（人心）、發（電報）、撒（網）、
釘（釘子）、耕（田）、鍛造（金屬）、演（戲）

例 用事があって同僚の結婚式に参加できないので、電報を打つことにした。

由於有事無法參加同事的婚禮，所以決定發電報了。

□ **育つ**
<ruby>育<rt>そだ</rt></ruby>つ

發育、成長、長進

例 彼は田舎の農村でのびのびと育ったので、元気で明るく太陽のようだ。

由於他在鄉下的農村悠然自得地成長，所以既有朝氣又開朗，像太陽一樣。

似 **成長** 成長

延 **子供** 小孩
植物 植物
生物 生物

□ **育てる**
<ruby>育<rt>そだ</rt></ruby>てる

養育、撫養、教育、
培養

例 子供が生まれたら、自然が豊かなところで育てたいものだ。

真希望小孩出生後，能養育在有豐富大自然的地方啊！

似 **育成** 培養、培育
延 **教育** 教育

動詞

163

□ **転ぶ**（ころ）　　跌倒、轉向、滾動

例　娘は校庭で転んで血だらけになり、泣きながら
帰ってきた

女兒在校園跌得全是血，哭著回家了。

□ **叫ぶ**（さけ）　　喊叫、呼籲

例　公園のほうから誰かが「助けて」と叫ぶ声がした。

公園那邊傳來不知道是誰喊叫「救命啊」的聲音。

延　**大声**（おおごえ）　大聲

□ **呼ぶ**（よ）　　呼喚、喊叫、邀請、
引起、稱為

例　病院内では気分が悪ければ、いつでも看護師を呼
ぶことができるから安心だ。

在醫院裡如果不舒服，隨時都可以呼喚護理師，所以很安
心。

□ **喜ぶ**（よろこ）　　歡喜、高興、欣然、
樂意

例　田植えの時期はかなり忙しく、手伝いに行くと、
たいへん喜ばれる。

插秧的時期相當忙碌，前去幫忙的話，會讓大家非常高興。

延　**嬉しい**（うれ）　高興的
笑顔（えがお）　笑顔、笑臉

□ **悲しむ**（かな）　　感到悲傷、悲痛

例　彼がそのニュースを知ったら、ひどく悲しむにち
がいない。

他如果知道那個消息，一定會非常悲痛。

延　**悲しい**（かな）　悲傷的
涙（なみだ）　涙

□ **怒る**（おこ）　　生氣、發怒、責備、
申斥

例　部下のミスは上司のミスなのだから、怒るのでは
なく教えるべきだ。

屬下的錯誤就是上司的錯誤，所以不是生氣，而是應該教
導。

似　**叱る**（しか）　申斥、責備

164

□ **取**<ruby>る<rt>と</rt></ruby>

拿、取、得到、除（草）、花掉、請（假）、攝取（營養）、記（筆記）

例 <ruby>大事<rt>だいじ</rt></ruby>だと<ruby>思<rt>おも</rt></ruby>ったことは、メモを<ruby>取<rt>と</rt></ruby>るどころか、<ruby>録音<rt>ろくおん</rt></ruby>することもある。

覺得重要的事情，別説是記筆記，連録音都有。

□ **撮**<ruby>る<rt>と</rt></ruby>

拍（照）、照（相）、攝影

例 <ruby>新<rt>あたら</rt></ruby>しいレンズを<ruby>買<rt>か</rt></ruby>ったので、ベランダに<ruby>咲<rt>さ</rt></ruby>いている<ruby>花<rt>はな</rt></ruby>を<ruby>撮<rt>と</rt></ruby>ってみた。

由於買了新的鏡頭，所以試著拍了陽台上開著的花。

延 <ruby>写真<rt>しゃしん</rt></ruby> 照片
　 カメラ 相機

□ **獲**<ruby>る<rt>と</rt></ruby>

捕、捉

例 <ruby>夏休<rt>なつやす</rt></ruby>みのレジャーといえば、<ruby>海<rt>うみ</rt></ruby>に<ruby>潜<rt>もぐ</rt></ruby>って<ruby>貝<rt>かい</rt></ruby>や<ruby>魚<rt>さかな</rt></ruby>を<ruby>獲<rt>と</rt></ruby>って<ruby>食<rt>た</rt></ruby>べることだ。

説到暑假的娯樂，就是潛到海底捕捉貝類或魚類來吃啊！

延 <ruby>狩<rt>か</rt></ruby>り 狩獵、捕捉（魚貝）、採摘（水果）
　 <ruby>漁<rt>りょう</rt></ruby> 捕魚

□ **助**<ruby>ける<rt>たす</rt></ruby>

救助、幫助、幫忙

例 <ruby>校長先生<rt>こうちょうせんせい</rt></ruby>は「<ruby>他人<rt>たにん</rt></ruby>を<ruby>助<rt>たす</rt></ruby>けることは<ruby>自分<rt>じぶん</rt></ruby>を<ruby>助<rt>たす</rt></ruby>けることだ」とおっしゃった。

校長説：「幫助別人就是幫助自己。」

似 <ruby>手伝<rt>てつだ</rt></ruby>う 幫忙

□ **助**<ruby>かる<rt>たす</rt></ruby>

得救、脱險、省事

例 もう<ruby>少<rt>すこ</rt></ruby>しゆっくり<ruby>話<rt>はな</rt></ruby>してくれると<ruby>助<rt>たす</rt></ruby>かります。

若能再説慢一點，便是幫了大忙。

□ **求**<ruby>める<rt>もと</rt></ruby>

渴望、求、尋求、徵求、要求、購買、惹來

例 <ruby>別<rt>べつ</rt></ruby>の<ruby>人<rt>ひと</rt></ruby>の<ruby>意見<rt>いけん</rt></ruby>を<ruby>求<rt>もと</rt></ruby>めた<ruby>末<rt>すえ</rt></ruby>に、<ruby>新<rt>あたら</rt></ruby>しい<ruby>情報<rt>じょうほう</rt></ruby>を<ruby>得<rt>え</rt></ruby>ることができた。

尋求他人意見之後，終於獲得了新的情報。

似 <ruby>要求<rt>ようきゅう</rt></ruby> 要求

實力測驗！

問題 1. _____ の言葉の読み方として最もよいものを 1・2・3・4 から
一つ選びなさい

1. (　　) 結婚式に参加できないので、電報でメッセージを<u>伝えた</u>。

　　①ふるえた　　②つたえた　　③こたえた　　④おしえた

2. (　　) 右折する際、合図を出さなかったので、教官に<u>怒られた</u>。

　　①おこられた　　②しぼられた　　③せめられた　　④こまられた

3. (　　) しばらく治らなかった風邪がやっと<u>治った</u>。

　　①はかった　　②のこった　　③しめった　　④なおった

問題 2. _____ の言葉を漢字で書くとき、最もよいものを 1・2・3・4
から一つ選びなさい。

1. (　　) 障害のある人を<u>たすける</u>のは、当然のことだ。

　　①預ける　　②助ける　　③届ける　　④向ける

2. (　　) 枕と毛布が古くて破れているので、自分で<u>なおした</u>。

　　①創した　　②縫した　　③直した　　④修した

3. (　　) 自動販売機でお釣りの硬貨を<u>とる</u>のを忘れた。

　　①拾る　　②借る　　③握る　　④取る

問題 3. (　　　) に入れるのに最もよいものを、1・2・3・4から一つ
選びなさい。

1. 女房は6年間学んでいる書道で入賞して、たいへん (　　　　)。

　　①よろこんだ　　②あそんだ　　③えらんだ　　④むすんだ

2. 山の頂上で好きな人の名前を大声で（　　　　）。

　①かんだ　　　　　②しんだ　　　　　③すんだ　　　　　④よんだ

3. 祖母は階段で（　　　　）、血だらけになった。

　①ねがって　　　　②いだいて　　　　③ころんで　　　　④うたがって

問題 4. 次の言葉の使い方として最もよいものを、1・2・3・4から一つ選びなさい。

1. かなしむ

　①来月は出張やら会議やらでかなしむことになりそうだ。

　②このレストランは有名だけあって、店の前におおくの人がかなしんでいる。

　③王様の死の知らせを聞いて、国民はなみだを流してかなしんだとか。

　④アメリカ出張を契機に、本格的に英語の勉強をかなしむことにした。

2. とる

　①海の中で魚をたくさんとったので、家で料理することにした。

　②風邪をひいた時は、温かい物をたべて、布団でぐっすりとるに限る。

　③司法試験のために長年とったにもかかわらず、うまくいかなかった。

　④この地方は一年間をとって、ほとんど毎日寒いそうだ。

3. はずす

　①論文の作成にさきだって、さまざまな資料をはずす必要がある。

　②日がはずさないうちに、家にかえろう。

　③一般に、子供は何歳ごろ自分で服のボタンをはずすことができますか。

　④オートバイは事故ではずしてしまったから、もう直しようがない。

第 **27** 天 ♪27

☐ 乗る
　の
🔵 会議の時間に間に合わないと思い、タクシーに
乗った次第だ。
　　　覺得會議時間會來不及，所以搭了計程車。

乗、坐、騎、搭乘、登、參與、上
當、附著、乘機、配合、傳導

延 車 車
　　ドライブ 開車兜風
　　ハンドル 方向盤

☐ 寝る
　ね
🔵 彼は若いにもかかわらず、疲れやすくてすぐ寝て
しまう。
　　　他儘管還很年輕，卻容易疲倦，馬上睡著。

躺下、睡覺、就寢、臥
病、發酵熟成、滯銷

似 睡眠 睡眠
　　眠る 睡覺、擱置不用、死
延 枕 枕頭
　　布団 被褥、舖蓋

☐ 認める
　みと
🔵 彼は故障の原因は自分にあると知っているくせ
に、ミスを認めない。
　　　他明知道故障的原因是出於自己，卻不承認錯誤。

看到、重視、承認、斷
定、准許

☐ 焼く
　や
🔵 日曜日にケーキを焼くついでに、クッキーも作る
ことにした。
　　　決定星期天烤蛋糕，順便也做餅乾了。

燒、烤、曬黑、燒製、沖洗
照片、燒灼、照顧、嫉妒

延 火 火
　　フライパン 平底鍋

☐ 蒸す
　む
🔵 魚は蒸すにしろ焼くにしろ、しっかり火を通せば
おいしく食べられる。
　　　魚無論蒸還是烤，只要確實加熱的話都好吃。

蒸熱、悶熱

延 蒸気 蒸氣

☐ 煮る
　に
🔵 蟹や海老は煮たり、蒸したりすると赤くなるもの
だ。
　　　螃蟹或蝦子是只要一煮或蒸，就會變紅啊！

煮、燉、熬

延 煮物 燉菜

□ 刻む（きざ）

切細、剁碎、雕刻、銘記、（鐘錶）計時

例 先生（せんせい）の指示（しじ）に従（したが）って、テーブルにある野菜（やさい）をすべて刻（きざ）んだ。

遵從老師的指示，把在桌上的蔬菜全部切碎了。

延 包丁（ほうちょう）菜刀
ナイフ 刀子
材料（ざいりょう）材料
まな板（いた）砧板

□ 塗る（ぬ）

塗、擦、抹、轉嫁（罪責）

例 子供（こども）たちはバターとジャムを塗（ぬ）ったトーストとサラダを食（た）べて出（で）かけた。

孩子們吃了塗了奶油和果醬的吐司和沙拉後出門了。

延 絵具（えのぐ）畫圖的工具和顏料
口紅（くちべに）口紅

□ 混ぜる（ま）

攪拌、混合、插嘴

例 理科（りか）の実験（じっけん）をしてはじめて、油（あぶら）と水（みず）を混（ま）ぜることはできないことを知（し）った。

做了理科的實驗以後才知道，油和水是不能混合的。

似 混合（こんごう）混合

□ 交ぜる（ま）

摻混、加入

例 夏休（なつやす）みの宿題（しゅくだい）で、昆虫（こんちゅう）の雄（おす）の中（なか）に雌（めす）を交（ま）ぜるとどうなるかという研究（けんきゅう）をしている。

因為暑假作業，正在做要是把母的昆蟲摻入公的裡面會變成怎樣的研究。

□ 味わう（あじ）

品味、玩味、體驗

例 自分（じぶん）たちで企画（きかく）したイベントが成功（せいこう）して、仕事（しごと）の面白（おもしろ）さを味（あじ）わった。

因為大家一起企畫的活動獲得成功，而體驗到了工作的樂趣。

延 味（あじ）味道、趣味
味覚（みかく）味覺

□ 学ぶ（まな）

學習（知識或技藝）、做學問

例 最新（さいしん）のプログラムを学（まな）ばないことには、大量（たいりょう）のデータが処理（しょり）できない。

如果不學習最新的程式，便無法處理大量的資料。

似 学習（がくしゅう）學習
勉強（べんきょう）（為升學、考試等目的）用功讀書
習う（なら）（從某人身上）學習（知識或技藝）

□ 並ぶ
なら

排成（行列）、比得
上、兼備

例 店に商品が並ぶ前にインターネットで売りきれて
みせ しょうひん なら まえ う
しまい、手に入らない次第だ。
て はい しだい

延 行列 行列、隊伍
ぎょうれつ

商品在商店陳列之前，在網路上就已銷售一空，所以無法
到手。

□ 溶く
と

溶、溶化、溶合

例 この皿は日本画を描く際に、絵具を溶くのに使っ
さら にほんが か さい えのぐ と つか
ている。

這個盤子是描繪日本畫時，用來溶合顏料的。

□ 溶ける
と

融化、溶化、熔化

例 紙の種類によって、水に溶けるものと溶けないも
かみ しゅるい みず と と
のがある。

延 氷 冰
こおり
砂糖 糖
さとう

根據紙的種類，有溶於水的東西和不溶於水的東西。

□ 解く
と

解、解開、拆開、
廢除、解除、消除

例 難しい問題だからこそ、答えを見ずに自分の力で
むずか もんだい こた み じぶん ちから
解きたい。
と

延 紐 細繩、（鞋）帶
ひも
帯 帶狀物、（腰）帶
おび
難問 難題
なんもん

正因為是困難的問題，所以想不看解答，靠自己的能力解
開。

□ 解ける
と

（扣子或鞋帶等）鬆
開、緩和、解除、解決

例 参考書をもとに考えた末、大学生向けのテスト問
さんこうしょ かんが すえ だいがくせいむ もん
題が解けた。
だい と

在以參考書為基礎加以思考後，針對大學生的考題解開
了。

□ 抜く
ぬ

抽出、拔掉、選出、除掉、
省掉、追過、做到底

例 魚の骨を抜かなかったせいで、子供の喉に刺さっ
さかな ほね ぬ こども のど さ
てしまった。

因為沒有去掉魚刺，所以刺到小孩的喉嚨了。

170

□ **抜ける** ぬ

脱落、洩（氣）、遺漏、穿過、溜走、退出、遲鈍、清澈

例 彼が無事だと聞いたとたん、体中の力が抜けたようだった。
かれ ぶ じ き からだじゅう ちから ぬ

聽到他沒事的瞬間，全身的力氣像洩了出來一樣（精疲力盡）。

□ **吸う** す

吸、吸入、吮、吮吸、啜、吸收

例 退院する時、父は家族に「二度とタバコは吸うまい」と約束した。
たいいん とき ちち か ぞく に ど す やくそく

出院的時候，父親和家人約定好「再也不抽菸了」。

□ **注ぐ** つ

斟、灌、注入、倒入

例 会社の宴会で上司にお酒を注ぐのみならず、歌も歌わされた。
かいしゃ えんかい じょうし さけ つ うた うた

在公司的宴會上，不僅幫主管斟酒，也被迫唱了歌。

□ **笑う** わら

笑

例 笑いすぎたあまり、おなかが痛くなった。
わら いた

笑得太過頭，肚子變得好痛。

延 **楽しい** 快樂的、愉快的、高興的
たの

面白い 愉快的、有趣的
おもしろ

愉快 愉快
ゆ かい

□ **咲く** さ

花（開）

例 先生のおっしゃったとおりに育てたら、きれいな花が咲いた。
せんせい そだ はな さ

依照老師所説地培育，美麗的花朵便開了。

似 **開花** 開花
かい か

□ **招く** まね

招、招呼、邀請、招聘、招致

例 きちんと説明しなかったから、疑いを招いてしまったにちがいない。
せつめい うたが まね

因為沒有好好説明，所以肯定會招致疑慮。

似 **招待** 邀請
しょうたい

實力測驗！

問題 1. _____ の言葉の読み方として最もよいものを１・２・３・４から一つ選びなさい

1. （　　） 最近は家に帰っても仕事で、3時間しか<u>寝る</u>時間がない。
　　　　①しる　　　　②ねる　　　　③ほる　　　　④とる

2. （　　） 新鮮な魚は塩をふって<u>焼いた</u>だけでおいしいものだ。
　　　　①かいた　　　②ついた　　　③きいた　　　④やいた

3. （　　） 弟は京都が好きで、歴史についてもよく<u>学んで</u>いる。
　　　　①まなんで　　②あそんで　　③よろこんで　　④ころんで

問題 2. _____ の言葉を漢字で書くとき、最もよいものを１・２・３・４から一つ選びなさい。

1. （　　） 一つの問題を<u>とく</u>のに、20分もかかってしまった。
　　　　①聞く　　　　②書く　　　　③敷く　　　　④解く

2. （　　） 前の車を<u>ぬく</u>ときに、相手の車を傷つけてしまった。
　　　　①過く　　　　②追く　　　　③越く　　　　④抜く

3. （　　） 今年は例年より寒いせいか、さくらはまだ<u>さかない</u>。
　　　　①咲かない　　②開かない　　③解かない　　④引かない

問題 3. （　　　　） に入れるのに最もよいものを、１・２・３・４から一つ選びなさい。

1. タバコを（　　　　）のは体にわるいから、やめることにした。
　　①たべる　　　　②そそぐ　　　　③すう　　　　④のむ

2. せっかく一流レストランに来たのだから、もっと（　　　　）ほしい。

①さわいで　　　　②あじわって　　　③はぶいて　　　　④いたわって

3. 他人のしっぱいを（　　　　）ものではない。

①およぐ　　　　　②ぬける　　　　　③てらす　　　　　④わらう

問題4. 次の言葉の使い方として最もよいものを、1・2・3・4から一つ 選びなさい。

1. ぬる

①わたしは借金があるので、はやくぬらなければならない。

②パーティーに招待されたが、その日はようじがあるのでぬった。

③それはチーム全員でいっしょうけんめいぬりぬいた結論だ。

④かべに傷があるので、しろいペンキでぬることにした。

2. のる

①試合に臨むにあたって、相手チームのことをもっとのりたい。

②祖父は年をとっているだけに、かぜをのるとしんぱいでたまらない。

③今は試験に合格することを目標として、がんばってのっている。

④知人がのっていたでんしゃがだっせんして、大きな被害がでたそうだ。

3. きざむ

①一度やくそくしたからには、最後まできちんときざむべきだ。

②すっかりきざんでいただけに、合格したと聞いて本当にうれしい。

③部長の許可をきざんでからでないと、わたしにはきめられません。

④祖母は歯がわるいので、にくや野菜は細かくきざまなければならない。

□ **向く**^む

向、朝、對、趨向、適合

例 悲しい時や辛い時こそ、上を向いて歩こう。

悲傷的時候或是痛苦的時候，才更要昂首前行。

□ **超す**^こ

超過（某基準、數值）、勝過

例 先月までの統計によると、失業者の数はついに一万人を超したそうだ。

根據截至上個月的統計，據說失業人數最終超過一萬人了。

□ **超える**^こ

超過、超越

例 コンサートの会場には8000人を超えるファンが集まった。

在演唱會的會場，有超過8000名的粉絲聚集在一起。

□ **越す**^こ

越過（某地點、時間）

例 50歳を越したとたん、文字がよく見えなくなった。

就在年過50的瞬間，字變得看不清楚了。

□ **越える**^こ

越過、穿過

例 ガイドブックによれば、今いる山を越えると長野県に入るということだ。

根據導覽書，表示一越過現在所在的山，就進入長野縣了。

□ **示す**^{しめ}

出示、表示、指示

例 口で言って分からない子供には、行動で示すしかない。

對用嘴巴說還聽不懂的小孩，只能用行動來表示。

□ 流す _{なが}

使～流走、使～漂浮、流、放逐、傳播、使～作罷

例 人前で涙を流してしまうなんて、どんなに恥ずかしかったことか。

在人前流淚什麼的，是多麼丟臉的事啊！

□ 鳴らす _な

鳴、弄響、馳名

例 前に人がいたから、自転車のベルを鳴らさざるを得なかった。

因為前面有人，不得不鳴腳踏車的鈴。

□ 伸ばす _の

延長、拉長、伸展、發揮、擴大

似 成長 成長

例 子供の才能を伸ばすといっても、強制するのはよくない。

就算要發揮孩子的才能，強迫也不好。

□ 延ばす _の

延長、拖延

似 延長 延長

例 開催の日を延ばさないことには、会場の準備が間に合わない。

如果不延後舉辦的日期，會場的準備會來不及。

□ 冷やす _ひ

冰鎮、使～冷靜

延 冷蔵庫 冰箱

例 ビールは冷たく冷やしてからでないと、おいしくないにきまっている。

啤酒如果不冰鎮得涼涼的，一定不好喝。

□ 冷える _ひ

變冷、變涼、覺得冷、覺得涼、變冷淡

例 お風呂から出た後アイスを食べたら、体が冷えてしまった。

洗完澡後一吃冰，結果身體發冷。

動詞

□ 冷ます <small>さ</small>

弄涼、冷卻、掃興

例 スープはかなり熱いので、よく冷ましたうえで飲んでください。

由於湯相當地燙，請好好涼一涼之後再喝。

□ 冷める <small>さ</small>

冷掉、涼掉、降低、減退

例 冷めたコーヒーをお客様に出すわけにはいかない。

不可以端出冷掉的咖啡給客人。

□ 戻す <small>もど</small>

歸還、送回、復原、使～倒退、嘔吐

例 人から借りたテーブルはもとの場所に戻すべきだ。

跟別人借來的桌子，應該要歸還到原來的地方。

似 返す 歸還、送回

□ 遊ぶ <small>あそ</small>

玩耍、遊玩、閒置、遊蕩

例 子供たちは公園で泥だらけになって遊んでいる。

孩子們正在公園玩得滿身是泥。

延 遊園地 遊樂園

レジャー 閒暇、娛樂

レクリエーション 消遣、娛樂

□ 飛ぶ <small>と</small>

飛、飛翔、飛行、飛揚、飄落、傳開、飛跑、跳過、逃跑

例 上空を飛行機が飛ぶたびに、すごい音がする。

每當飛機飛行到上空時，就會傳來巨大的聲響。

延 鳥 鳥

□ 編む <small>あ</small>

編、織、編纂、安排

例 姉が2年前にセーターを編み始めて以来、完成品を一度も見たことがない。

自從姊姊2年前開始織毛衣以來，一次都沒有看過成品。

延 手作り 自己做、手製

□ 組む〔く〕

□ 組む〔く〕

例 新入生〔しんにゅうせい〕が入〔はい〕り次第〔しだい〕、新〔あたら〕しいチームを組むことになった。

新生一進來，馬上要組新的團隊。

把～交叉起來、合夥、組成、扭打、編織

□ 囲む〔かこ〕

例 会議室〔かいぎしつ〕のテーブルを囲〔かこ〕んで、部長〔ぶちょう〕の誕生日〔たんじょうび〕を祝〔いわ〕った。

圍繞著會議室的桌子，為部長慶生了。

圍上、包圍、圍繞

□ 回す〔まわ〕

例 肩〔かた〕が痛〔いた〕いときは、腕〔うで〕を大〔おお〕きく回〔まわ〕すといいそうだ。

據説肩膀痛的時候，大大地轉動手臂會很好。

轉、轉動、圍上、依序傳遞、轉送

似 回転〔かいてん〕 轉、轉動、旋轉、回轉

□ 込む〔こ〕

例 この辺〔へん〕は一年〔いちねん〕を通〔とお〕して工事中〔こうじちゅう〕のため、道〔みち〕がいつも込〔こ〕んでいる。

這附近一整年都在施工，所以道路總是擁擠著。

人多、擁擠、混雜、精巧、複雜

延 混む〔こ〕 擁擠、混亂

□ 造る〔つく〕

例 父〔ちち〕は建築〔けんちく〕の本〔ほん〕をもとにして、空地〔あきち〕に木造〔もくぞう〕の家〔いえ〕を造〔つく〕り始〔はじ〕めた。

父親以建築的書為本，開始在空地建造木造的房屋了。

創造、製造、建造、鑄造

延 作る〔つく〕 做、作、創作、製作、裝作、設立
創る〔つく〕 創造、創作、創新

□ 預ける〔あず〕

例 泥棒〔どろぼう〕に入〔はい〕られたことをきっかけに、お金〔かね〕は銀行〔ぎんこう〕に預〔あず〕けることにしている。

以遭小偷為契機，都會把錢存放到銀行。

託付、寄存、交給、存錢、倚靠、由別人決定

反 預かる〔あず〕 收存、（代人）保管、擔任、保留

動詞

177

實力測驗！

問題 1. ＿＿＿＿＿ の言葉の読み方として最もよいものを 1・2・3・4 から
一つ選びなさい

1. （　　） 入口で身分が証明できるものを<u>示す</u>ことになっている。
　　　　①ためす　　　　②しるす　　　　③たくす　　　　④しめす

2. （　　） 天気予報によると、気温は35度を<u>越す</u>そうだ。
　　　　①こす　　　　②かす　　　　③けす　　　　④ほす

3. （　　） 休日はどこも<u>込ん</u>でいるから、出かけたくない。
　　　　①すんで　　　　②とんで　　　　③こんで　　　　④かんで

問題 2. ＿＿＿＿＿ の言葉を漢字で書くとき、最もよいものを 1・2・3・4
から一つ選びなさい。

1. （　　） しゅちょうは首脳かいぎのために、アメリカに<u>とんだ</u>。
　　　　①飛んだ　　　　②並んだ　　　　③呼んだ　　　　④結んだ

2. （　　） あしを<u>くん</u>で座ると、形がわるくなると思う。
　　　　①囲んで　　　　②包んで　　　　③組んで　　　　④挟んで

3. （　　） 彼にプレゼントするため、がんばってセーターを<u>あん</u>でいる。
　　　　①編んで　　　　②縫んで　　　　③創んで　　　　④備んで

問題 3. （　　　　） に入れるのに最もよいものを、1・2・3・4 から一つ
選びなさい。

1. ただしいと思う番号を〇で （　　　　　） ください。
　　　　①しずんで　　　　②かこんで　　　　③きざんで　　　　④このんで

2. 子どもたちの才能を（　　　　　）ことも、きょうしの仕事だ。

　　①ひやす　　　　　②のばす　　　　　③くらす　　　　　④ころす

3. 借りていたほんは今週中に（　　　　　）ことになっている。

　　①すすむ　　　　　②なげる　　　　　③つれる　　　　　④もどす

問題 4. 次の言葉の使い方として最もよいものを、1・2・3・4から一つ 選びなさい。

1. あそぶ

　　①きのうの大地震で、たてものがたくさんあそんでしまった。

　　②むすめはもうすぐテストなのに、毎日あそんでばかりいる。

　　③さいきん天気予報はよくあそぶので、信用できない。

　　④今年はひどいあつさで、庭のはなもほとんどあそんでしまった。

2. さめる

　　①りょうりがさめないうちに、お召し上がりください。

　　②わたしたちは彼のせいこうを心からさめています。

　　③肉にしようか魚にしようか、さめかねている。

　　④スーパーのアルバイトはねんれいをさめず、申し込める。

3. あずける

　　①今の時代は、ぎんこうにお金をあずけていてもほとんどふえない。

　　②部長ははたらきすぎで、かいしゃの前でとつぜんあずけてしまった。

　　③この小説はじっさいにあった話をもとにあずけられた。

　　④結婚式はきょうとのホテルにおいてあずけることになっている。

□ **変える**
<small>か</small>

改變、變更

例 他人は変えられないのだから、自分を変えるしか
<small>た にん</small> <small>か</small> <small>じ ぶん</small> <small>か</small>
ない。

似 **変化** 變化
<small>へん か</small>

因為別人無法改變，所以只能改變自己。

□ **替える**
<small>か</small>

換、更換、改換

例 日本についたら、空港の両替所で台湾ドルを日本
<small>に ほん</small> <small>くうこう</small> <small>りょうがえじょ</small> <small>たいわん</small> <small>に ほん</small>
円に替えるつもりだ。
<small>えん</small> <small>か</small>

似 **交換** 交換
<small>こうかん</small>
　　変換 變換
<small>へんかん</small>
　　取り替える 交換、更換
<small>と</small> <small>か</small>

打算到了日本，在機場的兌換處將新台幣兌換成日圓。

□ **逃げる**
<small>に</small>

逃走、逃避、偏離、
領先

例 犯人はどこかで車を盗んで、それに乗って逃げて
<small>はんにん</small> <small>くるま</small> <small>ぬす</small> <small>の</small> <small>に</small>
いるそうだ。

似 **逃走** 逃走
<small>とうそう</small>
反 **捕える** 捉住、逮捕
<small>と</small>
　　捕まえる 捉住、抓住
<small>つか</small>

據說犯人在某處偷了車，然後開著它逃走了。

□ **尋ねる**
<small>たず</small>

尋找、詢問、尋求

例 道に迷ったと感じたら、すぐに誰かに尋ねたほう
<small>みち</small> <small>まよ</small> <small>かん</small> <small>だれ</small> <small>たず</small>
がいいですよ。

延 **聞く** 詢問
<small>き</small>

覺得迷路了的話，馬上詢問某人會比較好喔！

□ **訪ねる**
<small>たず</small>

訪問、拜訪

例 日本では北海道をはじめ、さまざまな観光地を訪
<small>に ほん</small> <small>ほっかいどう</small> <small>かんこう ち</small> <small>たず</small>
ねたことがある。

似 **訪問** 訪問、拜訪
<small>ほうもん</small>

在日本，以北海道為首，還拜訪過各式各樣的觀光景點。

□ **現れる**
<small>あらわ</small>

出現、露出

例 大好きな彼が突然目の前に現れるとは、ちょっと
<small>だい す</small> <small>かれ</small> <small>とつぜん め</small> <small>まえ</small> <small>あらわ</small>
信じがたい。
<small>しん</small>

似 **出現** 出現
<small>しゅつげん</small>
延 **姿** 身影
<small>すがた</small>

非常喜歡的他突然出現在眼前，有點難以置信。

□ **離れる**（はな）

分離、離開、相隔、背離、離婚、離職、除外

例 先生は長年働いた学校を離れるにあたって、じつに寂しげだった。

老師在面臨離開長年工作的學校之際，非常落寞的樣子。

似 去る（さ） 離開
反 近づく（ちか） 靠近

□ **放れる**（はな）

脱離、脱開

例 子供がやっと手を放れたかと思ったら、夫の母を世話しなければならなくなった。

原以為小孩終於離手了，結果變成非照顧丈夫的母親不可。

□ **好む**（この）

喜歡、稱心如意、熱愛、希望

例 この品は値段に対して質がいいので、みんなが好んで買っていく。

這個產品相對於價格品質很好，所以大家都樂意買下。

延 好き（す） 喜歡
好感（こうかん） 好感

□ **触る**（さわ）

碰觸、摸、觸犯、參與

例 この壁は工事中につき、触ることを禁じます。

這座牆因為工程，禁止碰觸。

似 触れる（ふ） 碰觸、摸、觸及

□ **注ぐ**（そそ）

注入、流入、倒入、灌入、（大雨）降下、（淚）流、澆、傾注

例 たとえ今から全力を注いで勉強しても、合格は無理だろう。

就算從現在開始投注全力讀書，也不會考上吧！

□ **合う**（あ）

合適、適合、相稱、符合、正確、划算

例 お互い条件さえ合えば、つき合わないこともない。

如果彼此連條件都合的話，也不是不交往。

延 性格（せいかく） 性格

動詞

□ 積む <small>つ</small>

例 <small>ぎんこう</small>銀行にお金を積んでおけば、<small>ふ</small>増えるというもので
はない。

並非只要把錢積蓄在銀行，錢就會增加。

積、堆積、累積、積蓄
裝載

似 <small>るいせき</small>累積　累積
　<small>ちくせき</small>蓄積　積蓄
延 <small>ちょきん</small>貯金　存錢
　<small>ちょちく</small>貯蓄　儲蓄

□ 追う <small>お</small>

例 <small>おとこ こ</small>男の子が<small>ははおや</small>母親の<small>すがた お</small>姿を追って、<small>みじか あし けんめい はし</small>短い足で懸命に走っ
ている。

男孩追在母親後面，短短的腿拚命地跑著。

追趕、追求、驅趕、
按照順序

□ 従う <small>したが</small>

例 <small>かかりいん</small>係員の<small>しじ</small>指示に<small>したが</small>従って、<small>まえ すす</small>前に進んでください。

請聽從工作人員的指示往前走。

跟隨、聽從、按照、
伴隨、順著、仿照

□ 願う <small>ねが</small>

例 <small>こども</small>子供たちの<small>しあわ</small>幸せを<small>ねが</small>願わずにはいられない。

不禁期望孩子們得到幸福。

請求、期望、祈禱

延 <small>いの</small>祈る　祈禱、祝願
　<small>もと</small>求める　希望、尋求

□ 探る <small>さぐ</small>

例 どんなに<small>さぐ</small>探ったところで、<small>かこ</small>過去のことなんか分か
りっこない。

再怎麼試探，過去的事情也絕對不可能知道。

摸、試探、探聽、
探查、探訪

似 <small>たんきゅう</small>探求　探求

□ 雇う <small>やと</small>

例 <small>じょしゅ やと</small>助手を雇ったからといって、すべて<small>まか</small>任せるわけに
はいかない。

就算雇用了助手，也不能全都委託他。

雇用、租用

似 <small>こよう</small>雇用　雇用

□ **表^{あらわ}す**

表現、表示、表達、
代表、顯示

例 今_{いま}の気_き持_もちを言_{こと}葉_ばに表_{あらわ}すというのは、難_{むずか}しいもの
がある。

似 **表_{ひょうげん}現** 表現

要用言語表達現在的心情，感到很困難。

□ **現^{あらわ}す**

現、露、出現

例 犯_{はんにん}人は姿_{すがた}を現_{あらわ}すかわりに、電_{でん}話_わをかけてきた。

似 **出_{しゅつげん}現** 出現

犯人以打電話進來取代了現身。

□ **指^さす**

指、指向、指名、
下（將棋）

例 コンビニの場_ば所_{しょ}を英_{えいご}語で教_{おし}えようがないので、そ
の方_{ほうこう}向を指_{ゆび}で指_さした。

延 **指_{しじ}示** 指示

由於沒有辦法用英文告訴對方便利商店的場所，所以用手
指指那個方向了。

□ **放^{はな}す**

放開、放掉

例 ハンドルから手_てを放_{はな}したものだから、事_じ故_こに遭_あっ
たのだ。

就是因為手放開方向盤，所以才會出事故。

□ **離^{はな}す**

放開、離開、拉開（距
離）

例 彼は2位_{にいいか}以下を大_{おお}きく離_{はな}して、一_{いちい}位でゴールした。

延 **距_{きょり}離** 距離

他大大地拉開和第2名以後的距離，以第一名抵達終點。

□ **覚^{おぼ}える**

記、記住、記得、
學會、感到

例 たくさんあるんだもの、全_{ぜんぶ}部は覚_{おぼ}えようがないよ。

似 **記_{きおく}憶** 記憶
脳_{のう} 頭腦

因為有這麼多，沒辦法全部記住啦！

實力測驗！

問題 1. ＿＿＿＿＿の言葉の読み方として最もよいものを 1・2・3・4 から
一つ選びなさい

1.（　　）早く新しい仕事を覚えて、みんなの役に立ちたい。
①おぼえて　　　②かぞえて　　　③あたえて　　　④あまえて

2.（　　）途中で方向を変えても、べつに問題はない。
①おえて　　　②かえて　　　③はえて　　　④きえて

3.（　　）今朝ペンキを塗ったばかりだから、触らないでください。
①しめらないで　　　　　　②こおらないで
③さぐらないで　　　　　　④さわらないで

問題 2. ＿＿＿＿＿の言葉を漢字で書くとき、最もよいものを 1・2・3・4
から一つ選びなさい。

1.（　　）はんにんは国外ににげるつもりかもしれない。
①逃げる　　　②出げる　　　③離げる　　　④脱げる

2.（　　）こどもは経験をたくさんつんで、どんどん成長するものだ。
①累んで　　　②積んで　　　③増んで　　　④加んで

3.（　　）しっけが原因で、体中にかゆみがあらわれることがあるそうだ。
①現れる　　　②連れる　　　③割れる　　　④汚れる

問題 3.（　　　　　）に入れるのに最もよいものを、1・2・3・4から一つ
選びなさい。

1. 上司のめいれいに（　　　　　）、休日もかいしゃへ行くことになった。
①はらって　　　②ちがって　　　③したがって　　　④かよって

2. おっとは自分のきもちを言葉で（　　　　）ことがにがてだ。

①あらわす　　　　②さからう　　　　③かたむく　　　　④はたらく

3.こどもがおやの手を（　　　　）ら、また職場にもどるつもりだ。

①およいだ　　　　②つづいた　　　　③そそいだ　　　　④はなれた

問題 4. 次の言葉の使い方として最もよいものを、1・2・3・4から一つ 選びなさい。

1. さす

①意見が2つにわかれたため、話し合いは深夜までさした。

②今日はてんきがいいから、洗たくものがよくさすだろう。

③先生が今からさす文字を、声を出してよんでください。

④おきゃくさまにお茶をさすのは、女性にかぎるというものではない。

2. やとう

①まぶしから、カーテンをやとってください。

②この会社は外国人をせっきょくてきにやとうことで知られている。

③どこかから赤ちゃんがやとう声がきこえる。

④今回のイベントをきっかけに、同僚たちともっとやとうことになった。

3. そそぐ

①社長は「今後ロボットの分野にもちからをそそぐ」とおっしゃった。

②この店の勘定はわたしにそそがせてください。

③部屋のなかがきたないので、いらないものをそそぐことにした。

④警察によれば、うちに入ったどろぼうがついにそそいだそうだ。

動詞

□ **進む**（すすむ）

進、前進、（鐘）快、先進、（順利）進行、升（學）、惡化

似 前進（ぜんしん）前進

例 親とよく話し合ったうえで、大学に進むことにした。

和父母親好好商量後，決定進大學了。

□ **埋める**（うめる）

填、埋、填補、占滿

例 ふさわしいと思う単語を、空欄に埋めなさい。

將覺得適合的單字，填入空格內！

□ **収める**（おさめる）

收下、獲得、取得、收存、抑制

延 勝利（しょうり）勝利
成功（せいこう）成功

例 社長は利益を収めたにもかかわらず、まだ満足していないようだ。

儘管社長取得了利益，但好像仍不滿足。

□ **納める**（おさめる）

繳納、供應、結束

延 納税（のうぜい）納税

例 税金を納めるのは国民の義務である。

繳納税金是國民的義務。

□ **治める**（おさめる）

治、治理、管理、鎮壓、平息、排解

延 統治（とうち）統治

例 法律は国や社会を正しく治めるための基準である。

法律是為了正確地治理國家或社會的基準。

□ **沈む**（しずむ）

沉沒、下沉、消沉、陷入、暗沉

延 沈没（ちんぼつ）沉沒

例 彼女は何か悩みがあるようで、最近どうも沈みがちだ。

她好像有什麼煩惱，最近總覺得很容易消沉。

□ 包む _{つつ}

包裏、包圍、籠罩、沉浸、隱藏

例 心をこめて友達の誕生日プレゼントを包んだ。

用心地包朋友的生日禮物了。

延 包装 _{ほうそう} 包裝

□ 含める _{ふく}

包含、包括、囑咐

例 工場が環境に与える影響も含めて、もう一度話し合うべきだ。

工廠帶給環境的影響也包含在內，應該再討論一次。

□ 詰める _つ

守候、填滿、塞進、裝入、挨緊、使得出結論、縮短、持續做

例 家族の朝食を作るやら、弁当を詰めるやらで、食べる時間などない。

因為又要做家人的早餐，又要裝便當，所以沒有吃飯的時間。

□ 望む _{のぞ}

希望、盼望、眺望、仰望

例 親として望むことは、子供たちが元気に育ってくれることだけだ。

身為父母所期望的事，就只有孩子們健康長大而已啊！

似 願う _{ねが} 希望、期望
延 希望 _{きぼう} 希望

□ 承る _{うけたまわ}

（謙讓語）聽、恭聽、接受、遵從、知道、敬悉

例 ご注文は平日の午前10時から午後5時にかけて承ります。

平日早上10點到下午5點之間接受訂貨。

□ 踊る _{おど}

跳舞、不平穩、不平整

例 彼女は昔、芸能の世界にいたので、歌うのも踊るのもじつに上手だ。

由於她以前在演藝圈，所以不管唱歌或是跳舞都非常厲害。

延 ダンス 跳舞、舞蹈
踊り _{おど} 舞蹈
舞踊 _{ぶよう} 跳舞、舞蹈

187

□ 折る

お

（例）妻は自宅で、紙を折って封筒を作る仕事を始めた。

つま じたく かみ お ふうとう つく しごと はじ

妻子開始了在自己家裡折紙做信封的工作。

折疊、折斷、打斷

延 折り紙 折紙

おがみ

□ 晴れる

は

（例）明日は九州地方全域にわたって、晴れるでしょう。

あした きゅうしゅうちほうぜんいき は

明天整個九州地區都放晴吧！

晴、放晴、（雨或雪）停了、（疑雲）消散、（心情）舒暢

似 晴天 晴天

せいてん

延 天気 天氣

てんき

□ 照る

て

（例）午後から天気が悪くなるそうだから、日が照っているうちに洗たく物を干そう。

ごご てんき わる ひ て

せん もの ほ

據説下午開始天氣會變差，所以趁天晴的時候曬衣服吧！

照射、照耀、天晴

延 太陽 太陽

たいよう

日光 日光

にっこう

□ 曇る

くも

（例）天気予報によると、明日は曇るそうだ。

てんきよほう あした くも

根據氣象預報，據説明天是陰天。

陰天、模糊不清、暗淡、發愁

延 雲 雲

くも

曇り 陰天、模糊不清

くも

□ 凍る

こお

（例）冬になると道路が凍るので、お年寄りがよく転んで骨折する。

ふゆ どうろ こお としより ころ

こっせつ

由於一到冬天道路就會結冰，所以年長者經常因跌倒而骨折。

結冰、結凍

延 氷 冰

こおり

□ 凍える

こご

（例）北海道の冬は凍えるほど寒いが、おいしいものがたくさんあって最高だ。

ほっかいどう ふゆ こご さむ

さいこう

雖然北海道的冬天像是會讓人凍僵的寒冷，但是有很多好吃的東西真是太棒了。

凍僵

延 雪 雪

ゆき

□ **湿る** しめ　　　　　　　　　　　　　　　　　　　濕、潮濕

㋑ 梅雨の時期は部屋中が湿っているせいで、嫌な臭
　いがする。

　梅雨季節由於整個房間都很潮濕，所以有討厭的臭味。

延 湿度 濕度
　湿気 濕氣

□ **積もる** つ　　　　　　　　　　　　　　　　　　　積、堆積、累積、
　　　　　　　　　　　　　　　　　　　　　　　　估計、推測

㋑ この地域では雪が３メートルくらい積もることが
　あるそうだ。

　據說這個地區的雪有時會積到3公尺左右。

似 蓄積 積蓄
　累積 累積

□ **与える** あた　　　　　　　　　　　　　　　　　　給予、授予、使蒙受

㋑ 世紀末の話は子供に悪い影響を与えるから、やめ
　てほしい。

　世界末日的話題，會帶給孩子不好的影響，所以希望別提
　了。

延 許可 許可、准許
　印象 印象

□ **得る** え　　　　　　　　　　　　　　　　　　　　得、得到、獲得

㋑ この病院の小児科は高い評価を得ている。

　這家醫院的小兒科，得到很高的評價。

似 獲得 獲得

□ **支える** ささ　　　　　　　　　　　　　　　　　　支、支撐、支持、
　　　　　　　　　　　　　　　　　　　　　　　　維持、阻止

㋑ 夫の給料だけでは、家族を支えきれないというも
　のだ。

　只有靠丈夫的薪水，真的無法完全支撐家庭啊！

□ **備える** そな　　　　　　　　　　　　　　　　　　準備、防備、備置、
　　　　　　　　　　　　　　　　　　　　　　　　具備

㋑ 前回の大地震を契機に、防災のための道具を備え
　るようになった。

　以上次的大地震為契機，備齊防災用的工具了。

似 準備 準備

動詞

實力測驗！

問題1. _____ の言葉の読み方として最もよいものを 1・2・3・4 から一つ選びなさい

1. (　　) とうじはしゅうかくの50パーセントを地代として地主に<u>納めて</u>いたそうだ。

    ①おさめて　　②つとめて　　③すすめて　　④かためて

2. (　　) プレゼントなので、きれいに<u>包んで</u>ください。

    ①つつんで　　②かこんで　　③きざんで　　④いたんで

3. (　　) 昨夜の大雪で、屋根に雪がたくさん<u>積もって</u>いる。

    ①こもって　　②つもって　　③たもって　　④あもって

問題2. _____ の言葉を漢字で書くとき、最もよいものを 1・2・3・4 から一つ選びなさい。

1. (　　) つねに最悪の場合に<u>そなえる</u>ことが大切だ。

    ①植える　　②備える　　③数える　　④預ける

2. (　　) こどもたちにはたっぷりの愛情を<u>あたえて</u>育てたつもりだ。

    ①支えて　　②伝えて　　③加えて　　④与えて

3. (　　) 国を<u>おさめる</u>ことはそんなに簡単なことではない。

    ①収める　　②納める　　③治める　　④修める

問題3. (　　　　) に入れるのに最もよいものを、1・2・3・4 から一つ選びなさい。

1. 今回も (　　　　) と、そこには今年5回行った。

    ①ふくめる　　②おぼえる　　③かなしむ　　④ふりむく

2. 息子は今、目標にむかってゆっくり（　　　　）いる最中だ。

　①みとめて　　　　②たおれて　　　　③すすんで　　　　④こわれて

3. 一家を（　　　　）ために毎日いっしょうけんめい働いている。

　①あずける　　　　②こごえる　　　　③ささえる　　　　④とどける

問題 4. 次の言葉の使い方として最もよいものを、1・2・3・4から一つ 選びなさい。

1. はれる

　①部下の生活について、わたしは何もはれません。

　②あしたはれたら、クラスメイトとおよぎに行くつもりだ。

　③山は高くなるにつれて、気温がはれるというものだ。

　④入院中の社長に代わって、私がはれさせていただきます。

2. おる

　①この道をまっすぐ行って、右におると学校があります。

　②数学にかけては、小林くんをおる人はいないだろう。

　③彼女は感激のあまり、突然おれてしまった。

　④祖母はかいだんからおちて、腕のほねをおってしまった。

3. える

　①疲れたからといって、今はまだえるわけにはいかない。

　②新人はこんかいの大きなミスから教訓をえたはずだ

　③この薬はよくえる反面、副作用もかなりつよいそうだ。

　④たとえ苦しくても、さいごまであきらめずにえよう。

□ 投げる
<small>な</small>

投、扔、摔、提供、投射、放棄

例 今日の試合は一度も投げることなく、ずっとベンチにいた。
<small>きょう　しあい　いちど　な</small>

今天的比賽一次都沒有投，一直坐在長椅上。

延 ボール 球
<small>もの</small>
物 東西

□ 比べる
<small>くら</small>

比、比較、比賽

例 子供はみんな違うのだから、比べるのはやめようじゃないか。
<small>こども　ちが　くら</small>

每個孩子都不一樣，所以比較這種事，就讓我們停止吧！

似 比較 比較
<small>ひかく</small>

□ 調べる
<small>しら</small>

調查、查閱、檢查、查找、查驗、審問、調 (音)

例 私一人では調査範囲が広すぎて、調べかねます。
<small>わたし ひとり　ちょう さ はん い　ひろ　しら</small>

我一個人的話，調查範圍太廣，難以調查。

延 辞書 辭典
<small>じしょ</small>
辞典 辭典
<small>じてん</small>
字典 字典
<small>じてん</small>

□ 覚める
<small>さ</small>

醒、醒過來、覺醒、清醒

例 私は眠りが浅く、ちょっとした物音で目が覚めがちだ。
<small>わたし　ねむ　あさ　ものおと　め　さ</small>

我睡眠很淺，只要稍微一點聲響，就很容易醒來。

□ 止める
<small>と</small>

停下、止住

例 車を学校の前に止めたばかりに、罰金を払わされてしまった。
<small>くるま　がっこう　まえ　と　ばっきん　はら</small>

只因為把車停在學校前面，就被開罰單了。

似 停止 停止
<small>ていし</small>
停車 停車
<small>ていしゃ</small>

□ 辞める
<small>や</small>

辭職、退學

例 上司に注意されたくらいで会社を辞めるなんて、信じられない。
<small>じょう し　ちゅう い　かいしゃ　や　しん</small>

只是被主管說兩句就要辭職，不可置信。

似 辞職 辭職
<small>じ しょく</small>
辞任 辭職
<small>じ にん</small>

□ **触れる** <small>ふ</small>

例 つき合い始めてもう半年になるのに、彼は一度も私に触れたことがない。

明明開始交往都已經過半年了，他卻一次都不曾碰過我。

> 觸、碰、摸、涉及、提及、（眼睛）看到、（耳朵）聽到
>
> 似 **接触** 接觸

□ **受ける** <small>う</small>

例 最近、疲れ気味なうえに頭痛がひどいので、検査を受けることにした。

最近覺得有點疲憊，再加上嚴重頭痛，所以決定接受檢查了。

> 接受、接（球、電話）、受到、接到、得到、參加（考試）

□ **去る** <small>さ</small>

例 台風が一つ去ったと思ったら、また別の台風が来るそうだ。

一個颱風才剛走，據說又有另一個颱風要來。

> 離去、走開、過去、距離
>
> 似 **離れる** 分離、離開
> 反 **来る** 到來

□ **語る** <small>かた</small>

例 彼はまだ語りたげだったが、電車に間に合わないので先に帰った。

雖然他一副還想講的樣子，但是由於會趕不上電車，所以先回去了。

> 談、講
>
> 似 **話す** 說、講
> **言う** 說、講
> 延 **話** 談話、話題
> **物語** 故事

□ **済む** <small>す</small>

例 5分で済むので、私の話を聞いていただけますか。

由於5分鐘就可以解決，能請您聽聽我的話嗎？

> 完了、結束、過得去、可以解決
>
> 似 **終わる** 終了、結束
> 延 **完了** 完了、完結

□ **巻く** <small>ま</small>

例 モーターのネジが緩んでいたので、父がしっかり巻いてくれた。

由於馬達的螺絲鬆了，所以父親幫我牢牢轉緊了。

> 捲起、纏繞、上（發條）、轉（螺絲）、包圍

動詞

□ **甘える** あま

撒嬌、承蒙好意

例 彼女の性格からして、誰かに甘えるのは苦手なはずだ。
かのじょ せいかく だれ あま にがて

光從她的性格來看，就應該是不太會跟人撒嬌。

□ **祝う** いわ

祝賀、慶祝、送賀禮、祝願

例 クラスメイトとともに中山くんのコンクール入賞を祝おうと思っている。
なかやま にゅうしょう いわ おも

打算跟同學一起慶祝中山同學比賽得獎。

似 **祝福** 祝福
しゅくふく

□ **騒ぐ** さわ

吵鬧、慌張、騷動、轟動一時

例 駅前を中心に近隣で、若者たちがお酒を片手に騒いでいる。
えきまえ ちゅうしん きんりん わかもの さけ かたて さわ

以車站前面為中心的附近，年輕人們單手拿著酒吵鬧著。

延 **騒音** 噪音、吵雜聲
そうおん

□ **祈る** いの

祈禱、禱告、祝願

例 お寺は宗派を問わず、誰が祈ってもいい。
てら しゅうは と だれ いの

寺院不論宗派，誰來祈禱都可以。

似 **祈祷** 祈禱
きとう
参拝 參拜
さんぱい

□ **失う** うしな

丟失、喪失、失去、錯失、迷失

例 彼は今回の火事で、家ばかりか家族さえも失った。
かれ こんかい かじ いえ かぞく うしな

他因為這次的火災，不只是房子，連家人都失去了。

似 **喪失** 喪失
そうしつ
遺失 遺失
いしつ

□ **救う** すく

拯救、救濟、挽救

例 私は医者として、救える命はすべて全力で救いたい。
わたし いしゃ すく いのち ぜんりょく すく

我身為一個醫生，能拯救的性命都想盡全力救治。

似 **救助** 救助、拯救
きゅうじょ
助ける 救助、幫忙
たす

194

□ 置く <ruby>置<rt>お</rt></ruby>く

放、擱、置、留下、設置、間隔、降（霜或露水）

例 <ruby>寝<rt>ね</rt></ruby>る<ruby>際<rt>さい</rt></ruby>は、スマホを<ruby>枕<rt>まくら</rt></ruby>の<ruby>側<rt>そば</rt></ruby>に<ruby>置<rt>お</rt></ruby>いておかないほうがいい。

睡覺的時候，不要把智慧型手機放置在枕頭旁邊比較好。

□ 利く <ruby>利<rt>き</rt></ruby>く

有效、起作用、靈敏

例 <ruby>事故<rt>じこ</rt></ruby>の<ruby>原因<rt>げんいん</rt></ruby>はブレーキが<ruby>利<rt>き</rt></ruby>かなかったことにあるそうだ。

據說事故的原因在於煞車失靈。

□ 引く <ruby>引<rt>ひ</rt></ruby>く

吸（氣）、感冒、抽（籤）、拉（幕）、引用、繼承、查閱、減去、削價、安裝、塗抹、畫（線）、吸引、撤去、退出

例 <ruby>眩<rt>まぶ</rt></ruby>しくてたまらないので、<ruby>娘<rt>むすめ</rt></ruby>にカーテンを<ruby>引<rt>ひ</rt></ruby>いてもらった。

由於非常刺眼，所以請女兒幫忙拉上窗簾了。

□ 吹く <ruby>吹<rt>ふ</rt></ruby>く

吹、颳、發芽、鑄造

例 <ruby>強風<rt>きょうふう</rt></ruby>が<ruby>吹<rt>ふ</rt></ruby>いていて、<ruby>前<rt>まえ</rt></ruby>に<ruby>進<rt>すす</rt></ruby>めないほどだ。

強風颳著，幾乎到無法向前的程度。

□ 移す <ruby>移<rt>うつ</rt></ruby>す

移、挪、搬、遷、變（心）、轉移、度過、調動、薰染、傳染、著手

似 <ruby>移動<rt>いどう</rt></ruby> 移動

例 データが<ruby>入<rt>はい</rt></ruby>っているファイルを<ruby>整理<rt>せいり</rt></ruby>するついでに、<ruby>安全<rt>あんぜん</rt></ruby>のため<ruby>別<rt>べつ</rt></ruby>の<ruby>場所<rt>ばしょ</rt></ruby>に<ruby>移<rt>うつ</rt></ruby>した。

整理存有資料的檔案夾，為了安全起見，順便移到別的場所了。

□ 移る <ruby>移<rt>うつ</rt></ruby>る

搬移、變遷、薰染、感染、轉移

似 <ruby>移動<rt>いどう</rt></ruby> 移動

例 タバコの<ruby>臭<rt>にお</rt></ruby>いが<ruby>服<rt>ふく</rt></ruby>に<ruby>移<rt>うつ</rt></ruby>る<ruby>移<rt>うつ</rt></ruby>らないにかかわらず、<ruby>吸<rt>す</rt></ruby>わないでほしい。

不管香菸的臭味染不染上衣服，都希望不要抽。

實力測驗！

問題 1. _____ の言葉の読み方として最もよいものを 1・2・3・4から 一つ選びなさい

1. (　　) コーヒーを飲めば、目が覚めるはずだ。
   ①うめる　　　②しめる　　　③さめる　　　④とめる

2. (　　) 会社の前に車を止めたら、警察に注意された。
   ①さめた　　　②せめた　　　③やめた　　　④とめた

3. (　　) 近くの小学校で、自分が経験した戦争について語ることになった。
   ①つのる　　　②かたる　　　③はれる　　　④かれる

問題 2. _____ の言葉を漢字で書くとき、最もよいものを 1・2・3・4 から一つ選びなさい。

1. (　　) 社長の手術の成功を社員全員でいのった。
   ①祝った　　　②祈った　　　③願った　　　④払った

2. (　　) 部長は今回の失敗で、地位だけでなく名誉もうしなった。
   ①使った　　　②去った　　　③消った　　　④失った

3. (　　) 分からないことがあれば、すぐにインターネットでしらべる。
   ①調べる　　　②比べる　　　③選べる　　　④査べる

問題 3. (　　　) に入れるのに最もよいものを、1・2・3・4から一つ 選びなさい。

1. 父の職場は東京から大阪へ (　　　　) ことになった。
   ①はしる　　　②めぐる　　　③うつる　　　④てらす

2. テーブルに（　　　　　）おいたはずの眼鏡がみつからない。

　①かいて　　　　　②しいて　　　　　③おいて　　　　　④ふいて

3. むすこは人のいのちを（　　　　　）仕事がしたいそうだ。

　①すくう　　　　　②こわす　　　　　③いれる　　　　　④しかる

問題 4. 次の言葉の使い方として最もよいものを、1・2・3・4から一つ選びなさい。

1. さわぐ

　①駅前で、よったサラリーマンたちがさわいでいる。

　②親からすれば、こどもはさわいでもこどもだ。

　③荷物を今から送るとしたら、いつごろさわぎますか。

　④つかれたので、公園でちょっとさわごうじゃないか。

2. 甘える

　①子供にかぎらず、大人もまんがやアニメにあまえるものだ。

　②一人でがんばらないで、たまにはわたしにあまえてほしいものだ。

　③店の人に問い合わせたところ、このゲームはもうあまえたそうだ。

　④清宮先輩は教室でクラスメイトにあまえたため、きびしい処罰をうけた。

3. 比べる

　①朝から休みぬきで、もう10時間もくらべている。

　②この写真を見るにつけて、青春時代をくらべる。

　③すごい渋滞だから、きっとどこかでくらべているにちがいない。

　④双子であるばかりに、わたしたちはいつもくらべられる。

☐ **耕す**〔たがや〕

耕作

例 優子さんは家事もすれば畑も耕す、じつによくできた嫁だ。

優子小姐又做家事又耕田，真是非常能幹的媳婦。

☐ **試す**〔ため〕

試験、嘗試、測試、考驗

例 自分の英語の力を試すなら、外国人と直接話すのが一番だ。

要測試自己英文能力的話，直接和外國人對話最好。

似 **試験**〔しけん〕 試驗、測試
　 テスト 測試
延 **実力**〔じつりょく〕 實力
　 能力〔のうりょく〕 能力

☐ **干す**〔ほ〕

曬、晾、弄乾、不給工作、使挨餓

例 洗濯ものを干しかけた時、突然雨が降って来た。

衣服曬到一半時，突然下起雨來了。

延 **乾燥**〔かんそう〕 乾燥

☐ **頼む**〔たの〕

拜託、請求、委託、（花錢）請、依仗

例 ほんとうは彼になんて頼みたくなかったが、他にいないのだからしょうがない。

其實是不想拜託他什麼的，但是沒有其他人，沒辦法。

似 **依頼**〔いらい〕 委託、依賴

☐ **止む**〔や〕

中止、停止、已

例 雨が降ってきたので鞄から傘を出したら、すぐ止んでしまった。

由於下起了雨，但才從包包拿出傘，卻立刻停了。

☐ **飾る**〔かざ〕

裝飾、修飾

例 クリスマスの飾りはパーティーで飾ったきり、片づけていない。

聖誕節的裝飾在派對布置完後，就一直沒有收拾。

似 **装飾**〔そうしょく〕 裝飾

□ **困る**〔こま〕

例 何か困ったことがあれば、いつでも言ってください。

如果有什麼困擾的事情，請隨時跟我說。

困擾、為難、窮困、不可以

延 悩む〔なや〕 煩惱、苦惱

□ **泊まる**〔と〕

例 部長はお金があるわりには、安いホテルにばかり泊まる。

部長雖然有錢，但總是投宿便宜的旅館。

停泊、投宿、住下、值宿

似 宿泊〔しゅくはく〕 投宿、住宿

□ **掘る**〔ほ〕

例 穴を掘り始めたうえは、最後まで掘るだけだ。

既然都開始挖洞穴了，只能挖到最後了。

挖、掘、鑿

延 トンネル 隧道

□ **曲げる**〔ま〕

例 自分の信念は曲げるもんではない。

自己的信念不可以放棄。

彎、曲、歪、斜、歪曲、曲解、改變、放棄

□ **曲がる**〔ま〕

例 郵便局は交差点を右に曲がって、２つ目の信号のところにあります。

郵局是在十字路口向右轉，第二個紅綠燈的地方。

彎、曲、歪、斜、轉彎、歪曲、乖僻

□ **渡る**〔わた〕

例 あの橋を渡ったら、川に沿って南に進んでください。

過了那座橋的話，請沿著河川往南走。

渡、過、遷徙、過日子、到手、涉及、延續

□ 祭る （まつる）

祭祀、祭奠、供奉

例 この地域では、秋になると穀物を供えて神様を祭るそうだ。

據説這個地區一到秋天，就會敬獻穀物來供奉神明。

延 祭り（まつり） 祭祀、祭日、祭典
儀式（ぎしき） 儀式

□ 実る （みのる）

結果實、成熟、有成果、有成績

例 研究の成果が実ったからには、一般に公開すべきだ。

既然研究的成果已經有了成績，應該公開給一般大眾。

延 果実（かじつ） 果實

□ 浴びる （あびる）

澆、淋、浴、照、曬、滿身、受到、遭到

例 最近、注目を浴びている歌手だけあって、すばらしいコンサートだった。

真不愧是最近受到矚目的歌手，所以是場很棒的演唱會。

延 シャワー 淋浴

□ 試みる （こころみる）

嘗試

例 現場の状況から見ると、犯人は窓の破壊を試みたようだ。

從現場的狀況看來，犯人似乎嘗試破壞窗戶了。

似 試す（ためす） 試驗、嘗試、測試、考驗

□ 用いる （もちいる）

用、使用、採用、錄用

例 先輩の教えにもとづいて、釘を用いることなく家を建てた。

以前輩的教導為基礎，不用釘子蓋好了房子。

似 使用（しよう） 使用
使う（つかう） 使用

□ 向ける （むける）

向、對、朝、派遣、挪用、前往

例 銃を向けられたら、手をあげるしかない。

因為被槍指著，只好舉手。

200

□ **占める**
し

占、占有、占據

例 今の総理大臣への支持率が、過半数を占めること
いま そうりだいじん しじりつ かはんすう し
はあるまい。

現在的總理大臣的支持率，不會占過半數吧！

□ **進める**
すす

使前進、開展、進行、
提升、增進

例 契約をめぐって、今もまだ話し合いを進めている。
けいやく いま はな あ すす

針對契約，到現在仍在進行協商中。

□ **疑う**
うたが

懷疑、疑惑、不相信

例 詐欺の被害に遭ったことをきっかけに、人をすぐ
さぎ ひがい あ ひと
疑うようになってしまった。
うたが

因為遭到詐騙受害這樣的開端，變得立刻懷疑人。

□ **敬う**
うやま

尊敬

例 私は年上の人を敬うように教えられた。
わたし としうえ ひと うやま おし

似 **敬意** 敬意
けいい

我被教導要尊敬年長者。

□ **拝む**
おが

合掌拜、懇求、「見
る」（看）的謙讓語
み

例 外国人のみなさまへ。ここにある絵のように拝ん
がいこくじん え おが
でください。

似 **参拝** 參拜
さんぱい

各位外國的遊客：請如同這裡的畫一樣參拜。

□ **違う**
ちが

不同、不一樣、不對、
不符、交錯

例 インターネットで買物をしたら、違う商品が届い
かいもの ちが しょうひん とど
た。

似 **異なる** 不同、不一樣
こと

在網路上購物，結果送來不對的商品。

實力測驗！

問題 1. _____ の言葉の読み方として最もよいものを 1・2・3・4 から
一つ選びなさい

1. （　　　） 家に帰ったら、まずシャワーを<u>浴びる</u>ことにしている。
   　　　①かびる　　　②あびる　　　③とびる　　　④よびる

2. （　　　） どんな優秀な人間にしろ、いろいろ<u>試して</u>から採用すべきだ。
   　　　①はなして　　②ひやして　　③くらして　　④ためして

3. （　　　） 京都に行った際には、またあのホテルに<u>泊まりたい</u>。
   　　　①しまりたい　②たまりたい　③あまりたい　④とまりたい

問題 2. _____ の言葉を漢字で書くとき、最もよいものを 1・2・3・4
から一つ選びなさい。

1. （　　　） 兄は何度も禁煙を<u>こころみた</u>ものの、失敗に終わった。
   　　　①実みた　　　②試みた　　　③験みた　　　④施みた

2. （　　　） これは病人を看病するのに<u>もちいる</u>道具だ。
   　　　①使いる　　　②治いる　　　③世いる　　　④用いる

3. （　　　） 線路を<u>わたる</u>際は、左右をよくかくにんしてください。
   　　　①越る　　　　②渡る　　　　③跳る　　　　④上る

問題 3. （　　　　　） に入れるのに最もよいものを、1・2・3・4から一つ
選びなさい。

1. 毛布はまいにち（　　　　　）もいいと思う。
   　　①むけなくて　　②そだてなくて　　③まぜなくて　　　④ほさなくて

2. 雨が（　　　　）まで、コンビニで買物をしながら待とう。

　　①こむ　　　　　　②やむ　　　　　　③すむ　　　　　　④つむ

3. 新商品が市場で（　　　　）割合を調べることになった。

　　①しめる　　　　　②すめる　　　　　③とめる　　　　　④ほめる

問題 4. 次の言葉の使い方として最もよいものを、1・2・3・4から一つ 選びなさい。

1. たのむ

　　①地球はまいにちたいようの周りをたのんでいる。

　　②警察によれば、おとしものが見つかり次第たのんでくれるそうだ。

　　③こどもに用事をたのもうとおもったら、家にいなかった。

　　④なんども挑戦した末に、ようやくたのんだ。

2. こまる

　　①わたしがどれほど悲しいか、あなたにはこまりっこない。

　　②彼女はかなり努力したにもかかわらず、こまってしまった。

　　③コンビニではアルバイトの人手がたりなくてこまっているそうだ。

　　④できるかどうか分からないが、とにかくこまってみよう。

3. ほる

　　①山奥にある井戸をほったら、おんせんが出たそうだ。

　　②今まで育ててくれた両親にほらずにはいられない。

　　③親友同士が一人のおとこをめぐってほるなんて、ばからしいと思う。

　　④あんなにまじめな彼が犯人だったなんて、ほりがたいことだ。

□ 迷う _{まよ}

猶豫、迷惑、迷失、沉迷、執迷

例 もし知らない土地で道に迷ったとしたら、どうしますか。

如果在不熟悉的地方迷路的話，該怎麼辦呢？

延 **迷子**_{まいご} 迷路、走失的小孩、下落不明

□ 抱く _{いだ}

抱、摟、懷有、懷抱

例 疑い深い彼のことだから、今回のことも疑問を抱きかねない。

他生性多疑，所以這次的事情也有可能懷有疑問。

延 **持つ**_も 持、拿、帶、懷有、具備、持有

□ 防ぐ _{ふせ}

防禦、防守、防止、預防、防備

例 自然災害はどんなに努力しても防げ得ないものがある。

自然的災害是無論多麼努力也有無法預防的一面。

延 **防犯**_{ぼうはん} 防止犯罪
防衛_{ぼうえい} 防衛、保衛

□ 映す _{うつ}

映、照、投射、放映

例 彼女は自分の姿を鏡に映すのが好きだ。

她喜歡在鏡中映出自己的身影。

延 **映像**_{えいぞう} 映像、影像

□ 差す _さ

上漲、浸潤、照射、泛出、配戴（刀）、撐（傘）、舉（旗）、上（油）、下（棋）、點（眼藥水）、斟（茶）、鎖（門）

例 自転車の動きがよくないので、油を差した。

由於腳踏車的轉動卡卡的，所以上了油。

□ 照らす _て

照耀、對照

例 私にとって彼は、暗闇を照らす太陽のような存在だ。

對我來說，他是像照耀黑暗的太陽般的存在。

延 **電灯**_{でんとう} 電燈
灯り_{あか} 光、燈、光明

□ **増やす**（ふ）
　繁殖、増値、増加

例 赤ちゃんは環境（かんきょう）のもとで、言葉（ことば）をどんどん増（ふ）やしていく。

反 減（へ）らす　減、減少

嬰兒會在環境之下不斷增加語彙。

□ **増える**（ふ）
　増加、増多

例 息子（むすこ）たちはたくさん食（た）べるだけに、体重（たいじゅう）が増（ふ）えるのも当然（とうぜん）だ。

似 増（ま）す　増加、増多
反 減（へ）る　減、減少

兒子們正因為吃很多，所以體重增加也是理所當然的。

□ **増す**（ま）
　増加、増多、増大、増長、増進、勝過

例 遠藤（えんどう）さんは英語（えいご）はもちろん、韓国語（かんこくご）の力（ちから）も増（ま）したようだ。

似 増（ふ）える　増加、増多
反 減（へ）る　減、減少

遠藤先生英語就不用説了，連韓語的能力好像也增進了。

□ **減らす**（へ）
　減、減少、縮減、削減、餓（肚子）

例 社員（しゃいん）の希望（きぼう）にこたえて、残業時間（ざんぎょうじかん）を減（へ）らすことになった。

反 増（ふ）やす　繁殖、増値、増加

回應員工的請求，要縮減加班時間了。

□ **減る**（へ）
　減、減少、磨損、（肚子）餓

例 給料（きゅうりょう）が減（へ）ったことに関（かん）して、社長（しゃちょう）から説明（せつめい）があります。

反 増（ふ）える　増加、増多

有關薪水減少了一事，社長要做説明。

□ **加える**（くわ）
　加、加上、増加、添加、附加、増大、大加、加入、加以

例 毎晩（まいばん）のアルコールに加（くわ）えて、タバコも吸（す）っていれば、病気（びょうき）になってもしかたがない。

反 減（へ）らす　減少、縮減

要是每晚喝酒，加上菸也抽的話，就算生病也無可奈何。

□ **加わる** くわ

⑳ このチームに加わることができて、とてもうれしいです。

能夠加入這個團隊，非常開心。

増加、増多、加入、参加

似 加入 加入、参加 かにゅう
入る 進入 はい

□ **渡す** わた

⑳ 結果はともかく、手紙を渡して自分の気持ちを伝えたい。

先不管結果，想把信交給對方，傳達自己的心意。

渡、送過河、架、搭、交、遞

□ **捨てる** す

⑳ 汚れが落ちない服はもとより、一度も着ていないものは捨てることにした。

髒污去不掉的衣服就不用説了，連一次都沒穿的東西也決定丟棄了。

扔掉、抛棄、置之不裡

反 拾う 拾、撿 ひろ

□ **悩む** なや

⑳ 一人で悩んでいないで、誰かに相談してはどうですか。

別一個人煩惱著，找誰商量一下如何呢？

煩惱、苦惱

延 辛い 痛苦的、難過的 つら
悩み 煩惱、苦惱 なや

□ **守る** まも

⑳ どんなことがあっても、家族は最後まで私が守りぬく。

不管有什麼事，家人是到最後，我也會守護到底的。

守護、保護、遵守

延 保護 保護 ほご

□ **捕まる** つか

⑳ 犯人はあちこち逃げたあげく、結局自宅の近くで捕まったそうだ。

據説犯人四處逃竄的最後，是在自家附近被捉到了。

被捉住、被逮捕、緊緊抓住

反 捕まえる 抓住、逮捕 つか

□ 計る<ruby>計<rt>はか</rt></ruby>る

計算、測量、推測、揣測

例 あのカメラマンは<ruby>一番<rt>いちばん</rt></ruby>いいタイミングを<ruby>計<rt>はか</rt></ruby>って、<ruby>撮影<rt>さつえい</rt></ruby>してくれる。

那位攝影師揣測最好的時機，為我們拍照。

延 <ruby>数<rt>かず</rt></ruby> 數量
　<ruby>時間<rt>じかん</rt></ruby> 時間

□ <ruby>測<rt>はか</rt></ruby>る

丈量

例 まず<ruby>角度<rt>かくど</rt></ruby>を<ruby>測<rt>はか</rt></ruby>ってから、どれを<ruby>買<rt>か</rt></ruby>うか<ruby>決<rt>き</rt></ruby>めるつもりだ。

打算先丈量角度，再決定看要買哪一個。

延 <ruby>長<rt>なが</rt></ruby>さ 長度
　<ruby>面積<rt>めんせき</rt></ruby> 面積

□ <ruby>忘<rt>わす</rt></ruby>れる

忘記、忘掉、遺忘

例 <ruby>最近<rt>さいきん</rt></ruby>はどうも<ruby>忘<rt>わす</rt></ruby>れっぽくて、<ruby>前日<rt>ぜんじつ</rt></ruby>した<ruby>約束<rt>やくそく</rt></ruby>さえ<ruby>忘<rt>わす</rt></ruby>れてしまう。

最近很健忘，連前幾天做的約定也忘了。

延 <ruby>忘<rt>わす</rt></ruby>れ<ruby>物<rt>もの</rt></ruby> 遺忘的東西、失物

□ <ruby>暮<rt>く</rt></ruby>れる

日暮、天黑、年終、長時間處於、想不出

例 <ruby>最近<rt>さいきん</rt></ruby>は5<ruby>時<rt>じ</rt></ruby>になるかならないかのうちに、<ruby>日<rt>ひ</rt></ruby>が<ruby>暮<rt>く</rt></ruby>れる。

最近一到5點天就黑了。

□ <ruby>閉<rt>と</rt></ruby>じる

關、閉、關閉、闔上、結束

例 <ruby>社長<rt>しゃちょう</rt></ruby>はこの<ruby>会社<rt>かいしゃ</rt></ruby>を<ruby>閉<rt>と</rt></ruby>じることにしたとか。

聽説社長決定結束這家公司。

反 <ruby>開<rt>ひら</rt></ruby>く 開、打開、張開

□ <ruby>閉<rt>し</rt></ruby>める

關閉、闔上、掩上

例 <ruby>眩<rt>まぶ</rt></ruby>しいから、カーテンを<ruby>閉<rt>し</rt></ruby>めてください。

因為很刺眼，所以請掩上窗簾。

反 <ruby>開<rt>あ</rt></ruby>ける 打開、開張

實力測驗！

問題 1. ＿＿＿＿＿ の言葉の読み方として最もよいものを 1・2・3・4 から
一つ選びなさい

1.（　　） 高校生の娘は、最近将来について悩んでいるようだ。
  ①つまんで ②なやんで ③からんで ④ならんで

2.（　　） 学校にしろ会社にしろ、ルールは守らなればならない。
  ①まもらなければ   ②しからなければ
  ③こまらなければ   ④おこらなければ

3.（　　） 娘は英語も中国語も分かるので、海外で道に迷っても困らない。
  ①かこって ②まよって ③しめって ④あらって

問題 2. ＿＿＿＿＿ の言葉を漢字で書くとき、最もよいものを 1・2・3・4
から一つ選びなさい。

1.（　　） 伝染病の流行をふせぐために、世界中で研究が進んでいる。
  ①抑ぐ ②防ぐ ③塞ぐ ④妨ぐ

2.（　　） チームにすごい選手がくわわることになったそうだ。
  ①加わる ②増わる ③入わる ④参わる

3.（　　） もうすぐ日がくれるのに、小学生の息子はまだかえってこない。
  ①暮れる ②遅れる ③落れる ④降れる

問題 3. （　　　　） に入れるのに最もよいものを、1・2・3・4 から一つ
選びなさい。

1. 昔のことはよく覚えているのに、最近のことは（　　　　）がちだ。
 ①やぶれ   ②わすれ   ③ながれ   ④こわれ

2. つまは食べすぎて、たいじゅうが（　　　　　）しまったと後悔している。
　　①ふえて　　　　　　②はえて　　　　　③かえて　　　　　④うえて

3. 地球のごみを（　　　　　）ために、できることは何だと思いますか。
　　①こわす　　　　　　②まねく　　　　　③へらす　　　　　④ねがう

問題 4. 次の言葉の使い方として最もよいものを、1・2・3・4から一つ選びなさい。

1. うつす
　　①昨日のたいふうで公園の木のえだや花がうつってしまった。
　　②子どもはいつか親からうつって生活するようになるものだ。
　　③母は年をとったせいか、かがみに自分をうつすのを嫌がるようになった。
　　④道をたずねたら、地図をさしながらうつしてくれた。

2. ふやす
　　①アメリカ人の友だちに英語をふやしてもらうことになった。
　　②祖母は田舎のちいさな家で、一人でしずかにふやしている。
　　③さんかしゃの数がふえたので、いすの数もふやしてください。
　　④今日は35度をこえる暑さで、汗が滝のようにふやして大変だ。

3. てらす
　　①幼稚園に子どもをてらしてから、かいしゃへ行く。
　　②ビールはよくてらしたほうがおいしいというものだ。
　　③大きい月がくらい夜みちをてらしている。
　　④ステーキに火をてらしたら、しょう油とさとうで味をつけます。

動詞

□ **植える**

うえ

例 夫は農家の人を手本として、庭に野菜の種を植え始めた。

おっと　のうか　ひと　てほん　　　　にわ　やさい　たね　う
はじ

丈夫以農家的人為榜樣，在庭院開始種下蔬菜的種子。

種、植、嵌入、接種、培育

延 育てる　培育
そだ
植物　植物
しょくぶつ

□ **生える**

は

例 イベントの開催に先立って、広場に生えている草を抜くことにした。

かいさい　さきだ　　　　ひろば　は　　　　　くさ
ぬ

決定在活動舉辦之前，拔掉廣場上叢生的草。

生、長

延 雑草　雑草
ざっそう
歯　牙齒
は

□ **枯れる**

か

例 今年は暑さのあまり、公園の花や植物がほとんど枯れてしまった。

ことし　あつ　　　　　こうえん　はな　しょくぶつ
か

今年太過炎熱，公園的花或植物幾乎都枯萎了。

枯萎、凋謝、乾燥、老練、乾癟

□ **連れる**

つ

例 上司が今日だけ子供を連れて会社に来ることを許可してくれた。

じょうし　きょう　こども　つ　　　かいしゃ　く　　　　　きょ
か

主管允許只有今天讓我帶小孩來公司。

帶、領

□ **流れる**

なが

例 転んで血が流れたといっても、数分で止まったので心配しないでください。

ころ　　ち　なが　　　　　　すうふん　と
しんぱい

雖說是跌倒流血，但也是幾分鐘就止住了，所以請勿擔心。

流、流動、沖走、傳開、流逝、流向、中止、流產

□ **争う**

あらそ

例 子供といっしょに暮らしたければ、裁判で争うしかない。

こども　　　　　　　　く　　　　　さいばん　あらそ

如果想和孩子一起生活的話，只能靠裁判來爭奪。

爭奪、競爭、爭論、對抗

延 闘う　戰鬥
たたか
戦う　作戰
たたか

□ 戦う^{たたか}

戦鬥、戰爭、鬥爭、
競賽

例 うちの子が選挙^{せんきょ}で戦^{たたか}って勝^かつとは、まるで夢^{ゆめ}を見^み
ているかのようだ。

我家的孩子在選舉中奮戰居然獲勝，簡直就像在做夢一樣。

似 闘^{たたか}う 戰鬥
延 争^{あらそ}う 爭奪
　 戦争^{せんそう} 戰爭

□ 壊す^{こわ}

弄壞、損害、毀掉、
破壞

例 昨日^{きのう}、食^たべすぎたせいで、おなかを壊^{こわ}してしまっ
た。

昨天因為吃太多，弄壞肚子了。

似 破壊^{はかい} 破壞

□ 壊れる^{こわ}

壞、碎、坍塌、失敗、
破裂、發生故障

例 祖母^{そぼ}が大切^{たいせつ}にしていた電話^{でんわ}が壊^{こわ}れてしまったの
で、修理^{しゅうり}してもらうことにした。

由於祖母珍惜的電話故障，所以決定請人來修理了。

□ 刺す^さ

刺、扎、穿、螫、叮、
撐（船）

例 注射^{ちゅうしゃ}をしたら、蜂^{はち}に刺^さされたかのように腫^はれてし
まった。

打了針，結果像被蜜蜂螫到般腫起來了。

□ 殺す^{ころ}

殺死、抑制、除去、
迷住

例 害^{がい}のある虫^{むし}を殺^{ころ}すにしても、農薬^{のうやく}を撒^まくべきでは
ない。

就算是為了殺死害蟲，也不應該灑農藥。

延 死^しぬ 死、死亡

□ 暴れる^{あば}

胡鬧

例 私^{わたし}はお酒^{さけ}を飲^のむと眠^{ねむ}くなるというより、暴^{あば}れるそ
うだ。

據說我一喝酒，與其說是變得想睡，不如說是胡鬧。

延 暴力^{ぼうりょく} 暴力

動詞

□ 終える _お

做完、完成、結束

例 この仕事さえ終えれば、あとは楽になる一方だ。

如果連這個工作都能完成，之後就會變得一直很輕鬆。

似 終了 終了、完了、做完
完了 完結、完了
終わる 完畢、結束

□ 荒れる _あ

（天氣）變壞、（心情、精神或行動）狂暴失常、（土地）荒蕪、（皮膚）乾燥皸裂、（文章）亂七八糟

例 これは肌が荒れやすい人向きの化粧水だから、私に合っている。

這是適合皮膚容易乾燥的人的化妝水，所以適合我。

延 皮膚 皮膚
天気 天氣

□ 恐れる _{おそ}

害怕、恐懼、唯恐

例 ミスを恐れていたら、何もできない。

如果害怕錯誤，什麼都做不了。

延 恐怖 恐懼、恐怖

□ 亡くなる _な

去世

例 この手紙は祖母が亡くなる前に書いたものだとか。

聽説這封信，是祖母去世前寫的。

似 死ぬ 死、死亡
死亡 去世

□ 勝つ _か

勝、贏、勝過、克制

例 入院中のリーダーぬきで、なんとか勝つことができた。

少了住院中的隊長，勉勉強強獲勝了。

似 勝利 勝利
反 負ける 輸、敗

□ 負ける _ま

輸、敗、屈服、禁不住

例 私が彼に負けたことがあったっけ？

我有輸過他嗎？

反 勝つ 勝、贏

212

□ 消える <small>き</small>

例 さっき薬を飲んだので、痛みはそろそろ消えるだろう。

由於剛剛吃藥了，所以疼痛差不多要消失了吧！

熄滅、融化、消失、消除

反 現れる <small>あらわ</small> 出現

□ 倒す <small>たお</small>

例 この戦争は相手を倒すことが目的ではない。

這場戰爭的目的不是擊敗對方。

打倒、推倒、殺死、擊敗、賴帳

□ 倒れる <small>たお</small>

例 昨日の台風のせいで、公園の木がほとんど倒れてしまった。

因為昨天的颱風，公園的樹木幾乎全倒了。

倒、塌、垮台、倒閉、病倒、死

□ 折れる <small>お</small>

例 試合中に転んで歩けないほどだったものの、骨は折れていなかった。

比賽時跌倒到不能走的程度，但是骨頭沒有折斷。

摺疊、折斷、拐彎、屈服

□ 痛む <small>いた</small>

例 眠れないほど痛むなら、今すぐ病院に行くことだ。

如果是疼痛到無法入眠那種程度，現在就應該馬上去醫院。

疼痛、痛苦、傷心、破損

延 痛い <small>いた</small> 疼的、痛心的
怪我 <small>けが</small> 受傷
病気 <small>びょうき</small> 生病
治療 <small>ちりょう</small> 治療

□ 盗む <small>ぬす</small>

例 この金庫は重いうえに性能もいいので、泥棒も盗みようがないはずだ。

這個保險箱很重，加上性能也好，所以應該連小偷都沒辦法偷。

偷、盜、盜竊、背著、偷空

延 お金 <small>かね</small> 錢
宝石 <small>ほうせき</small> 寶石
財産 <small>ざいさん</small> 財產

動詞

213

實力測驗！

問題 1. _____ の言葉の読み方として最もよいものを 1・2・3・4 から一つ選びなさい

1. (　　) 小学生の時おしえてもらった田村先生が亡くなったそうだ。
　　　①なくなった　　②しくなった　　③とくなった　　④よくなった

2. (　　) 手術した傷の辺りがひどく痛んで、ぜんぜん眠れない。
　　　①おがんで　　　②きざんで　　　③このんで　　　④いたんで

3. (　　) たいへんな仕事を終えた後のビールはなんとうまいことか。
　　　①かえた　　　　②おえた　　　　③あえた　　　　④きえた

問題 2. _____ の言葉を漢字で書くとき、最もよいものを 1・2・3・4 から一つ選びなさい。

1. (　　) ぶちょうは過労で、しゅっきん途中にたおれたそうだ。
　　　①離れた　　　②倒れた　　　③病れた　　　④疲れた

2. (　　) 子供たちはグランドで遊んでいる時、蚊にさされたらしい。
　　　①噛された　　②刺された　　③突された　　④破された

3. (　　) つまらないことで人とあらそいたくない。
　　　①言いたくない　　　　　　②抗いたくない
　　　③争いたくない　　　　　　④疑いたくない

問題 3. (　　　　) に入れるのに最もよいものを、1・2・3・4 から一つ選びなさい。

1. かいだんから落ちて、血がたくさん (　　　　　)。
　　　①ながれた　　　②おそれた　　　③たおれた　　　④はなれた

2. この薬のおかげで、かみのけがまた（　　　　）きた。

　　①なれて　　　　　　②おえて　　　　　　③とじて　　　　　④はえて

3. 生徒の要求にこたえて、校庭に桜の木を（　　　　）ことにした。

　　①きめる　　　　　　②うえる　　　　　　③きえる　　　　　④わたる

問題 4. 次の言葉の使い方として最もよいものを、1・2・3・4から一つ 選びなさい。

1. ころす

　　①アフリカは一年をころしてずっと暑いとはかぎらない。

　　②ニュースによれば、犯人はタオルで首をしめてころしたそうだ。

　　③レポートをころしてからでないと、テレビを見てはいけない。

　　④彼の冗談がおかしくて、ころさずにはいられなかった。

2. こわれる

　　①風邪をなおしたいなら、この薬をこわれることだ。

　　②仕事がいそがしいので、まだこわれるわけにはいかない。

　　③今回のじしんで祖母が残してくれた棚がたこわれてしまった。

　　④父は具合がこわれても、薬をのまないばかりか病院にもいかない。

3. ぬすむ

　　①彼女の歌声はきれいで、人をぬすむものがある。

　　②こんなにサービスが悪くてまずい店には二度とぬすむもんか。

　　③自分でやってみてはじめて、ゴルフのおもしろさがぬすんだ。

　　④人のものをぬすむことは犯罪であることを、子どもにきびしく教えた。

□ **疲れる** _{つか}

累、乏、疲勞、用舊的

例 年_{とし}をとるにつれて、体力_{たいりょく}がなくなってすぐ疲_{つか}れるようになった。

延 体_{からだ} 身體
心_{こころ} 心理

随著年紀增長，變得體力變差，馬上感到疲累。

□ **憎む** _{にく}

憎恨、厭惡

例 彼_{かれ}が私_{わたし}を憎_{にく}む理由_{りゆう}がやっと分_わかった。

終於知道他厭惡我的理由了。

□ **補う** _{おぎな}

補、補上、補充、補貼、補償

例 教師_{きょうし}の都合_{つごう}でなくなった授業_{じゅぎょう}は、週末_{しゅうまつ}において補_{おぎな}うことになっている。

似 補充_{ほじゅう} 補充

因老師的原因而取消的課程，按規定要在週末補。

□ **逆らう** _{さか}

逆、違背、違反

例 会社_{かいしゃ}では上司_{じょうし}の命令_{めいれい}に逆_{さか}らうことは許_{ゆる}されない。

在公司違背上司的命令是不被允許的。

□ **許す** _{ゆる}

允許、寬恕、免除、容許、公認

例 両親_{りょうしん}は私_{わたし}が彼_{かれ}と結婚_{けっこん}することを許_{ゆる}してくれない。

雙親不允許我和他結婚。

□ **汚す** _{よご}

弄髒、拌和

例 子供_{こども}は服_{ふく}や靴_{くつ}をすぐ汚_{よご}すので、洗_{あら}うのが大変_{たいへん}だ。

由於孩子的衣服或鞋子一下子就弄髒，所以清洗很辛苦。

□ **汚れる**
<small>よご</small>

變髒

例 地面に座ったら、ズボンが汚れるにきまっている。
<small>じ めん</small>　　<small>すわ</small>　　　　　　　<small>よご</small>

坐在地上的話，褲子肯定會變髒。

□ **挟む**
<small>はさ</small>

隔、夾、插

例 朝食はほとんど毎日、トーストにチーズとハムを
<small>ちょうしょく</small>　　　　<small>まいにち</small>

挟んだものだ。
<small>はさ</small>

早餐幾乎每天，都是吐司裡夾起士和火腿。

□ **含む**
<small>ふく</small>

含有、包括、含著、懷著、帶著、記在心裡、了解

例 消費税を含んだ金額を教えてください。
<small>しょう ひ ぜい</small>　<small>ふく</small>　　<small>きんがく</small>　<small>おし</small>

請跟我說含稅的金額。

□ **当たる**
<small>あ</small>

碰上、撞上、命中、猜中、恰當、相當於、（光、熱的）照射或曬、擔任、試探、抵擋

例 運が悪い私に比べて、弟は宝くじがよ
<small>うん</small>　<small>わる</small>　<small>わたし</small>　<small>くら</small>　　　<small>おとうと</small>　<small>たから</small>

延 <small>とうせん</small>当選 當選、中選

く当たる。
<small>あ</small>

和運氣不好的我相比，弟弟常中樂透。

□ **鳴る**
<small>な</small>

鳴、響、聞名

例 雷が鳴り出したと思ったら、大雨になった。
<small>かみなり</small>　<small>な</small>　<small>だ</small>　　　　<small>おも</small>　　　<small>おおあめ</small>

延 <small>すず</small>鈴 鈴
<small>かね</small>鐘 鐘

才剛打雷，馬上就下起大雨了。

□ **頼る**
<small>たよ</small>

依賴、仰仗、依靠、投靠

例 私にはあなたしか頼る人がいない。
<small>わたし</small>　　　　　　　<small>たよ</small>　<small>ひと</small>

我能依靠的人只有你了。

動詞

□ 散る　ち

落、凋謝、散、離散、四散、（疼痛）消散、（墨水）擴散、（精神）渙散

例 せっかく咲いた桜は雨のせいで、ほとんど散ってしまった。

好不容易開了的櫻花因為雨，幾乎都凋謝了。

□ 回る　まわ

轉、旋轉、巡迴、周遊、繞道、（一一）傳遞、（效力）發作、有用處、營利

例 外国の友達を連れて、京都の観光地を回った。

帶外國的朋友，周遊了京都的觀光景點。

□ 戻る　もど

返回、回到、倒退、回家、退回

例 どれほど戻りたくても、昔に戻ることはできない。

不管有多麼想回到過去，但是已經回不去了。

□ 似る　に

像、似

例 私はよく母に似ていると言われるが、ぜんぜんうれしくない。

我經常被說和母親像，但是一點都不高興。

□ 診る　み

診察、（給患者）看病

例 吉田先生は患者を診るため車を飛ばし、事故に遭ってしまった。

似 診察 （給患者）看病

吉田醫師為了看病患飛車前往，不小心遭逢事故了。

□ 数える　かぞ

計算、數（數）、列舉

例 幼稚園に通う息子が100まで数えることができるようになった。

延 数字 數字
数 數目、數量

上幼稚園的兒子，變得會數到100了。

□ **震える**（ふる）

父はお酒を飲むと、手が少し震えるようだ。
（ちち）（さけ）（の）（て）（すこ）（ふる）

父親只要一喝酒，手好像就會微微地顫抖。

震動、發抖

延 **地震** 地震（じしん）

□ **届ける**（とど）

いつか人に代わって、ロボットが荷物を届ける日が来るかもしれない。
（ひと）（か）（にもつ）（とど）（ひ）（く）

説不會遲早會有機器人取代人類送達貨物那一天的到來。

送到、送給、送去、呈報

延 **手紙** 信（てがみ）

□ **教える**（おし）

使い方を娘に教えたところ、一人ですぐにできるようになった。
（つか）（かた）（むすめ）（おし）（ひとり）

教了女兒使用方法，結果她獨自一人馬上會了。

教授、指點、教導

延 **授業** 授課（じゅぎょう）

□ **教わる**（おそ）

来週から外国人の先生にフランス語を教わることになっている。
（らいしゅう）（がいこくじん）（せんせい）（ご）（おそ）

約定好從下週開始，向外國老師學習法語。

受教、學習

□ **鳴く**（な）

秋になると、庭のどこかで虫が鳴く声が聞こえる。
（あき）（にわ）（むし）（な）（こえ）（き）

一到秋天，就會從庭院的哪裡聽到蟲的鳴叫聲。

（鳥、獸、蟲）啼、鳴

□ **泣く**（な）

彼女のことだから、誰にも相談しないで一人で泣いているのだろう。
（かのじょ）（だれ）（そうだん）（ひとり）（な）

正因為是她，所以是不找任何人商量，一個人哭泣著吧！

哭泣

延 **涙** 眼淚（なみだ）
悲しい 悲傷的（かな）

動詞

219

實力測驗！

問題 1. ＿＿＿＿＿＿ の言葉の読み方として最もよいものを 1・2・3・4 から
一つ選びなさい

1. （　　） 彼女はベテランの女優だから、泣くのも簡単だ。
　　　　　①しく　　　　　②なく　　　　　③とく　　　　　④おく

2. （　　） 休日は別荘でのんびりして、月曜の早朝、家に戻る予定だ。
　　　　　①おどる　　　　②もどる　　　　③かかる　　　　④しかる

3. （　　） ファイルに挟んであった資料がなくなってしまった。
　　　　　①しずんで　　　②きざんで　　　③おがんで　　　④はさんで

問題 2. ＿＿＿＿＿＿ の言葉を漢字で書くとき、最もよいものを 1・2・3・4
から一つ選びなさい。

1. （　　） あの人の占いはよくあたることで有名だ。
　　　　　①当たる　　　　②中たる　　　　③的たる　　　　④打たる

2. （　　） 時代の流れにさからうのは止めたほうがいい。
　　　　　①逆らう　　　　②争らう　　　　③反らう　　　　④戦らう

3. （　　） 祖父は今、点滴で栄養をおぎなわなければならない。
　　　　　①足わなければ　　　　　　②加わなければ
　　　　　③投わなければ　　　　　　④補わなければ

問題 3. （　　　　　） に入れるのに最もよいものを、1・2・3・4 から一つ
選びなさい。

1. わたしは不正や暴力をたいへん（　　　　　）いる。
　　　①ぬすんで　　　②しずんで　　　③にくんで　　　④かこんで

2. 友だちにまんがの本を貸したら、（　　　　　）しまった。

　　①ゆるされて　　　②ひやされて　　　③なおされて　　　④よごされて

3. わたしは親ふこうな行為をぜったい（　　　　　）。

　　①つとめません　　②ゆるしません　　③おさめません　　④くらしません

問題4. 次の言葉の使い方として最もよいものを、1・2・3・4から一つ選びなさい。

1. たよる

　　①今日はてんきがよくて、そらがよくたよっている。

　　②ご主人のぼうりょくがひどいなら、けいさつをたよるべきです。

　　③朝ごはんはたよったとはいっても、パンとコーヒーだけです。

　　④かれはお酒をたよると、泣くやら笑うやらでたいへんだ。

2. とどける

　　①ご両親をはじめ、みなさまによろしくおとどけください。

　　②このまま赤字がつづくと、かいしゃはとどけるおそれがある。

　　③年をとるにつれて、悩みはとどけるいっぽうだ。

　　④しょうひんは今週中におきゃくさまのもとへとどけたい。

3. なく

　　①宿題がたくさんあって、テレビをないているどころじゃない。

　　②もりの中でいろいろな鳥がなくのをきくのが好きだ。

　　③一人でできないのだから、誰かになくしかない。

　　④彼らはたくさんの理想をないて、この大学にはいってきた。

動詞

□ 傾く
<ruby>傾<rt>かたむ</rt></ruby>く

傾斜、歪、西斜、有～的傾向、衰微、傾心於～

例 <ruby>先日<rt>せんじつ</rt></ruby>の<ruby>大地震<rt>おおじしん</rt></ruby>でビルが<ruby>傾<rt>かたむ</rt></ruby>いてしまったことから、<ruby>引<rt>ひ</rt></ruby>っ<ruby>越<rt>こ</rt></ruby>すことになった。

因為前些日子的大地震，大樓傾斜，所以要搬家了。

□ 乾く
<ruby>乾<rt>かわ</rt></ruby>く

乾燥、冷淡、無情感

例 <ruby>梅<rt>うめ</rt></ruby>はすっかり<ruby>乾<rt>かわ</rt></ruby>くまで、<ruby>外<rt>そと</rt></ruby>に<ruby>干<rt>ほ</rt></ruby>しておかなければならない。

梅子非在外面曬著放到完全乾燥不可。

似 <ruby>乾燥<rt>かんそう</rt></ruby> 乾燥

□ 占う
<ruby>占<rt>うらな</rt></ruby>う

占卜、算命

例 <ruby>将来<rt>しょうらい</rt></ruby>を<ruby>占<rt>うらな</rt></ruby>ってもらったら、<ruby>同<rt>おな</rt></ruby>じ<ruby>人<rt>ひと</rt></ruby>と３<ruby>回結婚<rt>さんかいけっこん</rt></ruby>すると<ruby>言<rt>い</rt></ruby>われた。

請人占卜未來，結果被說會和同一個人結婚3次。

延 <ruby>占<rt>うらな</rt></ruby>い 占卜、算命
<ruby>信<rt>しん</rt></ruby>じる 相信

□ 突く
<ruby>突<rt>つ</rt></ruby>く

拄著（拐杖）、刺、戳、蓋（印章）、冒著（風雨）、頂住、攻擊、敲（鐘）、撞（球）

例 <ruby>野菜<rt>やさい</rt></ruby>を<ruby>箸<rt>はし</rt></ruby>で<ruby>突<rt>つ</rt></ruby>いてみて、<ruby>通<rt>とお</rt></ruby>ったら<ruby>醤油<rt>しょうゆ</rt></ruby>と<ruby>砂糖<rt>さとう</rt></ruby>を<ruby>入<rt>い</rt></ruby>れてください。

請用筷子刺進蔬菜裡看看，如果穿透，便加入醬油和糖。

□ 散らかす
<ruby>散<rt>ち</rt></ruby>らかす

弄得亂七八糟、到處亂扔

例 <ruby>弟<rt>おとうと</rt></ruby>たちは<ruby>部屋<rt>へや</rt></ruby>のあちこちにおもちゃを<ruby>散<rt>ち</rt></ruby>らかして、<ruby>母<rt>はは</rt></ruby>に<ruby>叱<rt>しか</rt></ruby>られた。

弟弟們把玩具扔得整個房間到處都是，被媽媽罵了。

延 ごみ 垃圾
ごみ<ruby>箱<rt>ばこ</rt></ruby> 垃圾桶
<ruby>掃除<rt>そうじ</rt></ruby> 打掃
<ruby>整理<rt>せいり</rt></ruby> 整理

□ 寄る
<ruby>寄<rt>よ</rt></ruby>る

靠近、預料到、聚集、偏、順路到、（年齡）增長、憑倚

例 <ruby>高校<rt>こうこう</rt></ruby>の<ruby>同級生<rt>どうきゅうせい</rt></ruby>が<ruby>出張<rt>しゅっちょう</rt></ruby>の<ruby>帰<rt>かえ</rt></ruby>りに<ruby>家<rt>うち</rt></ruby>に<ruby>寄<rt>よ</rt></ruby>ってくれた。

高中同學出差回程順道到我家了。

□ **任せる**　まか

例 料理の内容は予算に応じて、すべてお店に任せます。

料理的內容依照預算，全委託店裡。

委託、託付、交給、任憑、盡量

延 責任 責任

□ **責める**　せ

例 今回のミスについて、彼一人を責めるつもりはない。

有關這次的錯誤，沒有歸咎他一人的打算。

責備、折磨、拷打、催逼、馴馬

延 責任 責任

□ **優れる**　すぐ

例 デザインのセンスにかけては、彼ほど優れている人はいないと思う。

在設計的品味方面，我認為沒有人比他優秀。

出色、優秀、卓越、好

似 優秀 優秀

□ **上る**　のぼ

例 膝を手術したばかりの母にしたら、階段を上るのは辛いはずだ。

對剛動完膝蓋手術的母親來說，爬樓梯應該很辛苦。

爬上、攀登、進京、高達、逆流而上、興奮、擺上

反 下りる 下、降
　　下がる 降下、垂下

□ **登る**　のぼ

例 できるものなら、家族みんなで富士山に登りたいものだ。

如果可以的話，想和家人一起爬富士山啊！

爬上、登上、攀登、（溫度）上升、進京、高達

似 登山 登山

□ **昇る**　のぼ

例 このビルの屋上からは太陽が昇る様子がよく見えるそうだ。

聽說從這幢大廈的屋頂，可以清楚看到太陽升起的樣子。

上升、高升

似 上昇 上升

□ 光る
（ひか）

（例）遠くで何かがキラキラと光っているようだ。

遠方好像有什麼閃閃發光。

發光、發亮、出類拔萃、監視

延　星　星
（ほし）

　　月　月
（つき）

□ 降る
（ふ）

（例）空が暗いから、もうすぐ雨が降るかもしれない。

天空很暗，所以說不定很快就要下雨了。

（雨、雪）下、降

延　傘　傘
（かさ）

□ 破る
（やぶ）

（例）彼は二度としないと誓ったにもかかわらず、約束を破った。
（かれ　ふた　ど　　　ちか　　　　　　　　　　やくそく　　　やぶ）

儘管他發誓不會再有第二次，卻還是違反約定了。

撕破、弄破、損壞、違反、打敗

□ 破れる
（やぶ）

（例）この布は軽くて柔らかい反面、破れやすいという欠点もある。
（ぬの　かる　　やわ　　　はんめん　やぶ　　　　　　けってん）

這種布料既輕且柔的另一面，也有容易破這樣的缺點。

破、裂、破損、破裂、破滅、滅亡

□ 割る
（わ）

（例）このお酒はかなり強いので、水で割ったほうがいい。
（さけ　　　　　つよ　　　　みず　わ）

由於這種酒相當烈，所以用水稀釋比較好。

分、切、割、劈、打破、分隔、除、硬插進、稀釋、挑明、低於、（相撲比賽）摔出圈外

□ 割れる
（わ）

（例）今年の冬は乾燥がひどくて、唇が割れてしまった。
（ことし　ふゆ　かんそう　　　　　くちびる　わ）

今年冬天非常乾燥，嘴唇都裂開了。

破碎、分裂、裂開、暴露、除盡

□ **欠ける**〔か〕

有缺口、缺、欠、不足

例 新人の彼は優秀だが、行動力に欠けるところがある。

似 **不足**〔ふそく〕 不足
延 **欠点**〔けってん〕 缺點

還是新人的他雖然優秀，但是有缺乏行動力之處。

□ **参る**〔まい〕

去、來、參拜、折服、受不了

例 毎年この季節には、親族が集まって先祖の墓に参ることにしている。

每年這個季節，親屬向來都會聚在一起掃祖先的墳墓。

□ **努める**〔つと〕

盡力、努力

例 大人は子供たちを失望させないように努めるべきだ。

似 **努力**〔どりょく〕 努力

大人應該努力不讓孩子們失望。

□ **勤める**〔つと〕

工作、任職、服侍、修行

例 そういう次第で、これ以上勤めることができません。

似 **勤務**〔きんむ〕 工作

就是那樣的原因，無法再做更多工作。

□ **務める**〔つと〕

擔任～職務

例 店長を務めるのは2年以上の経験者に限る。

似 **任務**〔にんむ〕 任務

擔任店長職務的，僅限於有2年以上經驗者。

□ **揺れる**〔ゆ〕

搖晃、搖擺、動搖

例 アナウンサーになるという決意は、今まで一度も揺れたことがない。

延 **地震**〔じしん〕 地震

要成為播報員的決心，至今一次都未曾動搖過。

動詞

實力測驗！

問題 1. ＿＿＿＿＿の言葉の読み方として最もよいものを１・２・３・４から
一つ選びなさい

1. （　　） 午後の会議で司会を<u>務める</u>ことになり、緊張している。
　　　　①おさめる　　②かためる　　③つとめる　　④すすめる

2. （　　） 彼一人を<u>責める</u>のは、ちがうというものだ。
　　　　①せめる　　②うめる　　③さめる　　④とめる

3. （　　） 頭が<u>割れる</u>ように痛いのなら、今すぐ病院に行くべきだ。
　　　　①はれる　　②われる　　③とれる　　④かれる

問題 2. ＿＿＿＿＿の言葉を漢字で書くとき、最もよいものを１・２・３・４
から一つ選びなさい。

1. （　　） 兄は昔から、せいせきもスポーツも私より<u>すぐれて</u>いた。
　　　　①秀れて　　②放れて　　③現れて　　④優れて

2. （　　） つゆで毎日あめがふって、せんたくものが<u>かわかない</u>。
　　　　①磨かない　　②招かない　　③沸かない　　④乾かない

3. （　　） ペットの犬はへや中にたべものやごみを<u>ちらかす</u>。
　　　　①散らかす　　②耕らかす　　③増らかす　　④出らかす

問題 3. （　　　　　） に入れるのに最もよいものを、１・２・３・４から一つ
選びなさい。

1. こんやはよぞらに星がたくさん（　　　　　）いる。
　　①まわって　　②ひかって　　③のこって　　④つもって

2. 船がとつぜん（　　　　　　）ので、テーブルの上にあった物が落ちて割れ
た。

　　①はたらいて　　　②かたむいた　　　③さからった　　　④うたがった

3. コピーなどの雑用は、わたしに（　　　　　　）ください。

　　①そだてて　　　　②しらべて　　　　③おさめて　　　　④まかせて

問題4. 次の言葉の使い方として最もよいものを、1・2・3・4から一つ
　　　　選びなさい。

1. やぶる

　　①わたしはいつも仕事に行く前に、こどもを妹にやぶる。

　　②一度友だちとしたやくそくは、ぜったいにやぶるべきではない。

　　③その知らせを聞いて、彼の顔からえがおがやぶれた。

　　④ビールはれいぞうこでよくやぶったほうがおいしいというものだ。

2. ゆれる

　　①夫がげんきがないので、今夜はえいようのあるものをゆれよう。

　　②さっき電車がかなり大きくゆれたから、事故か地震だろう。

　　③さいきん忙しくてゆれぎみだから、今日は早くかえることにした。

　　④むすめはおふろに入ったついでに、自分のしたぎもゆれる。

3. かける

　　①彼は川でかけている子供をたすけるために、とびこんだ。

　　②優勝できたのは、チームみんなでかけた結果にほかならない。

　　③かたいものを食べて歯がかけてしまったので、治療に行くことにした。

　　④感染の予防のため、中にはかけないことになっています。

□ **追いつく** 　趕上、追上、來得及

例 東南アジアはどんどん工業化して、西洋に追いつくだろう。

東南亞不斷工業化，會趕上西方吧！

□ **思いつく** 　想出來、想起

例 社長は新しいアイデアがどんどん思いつくので、追いついていくのが大変だ。

社長新點子源源不絕地想出來，所以要追趕上很辛苦。

□ **思い出す** 　想起來、聯想起來

例 最近は年のせいか、いろいろなことが思い出せなくなってきた。

延 思い出 回憶
記憶 記憶

最近可能是因為年紀，很多事情變得想不起來。

□ **言い出す** 　開口說、說出

例 姉は突然、結婚すると言い出して、家族みんなを驚かせた。

延 話 話題

姉姉突然開口説要結婚，讓家人都嚇了一跳。

□ **通り過ぎる** 　走過、越過

例 台風はニュースによれば、明日の朝には通り過ぎるとか。

似 通過 通過

根據新聞，聽説颱風明天早上會越過。

□ **取り替える** 　交換、互換、更換

例 制服が古くなったので、新しいものと取り替えることにした。

由於制服變舊了，所以決定換成新的了。

□ 話し合う
<ruby>話<rt>はな</rt></ruby>し<ruby>合<rt>あ</rt></ruby>う

例 <ruby>意見<rt>いけん</rt></ruby>が<ruby>合<rt>あ</rt></ruby>わなければ、<ruby>合<rt>あ</rt></ruby>うまで<ruby>話<rt>はな</rt></ruby>し<ruby>合<rt>あ</rt></ruby>うべきだと<ruby>思<rt>おも</rt></ruby>う。

我認為意見若是不合，就應該要商談到合為止。

談話、對話、商量、商談

延 <ruby>会議<rt>かいぎ</rt></ruby> 會議
<ruby>相談<rt>そうだん</rt></ruby> 商量、協商

□ 立ち止まる
<ruby>立<rt>た</rt></ruby>ち<ruby>止<rt>ど</rt></ruby>まる

例 <ruby>信号<rt>しんごう</rt></ruby>の<ruby>前<rt>まえ</rt></ruby>で<ruby>一度<rt>いちど</rt></ruby><ruby>立<rt>た</rt></ruby>ち<ruby>止<rt>ど</rt></ruby>まって、<ruby>左右<rt>さゆう</rt></ruby>を<ruby>確認<rt>かくにん</rt></ruby>してから<ruby>進<rt>すす</rt></ruby>みましょう。

紅綠燈前先停一下，確認左右後再前進吧！

站住、停步、止步

延 ストップ 停止
<ruby>停止<rt>ていし</rt></ruby> 停止

□ 出迎える
<ruby>出<rt>で</rt></ruby><ruby>迎<rt>むか</rt></ruby>える

例 <ruby>出張<rt>しゅっちょう</rt></ruby>から<ruby>戻<rt>もど</rt></ruby>って<ruby>来<rt>く</rt></ruby>る<ruby>部長<rt>ぶちょう</rt></ruby>を<ruby>出迎<rt>でむか</rt></ruby>えるため、<ruby>今<rt>いま</rt></ruby>から<ruby>空港<rt>くうこう</rt></ruby>へ<ruby>行<rt>い</rt></ruby>きます。

為了迎接出差回來的部長，現在要去機場。

迎接

□ 見送る
<ruby>見<rt>み</rt></ruby><ruby>送<rt>おく</rt></ruby>る

例 お<ruby>客様<rt>きゃくさま</rt></ruby>を<ruby>玄関<rt>げんかん</rt></ruby>で<ruby>見送<rt>みおく</rt></ruby>った<ruby>後<rt>あと</rt></ruby>、<ruby>同僚<rt>どうりょう</rt></ruby>たちと<ruby>昼食<rt>ちゅうしょく</rt></ruby>を<ruby>食<rt>た</rt></ruby>べに<ruby>行<rt>い</rt></ruby>った。

把客人送到玄關後，和同事們去吃午餐了。

目送、送行、送終、觀望、擱置

□ 着替える
<ruby>着<rt>き</rt></ruby><ruby>替<rt>が</rt></ruby>える

例 これから<ruby>海水浴<rt>かいすいよく</rt></ruby>に<ruby>行<rt>い</rt></ruby>くので、<ruby>脱<rt>ぬ</rt></ruby>ぎやすい<ruby>服<rt>ふく</rt></ruby>に<ruby>着替<rt>きが</rt></ruby>えよう。

由於接下來要去海水浴場，所以更衣成好脫的衣服吧！

換衣服、更衣

延 <ruby>水着<rt>みずぎ</rt></ruby> 泳衣

□ 乗り換える
<ruby>乗<rt>の</rt></ruby>り<ruby>換<rt>か</rt></ruby>える

例 <ruby>新宿<rt>しんじゅく</rt></ruby>まで<ruby>行<rt>い</rt></ruby>くには、どこで<ruby>乗<rt>の</rt></ruby>り<ruby>換<rt>か</rt></ruby>えたらいいですか。

要去新宿，該在哪裡換車好呢？

換乘、換掉

延 バス 巴士
<ruby>電車<rt>でんしゃ</rt></ruby> 電車
<ruby>地下鉄<rt>ちかてつ</rt></ruby> 地下鐵

動詞

□ 組み立てる

装配、組合

例 届いた棚を組み立ててみたが、複雑でまだ完成していない。

試著組裝送來的櫃子，但是很複雜，尚未完成。

□ 心得る

懂得、明白、理解、領會、答應

例 物事には限界があるということを心得ておかなければならない。

非先理解凡事都有極限不可。

□ 引き受ける

承擔、承攬、保證、照顧、應付、繼承

例 課長が別の仕事で忙しいので、私が引き受けることになりました。

由於課長還有別的工作要忙，所以要我來承接了。

□ 引き出す

拉出、抽出、發揮、提取（存款）

例 お年寄りには、機械でお金を引き出すのは難しいと思う。

我覺得對年長者來説，用機器提錢很困難。

□ 引っ越す

搬家、搬遷、遷居

例 前回の大地震でビルの建物が傷んだので、事務所を引っ越すことにした。

由於上次的大地震，大樓的建築物受損，所以決定搬遷辦公室了。

□ 微笑む

微笑、（花）初綻

例 彼女はどんなに辛いことがあっても、微笑むことを忘れない。

她不管多麼地艱辛，也不忘微笑。

延 笑顔 笑顔
笑う 笑

□ **目立つ**（め だ）　　　　　　　　　　　　　顯眼、顯著、引人注目

例 妹は髪の毛を茶色に染めたので、学校で目立って　　似 注目　注目
注意されるだろう。

由於妹妹把頭髮染成棕色，在學校很引人注目，應該會被
提醒吧！

□ **申し込む**（もう こ）　　　　　　　　　　　　提議、申請、邀請、
　　　　　　　　　　　　　　　　　　　　　　　　預約

例 インターネットでコンサートのチケットを申し込　延 申請　申請
んだ。

用網路申請演唱會的門票了。

□ **呼び出す**（よ だ）　　　　　　　　　　　　　叫出來、邀請、傳喚

例 兄は事件の参考人として、法廷に呼び出された。

哥哥以案件關係人的身分，被法庭傳喚了。

□ **持ち上げる**（も あ）　　　　　　　　　　　　舉起、抬起、拿起、
　　　　　　　　　　　　　　　　　　　　　　　　抬舉

例 重い荷物を持ち上げたせいで、腰を痛めてしまっ
た。

因為抬起重的行李，結果把腰弄傷了。

□ **横切る**（よこ ぎ）　　　　　　　　　　　　　横過、穿過

例 横断歩道を渡ろうとした時、目の前をオートバイ
が横切った。

正要過斑馬線的時候，摩托車從眼前橫過。

□ **近寄る**（ちか よ）　　　　　　　　　　　　　靠近、走進、接近、
　　　　　　　　　　　　　　　　　　　　　　　　親近

例 この犬は吠えたり噛んだりするので、近寄らない
ほうがいい。

這條狗又會吠又會咬人，所以還是不要靠近比較好。

動詞

實力測驗！

問題 1. _____ の言葉の読み方として最もよいものを１・２・３・４から
一つ選びなさい

1. （　　） 彼女の服装はいつも派手で、とても目立つ。
　　　　①めたつ　　　②めだつ　　　③もたつ　　　④もだつ

2. （　　） 私は東京に引っ越す前、大阪に8年間すんでいた。
　　　　①いったす　　②いっこす　　③ひったす　　④ひっこす

3. （　　） 両親を出迎えるため、空港へいそいだ。
　　　　①でたまえる　②でおかえる　③でむかえる　④でかまえる

問題 2. _____ の言葉を漢字で書くとき、最もよいものを１・２・３・４
から一つ選びなさい。

1. （　　） テニスの練習で泥だらけだから、きがえてから帰ろう。
　　　　①着交えて　　②着代えて　　③着変えて　　④着替えて

2. （　　） 彼女は私と目が合ったのに、何もいわずとおりすぎた。
　　　　①通り去ぎた　②通り過ぎた　③通り行ぎた　④通り向ぎた

3. （　　） 子どもたちは水をのむために、一度たちどまった。
　　　　①停ち止まった　　　　　②立ち止まった
　　　　③歩ち止まった　　　　　④経ち止まった

問題 3. （　　　　） に入れるのに最もよいものを、１・２・３・４から一つ
選びなさい。

1. 夫も私もまいにち忙しくて、きちんと（　　　　　）時間がない。
　　①ふりむく　　　②はなしあう　　③とけこむ　　　④つっこむ

2. むすめは突然けっこんすると（　　　　）、わたしたちをおどろかせた。

　　①とびこんで　　　②しはらって　　　③かたづけて　　　④いいだして

3. 何かいいアイデアを（　　　　）と、すぐノートにかくことにしている。

　　①ひっかかる　　　②おもいつく　　　③すきとおる　　　④とりいれる

問題 4. 次の言葉の使い方として最もよいものを、1・2・3・4から一つ 選びなさい。

1. こころえる

　　①その件についてはよくこころえているつもりだ。

　　②具合が悪いので、学校を休んで家でこころえていることにした。

　　③もうすぐ試験なので、毎日こころえているわけにはいかない。

　　④こんなに厚い本は一週間ではこころえないだろう。

2. ほほえむ

　　①ダンスの上手な彼女ぬきにしては、パーティーはほほえまない。

　　②かのじょはいつも少女のようににっこりほほえむ。

　　③しばらく雨がふらないせいか、池がすっかりほほえんでいる。

　　④息子は常識にほほえんでいるところがあるので、教えなければならない。

3. おいつく

　　①会社がおいついたら、病院へともだちのお見舞いにいくつもりだ。

　　②すぐにおいつくから、先に出発してください。

　　③帰国するマイケルさんをみんなで空港までおいつくことになった。

　　④このレストランは有名で、毎日たくさんの客でおいついている。

□ すべて

一切、全部、所有、統統

例 できることはすべてやってからでないと、後悔^{こうかい}するにちがいない。

似 全部 全部

能做的事情如果不全部先做的話，一定會後悔。

□ せめて

哪怕是～也好、至少

例 せめてあと10分^{じゅっぷん}だけでいいから待^まってほしい。

哪怕是再只有10分鐘也好，希望可以等一下。

□ やっぱり

果然、依然、到底還是

例 まさかとは思^{おも}ったが、やっぱり本当^{ほんとう}だった。

似 やはり 果然、依然、到底還是

才想說難道是真的嗎，但果然是真的。

□ そうして

那樣

例 その魚^{さかな}はそうして食^たべるとおいしい。

那種魚那樣吃會很好吃。

□ はっきり

清楚地、明確地

例 はっきり言^いわなければ、相手^{あいて}には伝^{つた}わらないというものだ。

似 きちんと 準確地、整整齊齊地、好好地
反 曖昧^{あいまい} 曖昧

如果不說清楚，是無法傳達給對方的啊！（對方是不會懂的啊！）

□ ゆっくり

慢慢地、舒適地、充裕

例 私^{わたし}は相手^{あいて}を問^とわず、ゆっくり話^{はな}すことにしている。

似 のんびり 悠閒自在地

我不論對方是誰，向來都慢慢說話。

□ たいして

例 彼はたいしてお金がないにもかかわらず、欲しい物は値段を見ないで買う。

儘管他並不怎麼有錢，喜歡的東西卻不看價格就買。

（後面接續否定）並不太～、並不怎麼

似 ほとんど （後面接續否定）幾乎不

あまり （後面接續否定）不太

□ 改めて

例 この映画を見て改めて、戦争について考えさせられた。

看了這部電影，迫使我重新思考有關戰爭的事情。

重新、再

□ やっと

例 毎年同じ試験を4回も受けた末に、やっと合格した。

每年同樣的考試都應考了4次，最後終於考上了。

好不容易、終於、勉勉強強

似 ついに 終於

□ しっかり

例 基礎をしっかり身につけてはじめて、話せるようになるというものだ。

唯有確實地打下基礎之後，才能說得出來啊！

牢固、充分、確實、可靠

似 きちんと 好好地

□ うっかり

例 昨夜は徹夜で勉強していたばかりに、授業中にうっかり寝てしまった。

只是因為昨晚徹夜讀書，所以上課時不小心就睡著了。

不留神、不小心

似 つい 不知不覺、無意中、不由得

思わず 禁不住、不由得

□ ぴったり

例 母が作ってくれたワンピースはわたしの体にぴったりだった。

媽媽幫我做的洋裝，非常合身。

緊密地、準確無誤地、恰好地、急速停止

似 ちょうど 正好、完全一致

□ びっくり

吃驚、嚇一跳

例 突然肩を叩かれたら、誰だってびっくりするはず
だ。

突然被拍了一下肩的話，任誰應該都會嚇一跳。

□ そろそろ

慢慢地、就要、漸漸、
差不多

例 風邪気味なようだから、そろそろ帰ったほうがい
いですよ。

好像有點感冒，所以差不多該回家了比較好喔！

□ とうとう

終於、終究

例 駅で2時間近く待ったが、彼はとうとう来なかっ
た。

似 ついに 終於

在車站等了將近2個小時，但他終究沒來。

□ もともと

本來、從來

例 この絵本はもともと子供向けに書かれたものでは
なかった。

這本繪本本來不是以小孩為對象而寫。

□ まあまあ

行了行了、好了好了、大致過得去、
普普通通、唉呀 (表示驚訝或感嘆)

例 娘はあまり練習しなかったものの、結果はまあま
あだったらしい。

女兒雖然沒有什麼練習，但是結果好像還過得去。

□ ますます

益發、越來越～、更加

例 天気予報によれば、夜中から明け方にかけてます
ます寒くなるそうだ。

似 どんどん 連續不斷地
延 だんだん 漸漸地

根據天氣預報，據説從午夜到黎明會變得越來越冷。

□ つぎつぎ

一個接著一個、絡繹不絕、按照順序

例 弁護士はつぎつぎと証人に質問をして、真相を確
かめようとした。

律師打算依序質詢證人，確認真相。

□ なかなか

頗、很、非常、相當、(不) 輕易、(不) 簡單、怎麼也～

例 彼女は英語のみならず、フランス語やドイツ語も
なかなからしい。

她不只是英語，好像連法語或德語也相當好。

□ べつべつ

分別、個別、各自分開

例 会計はべつべつでお願いします。

麻煩分別結帳。

□ すっかり

全、全都、完全、全部

例 娘はクラスメイトにいじめられたばかりに、すっ
かり学校に行かなくなった。

女兒只是因為被同學欺負，就變得完全不上學了。

似 まったく 全然、完全

□ 初めて

初次、第一次、才

例 工場の建設をめぐって、部長と課長の意見が初め
て2つに分かれた。

針對工廠的建設，部長和課長的意見首次分成二派。

□ かえって

相反地、反而

例 彼が手伝うと、助かるどころか、かえって邪魔に
なる。

他一幫忙，別説是得救了，反而變成阻礙。

實力測驗！

問題 1.（　　　）に入れるものに最もよいものを 1・2・3・4 から一つ えらびなさい。

1. きのう作成したデータは（　　　　）消去されてしまった。
   ①せめて 　　　　②すべて 　　　　③たいして 　　　　④はたして

2. 自分が親になって、（　　　　）親の気持ちがわかるようになった。
   ①ざっと 　　　　②やっと 　　　　③そっと 　　　　④どっと

3. 会社の商品が各地へ（　　　　）運ばれていった。
   ①つぎつぎ 　　　　②いきいき 　　　　③ときどき 　　　　④はきはき

4. 結婚してもう9年経つが、（　　　　）子どもができない。
   ①のろのろ 　　　　②ぞくぞく 　　　　③そろそろ 　　　　④なかなか

5. 深夜まで残業してがんばったが、（　　　　）終わらなかった。
   ①ときどき 　　　　②しばしば 　　　　③いちいち 　　　　④とうとう

6. 事故の原因はまだ（　　　　）していないそうだ。
   ①うっかり 　　　　②こっそり 　　　　③はっきり 　　　　④がっかり

7. 通帳のお金は（　　　　）なくなってしまった。
   ①すっかり 　　　　②ぐっすり 　　　　③にっこり 　　　　④ぴったり

8. 慰められると、（　　　　）涙が出てくるものだ。
   ①たいして 　　　　②かえって 　　　　③そうして 　　　　④せっせと

問題 2. つぎのことばの使い方として最もよいものを一つえらびなさい。

1. はじめて

   ①なんども試験をうけ次第、<u>はじめて</u>もうしこんだ。

   ②れいぞうこに入れておいたケーキは妹に<u>はじめて</u>された。

   ③<u>はじめて</u>給料をもらったとき、なにを買いましたか。

   ④あの本は<u>はじめて</u>読みかけだから、あとでまた読むつもりだ。

2. べつべつ

   ①ニュースによれば、市場は<u>べつべつ</u>拡大するそうだ。

   ②容疑者のふたりから、それぞれ<u>べつべつ</u>の部屋で話をきいた。

   ③アジアを中心に、世界<u>べつべつ</u>の学生があつまった。

   ④その本は発売とどうじに<u>べつべつ</u>売りきれてしまった。

3. ますます

   ①コンピューターさんぎょうの小型化は<u>ますます</u>進んでいる。

   ②たとえ苦しくても、さいごまで<u>ますます</u>がんばった。

   ③工事中につき、立ち入りは<u>ますます</u>禁止です。

   ④この薬はよくきく反面、<u>ますます</u>副作用があるそうだ。

副詞

□ **きちんと**

確實、整整齊齊、規規矩矩、
準時、如期、好好地、牢牢地

例 約束^{やくそく}はきちんと守^{まも}るべきだ。
約定就應該確實遵守。

似 ちゃんと　確實、整整齊齊、規規矩矩、準時、好好地

しっかり　確實

□ **ずっと**

（比～）得多、長時間、遠遠地、
（從～）一直、直直地（走）

例 彼^{かれ}は5、6年前^{ろくねんまえ}にアフリカへ行^いったきり、ずっと日^に本^{ほん}へ帰^{かえ}っていないそうだ。
聽説他從5、6年前去了非洲，就一直沒再回日本。

□ **そっと**

悄悄地、靜靜地、偷偷
地、不驚動

例 山本^{やまもと}さんは遅刻^{ちこく}を先生^{せんせい}に知^しられまいと、そっと教^{きょう}室^{しつ}に入^{はい}ってきた。
山本同學為了不被老師知道他遲到，悄悄地進了教室。

□ **わざと**

故意

例 彼^{かれ}は知^しっているくせに、わざと知^しらないふりをする。
他明明知道，卻故意佯裝不知。

□ **ぐっすり**

熟睡、著實地、完全

例 赤^{あか}ちゃんはぐっすり眠^{ねむ}らないことはないが、音^{おと}がするとすぐ起^おきてしまう。
嬰兒並非沒有熟睡，但一有聲響便馬上醒來。

延 すやすや　安穩地、香甜地（睡）

□ **さっぱり**

精光、全然、爽快、
淡泊、清爽

例 昔^{むかし}の小説^{しょうせつ}は難^{むずか}しすぎて、私^{わたし}にはさっぱり分^わからない。
古時候的小説太難，對我來説完全不懂。

似 まったく　全然、完全、實在

□ おのおの

各、各自、每個

例 おのおの自分の作品をもって、イベントの会場へ
向かった。

帶著各自的作品，前往活動會場了。

似 めいめい　各、各自、每
個

それぞれ　各、分別、每
個

□ めいめい

各、各自、每個

例 選手にはめいめいに部屋が与えられ、食事も部屋
まで届けられるそうだ。

據說選手各自都被分配了房間，連餐飲也可以送到房間。

似 おのおの　各、各自、每
個

それぞれ　各、分別、每
個

□ どきどき

（因運動、驚恐、期待等）七
上八下、忐忑不安、心怦怦跳

例 もうすぐ彼女に会えると思ったら、心臓がどきど
きしてきた。

一想到馬上就能見到女朋友，心臟就怦怦跳了起來。

副詞

□ いちいち

一一、逐一、全部

例 妻は私が家事をするといちいち文句を言うので、
やる気がなくなる。

由於我一做家事，妻子便會逐一發牢騷，所以變得沒有幹
勁。

□ たびたび

屢屢、再三、多次

例 黒田先生のご指導のもとで、たびたび修正を加え
て完成させた。

在黑田老師的指導下，加上多次修正，使其完成了。

似 ちょくちょく　常常
何度も　多次、好幾次

□ ときどき

有時

例 社長に代わって、ときどき部長があいさつするこ
とがある。

部長有時會代替社長致詞。

似 たまに　偶爾

241

□ **ところどころ**　　　　　　　　　　　　這裡那裡、有些地方

例 壁のペンキがところどころ剥げているので、自分
で塗ってみることにした。

由於牆壁的油漆有些地方剝落，所以決定自己試著漆漆看
了。

□ **果たして**　　　　　　　　　　　　　果然、果真、到底

例 その噂は果たして本当なのだろうか。

那個傳聞到底是真的嗎？

□ **うんと**　　　　　　　　　　　　　很多、使勁、非常

例 痩せると決めた以上、一か月でうんと体重を減ら　　似 たくさん　很多
すつもりだ。

既然決定要瘦，打算一個月內加把勁減重。

□ **ちゃんと**　　　　　　　　　　　確實、整整齊齊、規規
　　　　　　　　　　　　　　　　　矩矩、準時、好好地

例 約束したうえは、ちゃんと守るべきだと思う。　　似 きちんと　確實、整整齊
　　　　　　　　　　　　　　　　　　　　　　　　　　齊、規規矩矩
我覺得既然約定好，就應該確實遵守。

□ **さっと**　　　　　　　　　　　　迅速地、一下子、
　　　　　　　　　　　　　　　　（風、雨）忽然地

例 野菜をさっと茹で、塩で味をつけるだけで、おいし
いというものだ。

蔬菜燙一下，只用鹽調味，就很好吃了啊！

□ **ざっと**　　　　　　　　　　　　粗略地、大約、（雨、
　　　　　　　　　　　　　　　　水）嘩啦啦地

例 テストが始まる前に、教科書をざっと見ておこう。

考試開始前，粗略地看一下教科書起來等吧！

□ じっと

凝神、目不轉睛、一動不動、保持穩定、一聲不吭、耐心

例 蜂が寄ってきても、じっとしていれば刺されないそうだ。

聽説就算蜜蜂靠過來，只要定住不動，就不會被螫。

□ どっと

一齊（發出聲音）、一下子（湧上來）、突然（病重）

例 イベントが終わったとたん、疲れがどっと押し寄せてきた。

活動終了的瞬間，疲憊感一下子全湧上來了。

□ しいんと

靜悄悄

例 夜が深まるにつれて、この辺りはしいんと静かになる。

隨著夜深，這附近也變得靜悄悄。

副詞

□ すっと

迅速地、輕快地、悠地、一下子、輕鬆

例 彼は私に気づかず、すっと前を通り過ぎていった。

他沒注意到我，從前面一閃而過了。

□ せっせと

一個勁兒地、拚命地

例 夫の誕生日にセーターをプレゼントするため、毎晩せっせと編んでいる。

為了丈夫生日時送他毛衣，每天晚上一個勁兒地打。

□ さっさと

趕快、迅速、趕緊、乾脆

例 残業をさっさと片づけて、早く帰りたいというものだ。

想趕緊把加班的工作收拾收拾，早點回家啊！

243

實力測驗！

問題 1. （　　　　）に入れるものに最もよいものを 1・2・3・4 から一つ えらびなさい。

1. これからも（　　　　）このチームを応援するつもりだ。
   ①ずっと　　　　②ざっと　　　　③やっと　　　　④じっと

2. 雪の日は（　　　　）して、何の音も聞こえないほどだ。
   ①ちゃんと　　　②しいんと　　　③そっと　　　　④さっと

3. 家についたとたん、つかれが（　　　　）出てきた。
   ①やっと　　　　②わざと　　　　③どっと　　　　④ずっと

4. 今朝おくったメールは（　　　　）とどいていますか。
   ①そっと　　　　②まっすぐ　　　③ちゃんと　　　④とうとう

5. しごとを（　　　　）と終わらせて、はやくかえりたい。
   ①はたして　　　②つねに　　　　③さっさと　　　④めっきり

6. 試験の前に（　　　　）がんばったのだから、だいじょうぶだ。
   ①わざと　　　　②やっと　　　　③うんと　　　　④はっと

7. ふたりの関係はこんご、（　　　　）どうなるのだろうか。
   ①はたして　　　②とっくに　　　③めっきり　　　④ぼんやり

8. だいじな資料はきんこに（　　　　）ほぞんしなければならない。
   ①じっと　　　　②ざっと　　　　③はっきりと　　④きちんと

問題 2. つぎのことばの使い方として最もよいものを一つえらびなさい。

1. さっぱり

   ①ジョンさんの英語ははやくて、さっぱりりかいできなかった。

   ②わたしは時間もおかねたくさんあるから、旅行をさっぱりする。

   ③からださえ丈夫なら、さっぱり遊びに行きたい。

   ④あの先生はさっぱりおこっているので、にんきがある。

2. おのおの

   ①しゅっちょうの手つづきはおのおの行ってください。

   ②北から南にかけて、おのおのたいふうになるそうだ。

   ③部長がもどり次第、おのおの電話しようと思う。

   ④説明書にそって、おのおのに組み立てて棚をつくる。

3. せっせと

   ①世界の経済を研究することを目的として、せっせとりゅうがくした。

   ②寝ずに運転したら、せっせと事故を起こしかねない。

   ③アルバイトの学生たちは毎日せっせとはたらいて、おかねを稼いだ。

   ④そういう説明では、せっせと信じがたい。

□ ぎっしり

滿滿的

例 今週は予定がぎっしり入っているので、来週でもいいですか。

似 いっぱい 滿滿的

由於本週行程排得滿滿的，下週也可以嗎？

□ ばったり

突然倒下、突然遇見、突然中止

例 デパートでばったり昔の恋人に会った。

在百貨公司突然遇見以前的男（女）朋友。

□ いきいき

活潑、生氣勃勃、生動、栩栩如生

例 彼女は離婚してから、いきいきしているように見える。

她自從離婚以後，看起來生氣勃勃。

□ いよいよ

越發、果真、終於、緊要關頭

例 3週間にわたったオリンピックが、いよいよ幕を閉じる。

似 ついに 終於

歷時3週的奧運，終於要閉幕了。

□ はきはき

乾脆、爽快、明朗

例 部下にしたら、上司にはきはき意見を言うのは難しいものがある。

似 はっきり 明確、斬釘截鐵

以屬下的立場而言，明朗地對主管說出意見確實有困難之處。

□ ひろびろ

寬敞、廣闊

例 トンネルを抜けたとたん、ひろびろとした草原が目の前に広がった。

穿過隧道的瞬間，寬闊的草原在眼前展開。

□ **こっそり**

例 中井さんは教室をこっそり出たかと思ったら、その日はもう戻ってこなかった。

本以為中井同學是悄悄地離開教室，沒想到那一天卻沒再回來。

悄悄地、偷偷地、暗暗地

似 そっと 悄悄地、偷偷地
こそこそ 偷偷摸摸、鬼鬼祟祟

□ **すっきり**

例 台風が去ったからといって、空はまだすっきりと晴れない。

雖説颱風走了，但天空尚未舒暢晴朗。

舒暢、暢快、簡潔、痛快、舒服

□ **たっぷり**

例 私は両親に愛情をたっぷり注いで、育ててもらった。

我是受到父母親灌注滿滿的愛而成長的。

充分、足夠、多

似 いっぱい 滿滿的
たくさん 很多

□ **めっきり**

例 父の年齢からすれば、髪の毛がめっきり白くなって当然だ。

以父親的年齡來看，頭髮明顯變白也是理所當然的。

急遽、明顯

□ **そっくり**

例 母に限らず、私や姉まで祖母にそっくりになってきた。

不只是母親，連我或姊姊都變得和祖母很像了。

全部、完全、原封不動、一模一樣、極像

□ **にっこり**

例 みなさん、カメラのほうを向いてにっこり笑ってください。

各位，請面向相機微笑。

微笑

似 にこにこ 笑嘻嘻、微微笑

□ にこにこ

笑嘻嘻、微微笑

例 隣の子は会うたび、にこにこしながらあいさつしてくれる。

似 にっこり 微笑

鄰家的小孩每次見面時，都會笑嘻嘻地和我打招呼。

□ どんどん

咚咚（聲）、連續不斷、順利、旺盛

例 去年から今年にかけて、借金がどんどん増えつつある。

似 だんだん 逐漸
ますます 越發

從去年到今年這段期間，貸款不斷增加中。

□ しばしば

屢次、再三、經常

例 この電車はしばしば事故が発生するので、できるだけ乗らないようにしている。

延 ときどき 偶爾

由於這台電車經常發生事故，所以我盡可能不搭乘。

□ せいぜい

盡量、充其量

例 今の会社ではどんなにがんばっても、せいぜい課長にしかなれないだろう。

在現在的公司，不管多麼地努力，充其量也只能當到課長吧！

□ ちゃくちゃく

穩健順利地、一步一步地

例 大会の準備はちゃくちゃくと進みつつある。

大會的準備穩健順利地進行中。

□ ふわふわ

輕飄飄、不沉著、鬆軟

例 妹の作るケーキは生地がふわふわで甘すぎず、とてもおいしい。

妹妹做的蛋糕質地鬆軟又不會太甜，非常好吃。

□ **うろうろ**

例 家の周りを怪しげな男がうろうろしているから、
警察に電話しよう。

家裡附近有可疑的男人徘徊，所以報警吧！

傍徨、徘徊、驚慌失措、
心神不寧

□ **くれぐれ**

例 約束の時間にはくれぐれも遅れないように。

約定的時間千萬不要遲到。

懇切地、衷心地、
千萬、一定

□ **しみじみ**

例 記録映像を見て、感染の恐ろしさがしみじみと伝
わってきた。

看紀錄片，深切地感受到傳染的可怕了。

痛切、深切、懇切、
仔細

延 ゆっくり　慢慢地、安穩
地

□ **ぞくぞく**

例 冬でもないのに、体がどうもぞくぞくするから
風邪かもしれない。

明明也不是冬天，身體卻直打哆嗦，所以可能感冒了。

冷得打哆嗦、心情激動、
嚇出冷汗

□ **のろのろ**

例 東京でのろのろ歩いていたばかりに、人にぶつ
かって注意されてしまった。

只是因為在東京慢吞吞地走路，結果撞到人被抱怨了。

遲緩、慢吞吞

似 ゆっくり　慢慢地、安穩
地

のんびり　悠閒自在地

□ **ぴかぴか**

例 彼女は床のみならず、窓や鏡、家具までもぴかぴ
かに磨いた。

她不只是地板，連窗戶或鏡子、家具都擦到閃閃發亮了。

閃閃發亮、亮晶晶、
剛剛成為

實力測驗！

問題 1.（　　　　）に入れるものに最もよいものを 1・2・3・4 から一つ えらびなさい。

1. タオルの素材はやわらかくて、（　　　　）している。
   ①にこにこ　　　　②ふわふわ　　　　③しばしば　　　　④のろのろ

2. この仕事の量なら、（　　　　）3時間もあればできるだろう。
   ①せいぜい　　　　②ぞくぞく　　　　③わくわく　　　　④たびたび

3. ゲーム業界も開発を（　　　　）すすめているはずだ。
   ①はきはき　　　　②くれぐれ　　　　③うろうろ　　　　④ちゃくちゃく

4. 朝から（　　　　）するので、びょういんに行くことにした。
   ①ぞくぞく　　　　②どんどん　　　　③とうとう　　　　④ぶつぶつ

5. トンネルを抜けたら、（　　　　）とした草原が広がっていた。
   ①ひろびろ　　　　②さっぱり　　　　③がっちり　　　　④そっくり

6. むすこは夫のくつを（　　　　）になるまでみがいてくれた。
   ①ぴかぴか　　　　②しとしと　　　　③こっそり　　　　④すっかり

7. でんしゃの中で中学校のクラスメイトに（　　　　）あった。
   ①ざっくり　　　　②しっとり　　　　③ばったり　　　　④ちなみに

8. 祖父は店の中を（　　　　）していて、店員に事情を聞かれたそうだ。
   ①わくわく　　　　②うろうろ　　　　③めっきり　　　　④とにかく

問題 2. つぎのことばの使い方として最もよいものを一つえらびなさい。

1. のろのろ

   ①彼の英語はのろのろうまくなっていると思う。

   ②現場の状況からすると、犯人はのろのろ逃げたものだ。

   ③かいしゃを辞めたことを、家族にのろのろ言いかねている。

   ④あの新人は動作がいつものろのろで、ちゅういされてばかりいる。

2. くれぐれ

   ①今日の試合は天候にかかわりなく、くれぐれも行われる。

   ②あつさが厳しいので、体にはくれぐれも気をつけてください。

   ③彼女はいつもくれぐれしていて、可愛いからにんきがある。

   ④アジアに限らず、せかい中で環境問題がくれぐれだ。

3. どんどん

   ①彼女は持っている物からして、私たちとはどんどんなわけだ。

   ②気をつけていたものの、かぜをどんどんひいてしまった。

   ③伝染病のせいで、人と会う時間がどんどんへっている。

   ④仲良しの友達がアメリカに留学して、どんどんなものがある。

□ **つまり**　　　　　　　　　　　　總之、說到底

例 つまり、うちの商品を買うつもりはないというわけですね。

説到底，也就是説不打算買我們家的商品囉！

□ **とにかく**　　　　　　　無論如何、不管怎樣、反正、總之、好歹、姑且

例 とにかく、今は自分の仕事に専念しなさい。

總之，（你）現在就是專心自己的工作！

□ **ほぼ**　　　　　　　　　　　　大體上、大略、大致

例 失業率は去年から今年にかけて、ほぼ変わっていない。

失業率從去年到今年，大體上沒有改變。

似 ほとんど 幾乎、大部分、大體上
　　だいたい 大體上、大致

□ **どうせ**　　　　　　　　　　　　終歸、反正、橫豎

例 今からどんなに努力したところで、結果はどうせ同じだ。

就算從現在開始，再怎麼努力，結果橫豎一樣。

□ **ぶつぶつ**　　　　　嘀咕、發牢騷、嘟囔、一段一段地（切）、一顆顆、一粒粒

例 弟は叱られるといつもぶつぶつ文句を言うので、さらに叱られる。

弟弟只要被罵，總是嘀嘀咕咕發牢騷，所以又被罵。

□ **まごまご**　　　　　　　驚慌失措、手忙腳亂、磨蹭

例 まごまごしているうちに、水は家の中にまで入ってきてしまった。

就在手忙腳亂的過程中，水甚至跑進家裡了。

□ **ゆうゆう**

悠哉、從容不迫、綽綽有餘、浩瀚廣闊

（例）私がこんなに忙^{いそが}しいのもかまわず、彼女^{かのじょ}はゆうゆうとお菓子^{かし}を食^たべている。

她不顧我這麼地忙，悠哉地吃著糕點。

□ **あべこべ**

反、相反、顛倒

（例）あの外国人^{がいこくじん}の着物^{きもの}の着方^{きかた}は左右^{さゆう}があべこべだ。

那個外國人和服的穿法左右顛倒了。

似 反対^{はんたい} 相反
逆^{ぎゃく} 相反、顛倒
延 さかさま 相反、顛倒

□ **いらいら**

焦躁、焦急、坐立不安

（例）妻^{つま}が今日^{きょう}もいらいらしているかと思^{おも}ったら、家^{いえ}に帰^{かえ}りたくない。

一想到妻子今天是不是也焦躁不安，就變得不想回家。

延 愚痴^{ぐち} 牢騷、抱怨
不満^{ふまん} 不滿

□ **いずれ**

遲早、早晚、過不久

（例）この家^{いえ}はいずれ長男^{ちょうなん}のものになるというものでもない。

這個家也並非遲早都會成為長子的東西。

延 いつか 過去不知何時、不知不覺、遲早、不久

□ **いきなり**

突然、冷不防

（例）近所^{きんじょ}の奥^{おく}さんはあいさつぬきで、いきなり文句^{もんく}を言^いい始^{はじ}めた。

附近的太太省去招呼，冷不防地就開始抱怨了。

似 たちまち 突然
急^{きゅう} 突然
突然^{とつぜん} 突然
急^{きゅう}に 突然

□ **ちなみに**

附帶、順便

（例）ちなみに、午後^{ごご}は社長^{しゃちょう}の司会^{しかい}のもとに進^{すす}められることになっている。

附帶一提，下午固定是在社長的主持下進行。

延 ところで 那個～（轉換話題時用）

□ ついでに

順便、順手

例 銀行に行ったついでに、コンビニでアイスとタバコを買ってきた。

去銀行時，順便在便利商店買了冰棒和香菸回來。

□ たちまち

急速的、突然

例 卵を電子レンジに入れたとたん、たちまち爆発して驚いた。

把蛋放進微波爐的瞬間突然爆炸，嚇了一大跳。

似 いきなり 突然
急 突然
突然 突然
急に 突然

□ ぼんやり

模模糊糊、無所事事、心不在焉、精神恍惚、直愣愣地

例 父は年のせいか、最近ぼんやりすることが多くなった。

父親可能是因為年紀，最近發呆的時候變多了。

□ どうにか

設法、總算、好歹、勉勉強強

例 あちこちの店を回った末に、どうにか手に入れることができた。

奔走於各家店面，結果總算到手了。

似 なんとか 設法、好歹、總算

□ なんとなく

總覺得、不由得、無意中、不知為何

例 あなたの考えはなんとなく理解できました。

你的想法，總覺得能理解了。

□ ようやく

終於、好不容易、總算、漸漸

例 入社して以来、毎日忙しくて、ようやく休みがもらえた。

從進公司以來，每天忙碌不已，終於獲得休假了。

似 やっと 好不容易、終於、勉強
ついに 終於

□ わずか

例 崩壊した建物から生き残ったのは、わずか一人にすぎない。

從崩壞的建築物中生還的，僅僅只有一人。

少、一點點、稍微、僅、只有

似 たった 只、僅
　　ただ 只、僅

□ まさか

例 まさか彼が会社を辞めて漁師になるなんて、驚くばかりだ。

萬萬沒想到他會辭掉工作去當漁夫，吃驚不已。

難道、絕（不）、萬萬沒想到、怎麼能

□ どうしても

例 社員の希望にこたえて、どうしても社員旅行を実施してあげたい。

回應社員的期望，無論如何也想幫他們辦員工旅行。

無論如何也、怎麼也

似 なんとか 想辦法、設法、好歹

□ のんびり

例 退職を契機に、田舎でのんびり生活するつもりだ。

打算藉退休這個機會，在鄉下悠閒度日。

悠閒自在、無憂無慮

□ ほっと

例 息子が無事だったと聞いたとたん、ほっとしてお腹が空いてきた。

聽到兒子平安的瞬間，鬆了一口氣，覺得餓了。

嘆氣貌、放心貌、鬆一口氣

延 安心 安心

□ せっかく

例 せっかくいただいたチャンスなのだから、断りっこない。

好不容易得到的機會，所以絕對不可能拒絕。

好不容易、難得、特意

實力測驗！

問題 1.（　　　　）に入れるものに最もよいものを 1・2・3・4 から一つ えらびなさい。

1.（　　　　）自分のミスだと気づいた時には、もう遅かった。
　　①つまり　　　　　②ようやく　　　　③もうすぐ　　　　④まさか

2. 彼は不満があるようで、なにか（　　　　）ひとりごとを言っていた。
　　①ぶつぶつ　　　　②はきはき　　　　③ふわふわ　　　　④しとしと

3. 急に指名されて舞台にあがったものだから、（　　　　）してしまった。
　　①しっかり　　　　②あれこれ　　　　③いよいよ　　　　④まごまご

4. わたしにできるとは思わないが、（　　　　）やってみることにした。
　　①いまに　　　　　②がっかり　　　　③とにかく　　　　④たいして

5. 山本さんはお酒を飲むと、（　　　　）暴れ出してたいへんだ。
　　①ゆうゆう　　　　②あべこべ　　　　③ついに　　　　　④いきなり

6. 今は小さくても、（　　　　）大きな問題になるにちがいない。
　　①いずれ　　　　　②なんで　　　　　③まさか　　　　　④つねに

7.（　　　　）、マンション内にトレーニングルームはありますか。
　　①ようやく　　　　②ちなみに　　　　③どうか　　　　　④まもなく

8. 彼女の気持ちも（　　　　）分かる気がする。
　　①とうとう　　　　②ちかちか　　　　③なんとなく　　　④なんでも

問題 2. つぎのことばの使い方として最もよいものを一つえらびなさい。

1. せっかく

①考え得ることはせっかくやったから、後悔はない。

②兄は去年から病気がちで、せっかく働けないそうだ。

③あの子は幼稚園生なのに、せっかくおとなっぽい。

④せっかく来たのに、見たい映画は満席で見られなかった。

2. ほっと

①どうも風邪ぎみで、あたまがほっとする。

②むすめは大学入学を契機に、宿舎にほっとすることになった。

③夫が高校のどうきゅうせいと仲なおりしたと聞いて、ほっとした。

④広島の記念館で、平和の祈りをほっとこめた。

3. ぼんやり

①この地方は一年をとおして、ぼんやり温暖だ。

②英語にかけては、いつもぼんやり話すようにしている。

③最近、年のせいかしんぶんの字がぼんやりして、よく見えない。

④そぼはテレビをみているうちに、ぼんやりねむってしまった。

□ **いつも**　　　　　　　　　　　　　　　　　總是、經常

例 あの<ruby>大臣<rt>だいじん</rt></ruby>の<ruby>話<rt>はなし</rt></ruby>はいつも<ruby>大<rt>おお</rt></ruby>げさで、<ruby>信頼<rt>しんらい</rt></ruby>できない。　　似 つねに 常、時常、經常

那位大臣的話總是誇大其辭，不能信任。

□ **つねに**　　　　　　　　　　　　　　　　　常、時常、經常

例 <ruby>兵隊<rt>へいたい</rt></ruby>はつねに<ruby>国<rt>くに</rt></ruby>のために<ruby>行動<rt>こうどう</rt></ruby>して、<ruby>戦<rt>たたか</rt></ruby>わなければ　　似 いつも 總是、經常
ならない。

軍隊時常要為國付諸行動，非戰不可。

□ **やや**　　　　　　　　　　　　　　　　　　有些、稍微

例 <ruby>羊毛<rt>ようもう</rt></ruby>のセーターはやや<ruby>高<rt>たか</rt></ruby>いものの、<ruby>温<rt>あたた</rt></ruby>かくていい。

羊毛的毛衣雖然稍貴，但是很溫暖、很好。

□ **じつに**　　　　　　　　　　　　　　　　　實在、的確、真的、
　　　　　　　　　　　　　　　　　　　　　　　竟然

例 この<ruby>週刊誌<rt>しゅうかんし</rt></ruby>の<ruby>内容<rt>ないよう</rt></ruby>は、<ruby>今回<rt>こんかい</rt></ruby>もじつにくだらなかっ　　似 ほんとうに 真的
た。

這本週刊的內容，這期也真的很無聊。

□ **ついに**　　　　　　　　　　　　　　　　　終於

例 <ruby>努力<rt>どりょく</rt></ruby>した<ruby>結果<rt>けっか</rt></ruby>、ついに<ruby>奨学金<rt>しょうがくきん</rt></ruby>をもらえることに　　似 やっと 好不容易、終
なった。　　　　　　　　　　　　　　　　　　　　　　　　　　　於、勉強

努力的結果，終於可以拿到獎學金了。

□ **およそ**　　　　　　　　　　　　　　　　　大概、大體上、大約、
　　　　　　　　　　　　　　　　　　　　　　　凡是、全然

例 <ruby>演劇<rt>えんげき</rt></ruby>のチケットを<ruby>買<rt>か</rt></ruby>うために、およそ<ruby>一時間半<rt>いちじかんはん</rt></ruby>も　　似 おおよそ 大體上、大
<ruby>並<rt>なら</rt></ruby>んだ。　　　　　　　　　　　　　　　　　　　　　　　概、大致、大約、約莫
　　　　　　　　　　　　　　　　　　　　　　　　　　　　　　<ruby>約<rt>やく</rt></ruby> 大約

為了買戲劇的門票，排了大約有一個半小時。

□ おおよそ

大體上、大概、大致、
大約、約莫

例 断水はおおよそ 3 日間にわたって続き、不便な生活を強いられた。

斷水大約持續3天，被迫過了不方便的生活。

似 およそ 大概、大體上、
大約、凡是、全然
約 大約

□ あちこち

這裡那裡、到處、
（事情）相反或顛倒

例 あちこちで犯罪を繰り返していた犯人が、ついに捕まったそうだ。

據説到處反覆犯罪的犯人，終於被抓到了。

□ あれこれ

這個那個、種種

例 来週の演説に先立って、あれこれ準備する必要がある。

在下週演講之前，需要做種種準備。

□ いつか

過去不知何時、不知不
覺、遲早、改天、不久

例 私の夢は役者として、いつか大きい舞台に立つことだ。

我的夢想是遲早要以演員身分，站在大大的舞台上。

□ つい

（時間或距離）相隔不遠、不知不
覺、無意中、不由得、忍不住

例 病院の待合室でつい大声を出して、注意されてしまった。

在醫院等候室無意中聲音太大，被提醒了。

似 思わず 不由自主地
うっかり 不注意、不留
神

□ たまに

偶爾

例 たまに宝くじを買うが、一度も当たったことがない。

偶爾會買彩券，但是一次都沒中過。

似 ときどき 有時

259

□ たまたま

例 私と彼はたまたま同じ生年月日だった。

我和他碰巧同年同月同日生。

偶然、碰巧、無意中、偶爾

似 **偶然** 偶然

□ さすが

例 さすが優秀な学者だけあって、伝染病についても詳しかった。

真不愧是優秀的學者，連傳染病也很清楚。

就連～也都、真不愧、到底、的確、果然、畢竟

□ がっかり

例 睡眠時間を減らして頑張ったが、落第が決まり、じつにがっかりだ。

減少睡眠時間努力過後，確定落榜時，還是非常洩氣。

垂頭喪氣、心灰意冷、失望

延 **失望** 失望
残念 遺憾
後悔 後悔

□ がっちり

例 彼は体はがっちりしている反面、繊細で女性のように優しいところがある。

他體格健壯的另一面，也有纖細、如女性般溫柔的地方。

結實、健壯、堅固、精打細算

延 **体格** 體格、身材
骨格 骨骼、身軀

□ かなり

例 病気はかなり悪化してしまっていて、手術はできないということだ。

據說病情相當惡化，沒有辦法動手術。

頗、相當

似 **とても** 非常
ひどく 非常

□ きっと

例 今はクラスで一番だが、油断していたらきっと追い越されるだろう。

雖然現在是班上第一名，但是一旦大意，一定會被追過吧！

（預測、推測的）一定

似 **かならず** 肯定、必然

□ 現^{げん}に

實際、親眼

例 彼^{かれ}が盗^{ぬす}むところを現^{げん}に目撃^{もくげき}したのだから、犯人^{はんにん}は彼^{かれ}にきまっている。

似 実際^{じっさい}に 實際、事實

有人親眼目睹他在偷竊的地方，所以犯人肯定是他。

□ 主^{おも}に

主要、多半

例 弟子^{でし}の仕事^{しごと}は、主^{おも}に道具^{どうぐ}の準備^{じゅんび}と片付^{かたづ}けのみだ。

徒弟的工作，主要只有工具的準備以及收拾而已。

□ 急^{きゅう}に

忽然、突然、驟然、急忙

例 フィリピン上空^{じょうくう}の台風^{たいふう}は、急^{きゅう}に方向^{ほうこう}を変^かえて台湾^{たいわん}を襲^{おそ}うおそれがある。

似 突然^{とつぜん} 突然
たちまち 突然
急^{きゅう} 突然
いきなり 突然

菲律賓上空的颱風突然轉變方向，有侵襲台灣之虞。

□ すでに

以前、已經、業已、正當

例 電車^{でんしゃ}の事故^{じこ}で、着^ついたときには同僚^{どうりょう}の結婚式^{けっこんしき}はすでに終^おわっていた。

似 もう 已經

因為電車的事故，抵達時，同事的結婚典禮已經結束了。

□ なにしろ

反正、總之、畢竟、到底

例 なにしろ初^{はじ}めての経験^{けいけん}なのだから、失敗^{しっぱい}してもしょうがないというものだ。

到底是初次經驗，所以就算失敗也無可奈何啊！

□ なんと

怎麼、多麼、何等、竟然

例 なんと空港^{くうこう}の税関^{ぜいかん}で身体検査^{しんたいけんさ}を受^うけることになった。

竟然要在機場的海關接受身體檢查。

實力測驗！

問題 1.（　　　）に入れるものに最もよいものを 1・2・3・4 から一つ えらびなさい。

1. （　　　）昔のことだから、よく覚えていない。
   ①きちんと　　　②なにしろ　　　③もうすぐ　　　④ぜひとも

2. 彼は痩せて見えるが、じつはけっこう（　　　）している。
   ①たっぷり　　　②すっかり　　　③がっちり　　　④ぐっすり

3. 週末は（　　　）夫と2人で日光浴を楽しむ。
   ①せっかく　　　②たまに　　　③かえって　　　④もっとも

4. 試験にパスできなかったからといって、（　　　）するものではない。
   ①がっかり　　　②はきはき　　　③ぼんやり　　　④はっきり

5. 島田さんは個性的だから、血液型は（　　　）B型だと思う。
   ①さっと　　　②ざっと　　　③きっと　　　④ぎっと

6. 彼女は（　　　）考えたあげく、急ぎ足で立ち去った。
   ①あちこち　　　②あれこれ　　　③あべこべ　　　④おそらく

7. この生徒の作文は句読点がまったくないから、（　　　）読みにくかった。
   ①かなり　　　②せめて　　　③はたして　　　④たいして

8. 仕事が忙しくないときに、（　　　）また会いましょう。
   ①いつか　　　②すべて　　　③かつて　　　④すでに

問題 2. つぎのことばの使い方として最もよいものを一つえらびなさい。

1. およそ

   ①まよった時は、先生か親に<u>およそ</u>そうだんしたほうがいい。

   ②試合が<u>およそ</u>始まるので、選手のみなさんはあつまってください。

   ③犯人は警官の姿を見たとたんに、<u>およそ</u>逃げ出した。

   ④花見のポスターを作成するのに、<u>およそ</u>3時間かかった。

2. げんに

   ①そんな簡単な問題なら、<u>げんに</u>分かったはずだ。

   ②彼は<u>げんに</u>あつかましい男ではないうえに、やむをえなかった。

   ③この新しくできた薬によって、<u>げんに</u>よくなった患者はたくさんいる。

   ④今度は<u>げんに</u>私の家にも遊びにきてください。

3. おもに

   ①<u>おもに</u>安全上のもんだいで、工事は中止になってしまった。

   ②あの少年は<u>おもに</u>小学生なのに、とてもおとなっぽい。

   ③昔の写真をみるにつけて、<u>おもに</u>懐かしくなった。

   ④係員の指示にしたがって、<u>おもに</u>入ってください。

□ やがて

不久、馬上、大約、畢竟

例 このままタバコを吸い続ければ、やがて病状は悪化するに違いない。

似 いつか　過去不知何時、不知不覺、遲早

再這樣繼續抽菸的話，不久病情一定會惡化。

□ あえて

敢於、硬要、鼓起勇氣

例 勝てないとは思ったが、あえて彼に挑戦した。

明知道贏不了，但鼓起勇氣挑戰他了。

□ 恐らく

恐怕、或許、大概

例 注文した人気の茶碗が届くのは、恐らく来月だろう。

似 たぶん　大概、或許

訂購的人氣飯碗送到時，恐怕是下個月了吧！

□ やはり

仍然、還是、同樣、終歸、果然

例 用事があって電話してみたところ、やはり彼は出なかった。

似 やっぱり　仍然、還是、同樣、終歸、果然

有事情試著打了電話，結果他果然沒接。

□ やっぱり

仍然、還是、同樣、終歸、果然

例 英語は分かることは分かるが、外国人と話すのはやっぱり難しい。

似 やはり　仍然、還是、同樣、終歸、果然

英語懂是懂，但是要和外國人說話還是很困難。

□ かつて

曾經、以前

例 彼はかつてドイツに住んでいたそうだが、ドイツ語はほとんど話せない。

據說他曾經住在德國，但卻幾乎不會說德語。

□ **一般に**　いっぱんに　　　　　　　　　　　　　　　　　一般、普遍

例　一般に弁護士は給料が多いと思われているが、実際はそうとも限らない。

一般都認為律師的薪水很多，但實際上未必如此。

□ **ふと**　　　　　　　　　　　　　　　　　　　　　　　偶然、突然

例　演奏を聴いているうちに、ふと昔の恋人の顔が浮かんできた。

在聽演奏的過程裡，昔日戀人的臉龐突然浮現。

似　ふっと　忽然

□ **むしろ**　　　　　　　　　　　　　　　　　　　　　寧可、與其～不如

例　その衣装を身につけると、裁判官というよりむしろ王様のようだ。

那件衣服一上身，與其説像法官，倒不如説像國王。

□ **いわゆる**　　　　　　　　　　　　　　　所謂的、一般人説的、大家常説的

例　彼はいわゆる語学の天才だから、欧州の言語なら分かると思う。

他是所謂的語學天才，所以我覺得歐洲語言的話他應該懂。

□ **もっとも**　　　　　　　　　　　　　　　　　　　　　　最

例　社宅の住人でもっとも多いのは、20代の独身男性だろう。

在社會住宅的住戶裡，最多的應該是20多歲的單身男性吧！

似　いちばん　最、第一

□ **いちばん**　　　　　　　　　　　　　　　　　　　　　先、最

例　四季の中でいちばん好きなのは、桜が咲く春だ。

四季裡面最喜歡的，是櫻花綻放的春天。

似　もっとも　最

副詞

265

□ **たんに** 僅、只、單

例 姉妹はたんに外見が違うだけでなく、性格もまったく違った。

姉妹不只外表不同，連個性也迥異。

似 ただ 僅、只

□ **思いきり** 盡情、痛快、徹底

例 足の手術が成功したら、思いきり走りたいものだ。

腳的手術成功的話，真想盡情地跑步啊！

似 思いっきり 盡情、痛快、徹底

□ **思いっきり** 盡情、痛快、徹底

例 世界記録が更新されて、思いっきり喜んだ。

破世界紀錄，欣喜若狂。

似 思いきり 盡情、痛快、徹底

□ **いまに** 至今、不久、即將、遲早

例 人種差別はいまに始まったことではなく、まったく改善されていない。

種族歧視不是至今才開始的，而是完全未被改善過。

□ **いまにも** 馬上、眼看

例 彼は反論されて、いまにも怒りが爆発しそうに見えた。

他被反駁，看起來馬上就要發怒。

□ **約** 大約

例 熱が約４０度もあったのだから、苦しくてたまらなかったはずだ。

都燒到40度左右了，所以應該難受得不得了。

似 およそ 大約、約莫
おおよそ 大約、約莫

□ いわば

例 いわば宇宙には引力を持たない物体は存在しないといえる。

説起來，宇宙中可説是不存在沒有引力的物體。

說起來、可以說、就是說、如人所說、換而言之

□ もちろん

例 刺身が苦手だからといって、もちろん食べられないわけではない。

雖説不喜歡生魚片，但當然並非不能吃。

當然、不用說

□ めったに

例 彼からの誘いなどめったにないことだから、受けた次第だ。

因為他很少邀約什麼的，所以答應了。

幾乎不、不常、很少
（後面接續否定）

似 ほとんど （後面接續否定）幾乎不

あまり （後面接續否定）不太

□ わりに

例 値段がわりに安かったので、家族の分も買った。

由於價格出乎意料地便宜，所以連家人的份也買了。

出乎意料、格外

□ ほうぼう

例 マンションをほうぼう見て悩んだあげく、結局買わないことにした。

到處看華廈舉棋不定的最後，結果決定不買了。

各處、到處

似 あちこち 到處

いろいろ 形形色色

□ なんだか

例 なんだか今日は遅くまで残業になりそうな気がする。

總覺得今天看來要加班到很晚。

總覺得

似 なぜだか 不知為何

實力測驗！

問題 1. (　　　) に入れるものに最もよいものを 1・2・3・4 から一つ えらびなさい。

1. 彼女たちは (　　　) 戦争の犠牲者だ。
   ①たいして　　　②ちかぢか　　　③ついでに　　　④いわゆる

2. 子供はきびしく叱る一方で、(　　　) 褒めることも大切だ。
   ①なんで　　　②たとえ　　　③やはり　　　④やがて

3. クラスで (　　　) せいせきがいいのは、いつも山本さんだ。
   ①あんがい　　　②いちばん　　　③いくぶん　　　④めったに

4. 夫は年をとるにつれて、(　　　) わかわかしくなっている。
   ①やっと　　　②どうせ　　　③むしろ　　　④わざと

5. 包帯が (　　　) 取れれば、足も腕も自由に動くようになるはずだ。
   ①やがて　　　②つまり　　　③つねに　　　④たまに

6. せっかくの旅行だから、(　　　) 楽しみたい。
   ①そうして　　　②たいして　　　③おもいきり　　　④ぴったり

7. 散歩中に (　　　) 上を見上げたら、きれいな虹が出ていた。
   ①やく　　　②ふと　　　③はて　　　④もう

8. どんなに頭が悪くても、(　　　) わかるようになるはずだ。
   ①いわば　　　②ついに　　　③おもに　　　④いまに

問題 2. つぎのことばの使い方として最もよいものを一つえらびなさい。

1. いっせいに

①この地域は一年をつうじて、いっせいにあたたかくて暮らしやすい。

②わたしは仲良しの両親のもとで、いっせいに育てられた。

③来週あたり、さくらの花がいっせいに咲きはじめるだろう。

④希望する大学に入るために、いっせいに勉強している。

2. めったに

①高校を卒業次第、めったに仕事を探すつもりだ。

②父はケーキをめったに食べないが、たんじょうびは特別だ。

③その音楽を聴いたとたん、めったに懐かしい気持ちになった。

④彼女は恋をして、めったにきれいになったようだ。

3. ほうぼう

①世界中をほうぼう旅したが、やはり自分のくにがいちばんだ。

②ビールは冷蔵庫で冷たくすると、ほうぼうおいしくなる。

③子供が寝ているうちに、ほうぼう洗たくしてしまおう。

④今日は朝から忙しくて、ほうぼう食事の時間もなかった。

副詞

□ ガス

氣體、煤氣、瓦斯、濃霧

（例）水とガスさえあるなら、電気がなくても生活できるだろう。

如果有水和瓦斯的話，沒電也能生活吧！

延 資源 資源
石油 石油

□ カード

卡片、信用卡、撲克牌、紙牌

（例）カードの契約をめぐって、さまざまな問題が起こった。

圍繞著信用卡的合約，各式各樣的問題產生了。

延 クレジットカード 信用卡
トランプ 撲克牌

□ ゲーム

遊戲、比賽

（例）幼稚園ではゲームを通じて、いろいろなことを楽しみながら学んでいる。

在幼稚園透過遊戲，一邊享受各式各樣的樂趣，一邊學習著。

延 遊び 遊戲、玩耍
レクリエーション 休養、消遣、娛樂

□ インターネット

網際網路

（例）インターネットで買えないこともないが、やはり試着したほうが安心だ。

雖然在網路上也不是買不到，但還是試穿比較放心。

似 ネット 網際網路

□ シーズン

季節、旺季

（例）今はりんごがおいしいシーズンなことから、観光客がたくさん訪れる。

現在是蘋果最美味的季節，所以有許多觀光客到訪。

似 季節 季節
四季 四季
旬 應時、旺季

□ ハンサム

帥、英俊

（例）彼はハンサムだからこそ、頭が悪くても女性に人気なのだ。

正因為他很帥，所以腦子不好依然受女性歡迎。

似 かっこいい 帥氣的

□ ビルディング

建築物、大樓

例 あのビルディングはとても古く、地震が起これば崩れかねない。

那幢建築物非常老舊，若發生地震，有可能會倒塌。

似 ビル　大樓
建物　建築物
建築物　建築物

□ マンション

華廈

例 マンションと車さえあれば、ほかには何もいらない。

如果連華廈和車子都有的話，其他什麼都不要。

延 アパート　公寓
住居　住所
住まい　住所

□ アパート

公寓

例 このアパートは駅から遠いが、安くて広いので気に入っている。

這公寓離車站雖遠，但由於既便宜又寬敞，所以很中意。

延 マンション　華廈
住人　住戶、居民

□ ユーモア

幽默、滑稽、詼諧

例 彼のユーモアはときどき人を傷つけることがある。

他的幽默有時會傷到人。

□ バランス

平衡、均衡

例 バランスのいい食生活をしてこそ、健康でいられるというものだ。

正因為過著均衡的飲食生活，才能一直保持健康啊！

反 アンバランス　不平衡、不均衡

□ ロッカー

帶鎖的置物櫃

例 荷物が多いので、駅の近くにあるロッカーに入れておこう。

由於行李很多，所以預先放在車站附近的帶鎖置物櫃吧！

□ エチケット

(例) フランスでの旅行_{りょこう}をきっかけに、エチケットに気_きをつけるようになった。

藉由在法國旅行的契機，變得注意禮節了。

禮節、禮貌、禮儀

延 マナー 禮節、禮貌（符合禮儀的舉止和態度）
礼儀_{れいぎ} 禮節、禮貌、禮儀（人應遵行之禮）

□ コレクション

(例) 息子_{むすこ}のコレクションは、私_{わたし}たちには分_わかりかねるものがある。

兒子的收藏品，對我們來說有難以理解之處。

搜集（品）、收藏（品）、時裝展示會

似 収集_{しゅうしゅう} 收集、收藏
延 趣味_{しゅみ} 愛好、嗜好

□ パスポート

(例) パスポートの取得_{しゅとく}を契機_{けいき}に、世界中_{せかいじゅう}を旅_{たび}するようになった。

藉著辦護照的契機，到世界各地旅行了。

護照

延 旅行_{りょこう} 旅行
飛行機_{ひこうき} 飛機

□ プレゼント

(例) 彼_{かれ}がくれるプレゼントはいつもちょっと理解_{りかい}しがたい。

他送我的禮物總是有點難以理解。

禮物、禮品、贈品

似 贈物_{おくりもの} 贈品、禮物
延 誕生日_{たんじょうび} 生日
記念日_{きねんび} 紀念日

□ ドラマ

(例) 韓国_{かんこく}のドラマや音楽_{おんがく}は韓国人_{かんこくじん}ばかりか、世界中_{せかいじゅう}で人気_{にんき}がある。

韓國的連續劇或音樂，不只是韓國人，在世界各地也很受歡迎。

劇、戲劇、連續劇、劇本

延 映画_{えいが} 電影
物語_{ものがたり} 故事

□ ビデオ

(例) 怖_{こわ}いビデオを見_みたばかりに、眠_{ねむ}れなくなってしまった。

只是因為看了恐怖的影片，就變得睡不著了。

影像、影片、視頻、錄影帶、錄影機

延 レンタル 出租

□ ニュース

消息、新聞、報導

例 先週から今週にかけて、テレビのニュースはこの
話題ばかりだ。

從上週到這週，電視的報導全是這個話題。

延 **新聞** 報紙
　　 マスコミ 大眾傳播
　　 メディア 手段、媒介、媒體

□ ショップ

店鋪、商店

例 日本の100円ショップは外国人にも大変人気がある
らしい。

日本的百圓商店對外國人來說好像也非常受歡迎。

似 **店** 店鋪、商店
　　 小売店 零售商店
延 **販売** 銷售

□ フリー

自由、無拘束、不受制約、自
由業、免費、不含（酒精等）

例 多くのアナウンサーはいずれフリーになって、仕
事の幅を広げたいそうだ。

據說許多播報員遲早都想變成自由工作者，擴展工作的範
圍。

似 **自由** 自由

□ ホーム

家、家庭、故鄉、福利
設施、本壘、月台

例 祖母は老人ホームに入りたいと言ったが、家族は
みんな反対している。

祖母說想進老人之家（老人福利設施），但是全家人都反
對。

似 **家** 家

□ ロビー

大廳

例 先輩たちを手本として、ホテルのロビーでの仕事
を学んでいる。

以前輩們為榜樣，正學習飯店大廳的工作。

□ サイレン

汽笛（聲）、警笛
（聲）、警報

例 深夜に救急車のサイレンが聞こえたかと思った
ら、近所の人が運ばれたそうだ。

半夜才剛聽到救護車的鳴笛聲，就聽說住附近的人被送走
了。

外來語

實力測驗！

問題 1. （　　　　）に入れるものに最もよいものを 1・2・3・4から一つ えらびなさい。

1. 管がかなり痛んでいるから、（　　　　）が漏れるおそれがある。
   ①バス　　　　　②デモ　　　　　③ガス　　　　　④メモ

2. 結婚したいので、（　　　　）な男性だけを待ってはいられない。
   ①サンプル　　　②サイレン　　　③アンテナ　　　④ハンサム

3. 私の住む（　　　　）の前で工事が始まり、うるさいどころではない。
   ①アパート　　　②スピード　　　③ブレーキ　　　④ボーナス

4. 彼は（　　　　）のセンスがないどころか、人を傷つけることを言う。
   ①ユーモア　　　②イコール　　　③シリーズ　　　④シーズン

5. （　　　　）の取得に行くため、午後は休ませていただきます。
   ①マーケット　　②エネルギー　　③パーセント　　④パスポート

6. 夜中、近くで（　　　　）の音が聞こえて、眠れなかった。
   ①サイレン　　　②レポート　　　③メンバー　　　④ハンドル

7. 受験生なのだから、（　　　　）で遊んでばかりはいられないはずだ。
   ①ゲーム　　　　②カラー　　　　③テーマ　　　　④コード

8. 彼が電話に出ない時は、（　　　　）を見ているにきまっている。
   ①ドラマ　　　　②イエス　　　　③テンポ　　　　④リズム

問題 2. つぎのことばの使い方として最もよいものを一つえらびなさい。

1. コレクション
   ①右にあるあかいコレクションを押すと、明るくなるはずです。
   ②この展示会には欧米のふるいおもちゃのコレクションが展示されている。
   ③彼女のコレクションはきびしいれんしゅうの結果にほかならない。
   ④いしゃにすれば、かんじゃのコレクションは少なければ少ないほどいい。

2. バランス
   ①スピーチのバランスにかけては、とても自信がある。
   ②冬のバランスといえば、やはりスキーでしょう。
   ③バランスに行くついでに、コンビニでビールを買ってきてください。
   ④母はカロリーとえいようのバランスを考えて、料理してくれている。

3. シーズン
   ①彼女のためなら、どんなシーズンも引き受けるつもりだ。
   ②いまはクリスマスシーズンにつき、全しょうひん半がくだ。
   ③弟はシーズンがきらいだから、どんなにさそっても行きっこない。
   ④でかけようとしているところに、シーズンがかかってきた。

外來語

□ **メモ**

筆記、記錄、備忘錄、便條

例 授業において、分からないことはまずメモして、後で調べることにしている。

在上課方面，習慣不懂的地方先做筆記，之後再查詢。

□ **シリーズ**

系列

例 Nike（ナイキ）の「エア・ジョーダン」シリーズは、20年以上も続く人気商品だ。

Nike的「Air Jordan」系列，是連續達20年以上的暢銷商品。

□ **マーケット**

市場

例 海外旅行では、現地のマーケットで珍しいものを買うのが好きだ。

在國外旅行時，喜歡在當地的市場買新奇的東西。

似 市場（いちば） 市場

延 スーパーマーケット 超級市場

□ **コンセント**

插座

例 コンセントは国によって、形や数が違うそうだ。

據說插座會因國家不同，其形狀和孔數也不相同。

延 電気（でんき） 電、電氣、電力

コード 電線

□ **コミュニケーション**

溝通、交流

例 外国人から見ると、日本人はコミュニケーションの仕方が下手だそうだ。

據說從外國人來看，日本人的溝通方式不佳。

延 交流（こうりゅう） 交流

□ **メニュー**

菜單、（政策或訓練的）項目或內容

例 一週間にわたって開かれるイベントのメニューは、渡辺さんが考えることになった。

橫跨一週舉辦的活動，訓練內容會由渡邊小姐來考量。

□ **カロリー**   卡路里

例 カロリーの計算をしてまで、ダイエットしたいと
は思わない。

不認為想減肥要到計算卡路里的地步。

□ **ビタミン**   維他命

例 美容のために、ビタミンが大切なことは大切だが、   延 **たんぱく質** 蛋白質
取りすぎはよくない。   **栄養** 營養
                                            健康 健康
為了美容，維他命重要是重要，但是攝取過量也不好。

□ **エネルギー**   能量、能源、精力、
                                            氣力

例 自然のエネルギーだけでは、現代人の需要に応え   延 **資源** 資源
られないものがある。   **地球** 地球

的確只靠自然的能源，有無法應付現代人需求之處。

□ **デモ**   示威

例 警察はデモの程度におうじて、出動するかどうか   延 **抗議** 抗議
決めるようだ。

警察好像要根據示威的程度，決定要不要出動。

□ **トップ**   首位、第一

例 今はクラスでトップだからといって、安心してい   似 **一番** 第一、最好
れば順位が下がる恐れがある。

雖説現在是班上第一，但只要一鬆懈，排名就有下降之
虞。

□ **バック**   背部、背後、背景、後台、
                                            （足球）後衛、後退

例 彼が撮った写真は、バックが暗すぎてあまりよく   似 **後ろ** 後面
ない。

他拍的照片，背景太暗不太好看。

□ エンジン

引擎、發動機

例 車のエンジンが故障しているようなので、修理に
出したほうがいい。

由於車子的引擎好像故障了，所以送修比較好。

□ プラットホーム

月台

例 オリンピックの開催に際して、会場近くのプラッ
トホームを整備することになった。

延 駅 車站

舉辦奧運之際，會場附近的月台要整修了。

□ アンテナ

天線、觸角

例 電波がよく届かないので、アンテナの方向を変え
てみよう。

由於電波不能好好送達，所以轉換天線的方向看看吧！

□ ピストル

手槍

例 犯人は警官のピストルを奪って逃げたきり、まだ
捕まっていないそうだ。

似 銃 槍
延 武器 武器

據說犯人奪走警察的手槍逃走之後，就一直還沒逮捕到。

□ インタビュー

採訪、訪問

例 先輩に代わって、私がインタビューを担当するこ
とになった。

會由我代替前輩，擔任採訪工作。

□ パイロット

飛行員、機長、領航
員、引水員

例 パイロットの指示に従って、お客様にアナウンス
することになっている。

延 飛行機 飛機

規定要遵照機長的指示，對客人廣播。

□ イエス

例 今の状況からいって、社員の要求にイエスとは言えない。

從現在的狀況來看，不能對員工的要求説好。

是、對、贊成

反 ノー 不、沒有、否定、反對、禁止

□ ノー

例 ノーというからには、その理由を教えてほしい。

既然表示反對，就希望能告訴我其理由。

不、沒有、否定、反對、禁止

反 イエス 是、對、贊成

□ プラス

例 マイナス掛けるマイナスはプラスだ。

負負得正。

加號、正數、盈餘、有利、加上、陽性、陽極

反 マイナス 減、減號、負、負號、負電、陰極、零下、虧損、不利、陰性

□ マイナス

例 電池のプラスとマイナスを逆にしてはいけない。

電池的陽極和陰極不可以弄反。

減、減號、負、負號、負電、陰極、零下、虧損、不利、陰性

反 プラス 加號、正數、盈餘、有利、加上、陽性、陽極

□ イコール

例 日本酒イコール清酒という概念を捨てた、新しいお酒を作りたい。

想製造出捨棄日本酒等於清酒這樣概念的新酒。

相等、等於

□ トン

例 荷物を8トンも積んだトラックが、高速道路で事故に遭ったそうだ。

據説載了有8公噸貨物的卡車，在高速公路上出了事故。

公噸

實力測驗！

問題 1.（　　　）に入れるものに最もよいものを 1・2・3・4 から一つ えらびなさい。

1. 毎晩そんなに（　　　）を取っていたら、痩せっこない。
   ①カロリー　　　　②サービス　　　　③ナンバー　　　　④スクール

2. これだけやっても動かないなら、（　　　）に問題があるに違いない。
   ①プリント　　　　②ベテラン　　　　③ブラウス　　　　④エンジン

3. 彼の成績がクラスで（　　　）なのは、努力の結果にほかならない。
   ①チップ　　　　②テンポ　　　　③トップ　　　　④バック

4. このジュースには野菜の5倍もの（　　　）が含まれているそうだ。
   ①ビタミン　　　　②サイレン　　　　③ステージ　　　　④ボーナス

5. 母は（　　　）で私が帰ってくるのを待っていてくれた。
   ①プラットホーム　　　　　　　②オートメーション
   ③コミュニケーション　　　　　④レクリエーション

6. 断られるかもしれないが、市長に（　　　）を頼んでみようじゃない か。
   ①エネルギー　　　②ビルディング　　③インタビュー　　④エチケット

7. これは学校の新聞だから、（　　　）のイメージがあるものは掲載で きない。
   ①マイナス　　　　②グランド　　　　③テキスト　　　　④ナイロン

8. 犯人は（　　　）を持っているものだから、警察も簡単に近づけない 次第だ。
   ①アンテナ　　　　②ベテラン　　　　③ハンドル　　　　④ピストル

問題 2. つぎのことばの使い方として最もよいものを一つえらびなさい。

1. シリーズ

　　①今夜はじゃがいもをつぶして、シリーズを作ることにした。

　　②からだによくないから、シリーズはもうやめたほうがいい。

　　③どうりょうのみんなに、シリーズで社長の指示をつたえた。

　　④新しいシリーズの子供服がとても売れているとか。

2. バック

　　①バックの火がつよすぎるから、ちいさくしてください。

　　②いもうとは大切にしていたバックが死んで、かなしんでいる。

　　③ゆうひをバックにしゃしんをとったが、くらすぎて顔がまっくろだ。

　　④お客さんが来るので、へやをバックでかざりましょう。

3.メニュー

　　①会社のしょくどうのメニューは今年になってからふえる一方だ。

　　②へやがせまいから、メニューをおくことはできない。

　　③たいふうですごい雨なのに、おっとはメニューもささずにでかけた。

　　④この時間はいつもメニューだから、バスもでんしゃもこんでいるはず
　　　だ。

□ サラリーマン

上班族

例 お昼になると、この辺りの店はサラリーマンだらけだ。

一到中午，這附近的商店就全是上班族。

延 仕事 工作
会社 公司
職場 職場

□ ラッシュアワー

上下班交通擁擠時間、尖峰時間

例 社員の要求にこたえて、ラッシュアワーを避けて出勤できるようにする。

回應員工的要求，努力讓大家可以避開尖峰時間來上班。

延 通勤 通勤
通学 通學

□ プラン

計畫、方案

例 子供たちの幸せを願って、今回のプランを立てた。

希望孩子們得到幸福，訂定了這次的計畫。

似 計画 計畫

□ オフィス

辦公室、公司、政府機關

例 オフィスの拡大に伴って、社員の数も増やすことになった。

隨著公司的擴大，員工的人數也要增加了。

延 会社 公司
事務所 事務所、辦事處

□ ボーナス

獎金、額外津貼

例 ボーナスは会社の規定につき、支払われることになっている。

獎金就公司的規定，固定會支付。

延 給料 薪水

□ ケース

容器、箱子、事例、情況、場合、病例

例 論文作成に先立って、さまざまなケースについて調査する必要がある。

在寫論文之前，有必要針對各式各樣的情況做調查。

□ **コード**

(弦樂器的)弦、（報社或廣播電台針對節目或版面的）規則、代碼、密碼、電線

例 コードに傷があると火事になる恐れがあるから、取り替えたほうがいい。

似 電線 電線

因為電線一旦有損傷恐會釀成火災，所以更換比較好。

□ **コピー**

影本、文案、拷貝、影印

例 上司に頼まれた以上は、コピーでも弁当の注文でもきちんとやるべきだ。

延 印刷 印刷
コピー機 影印機

既然被上司拜託了，不管是影印還是訂便當都應該好好做。

□ **テーマ**

中心思想、主題、題目

例 緊張したあまり、テーマをすっかり忘れて違う話をしてしまった。

似 主題 主題
延 内容 内容

由於太過緊張，不小心完全忘記主題，講了其他的話題。

□ **アイデア**

主意、點子

例 すばらしいアイデアが出ないかぎりは、この会議は終わらないだろう。

似 アイディア 主意、點子

除非想出厲害的點子，不然這會議沒完沒了吧！

□ **サービス**

服務、接待、（商品的）減價或奉送

例 会社の方針に沿って、新しいサービスを始めることになった

依公司的政策，要啟動新的服務了。

□ **ベテラン**

老手、老練的人

例 司会は初めてだが、年のせいかベテランっぽく見えるらしい。

延 プロ 職業、專業

雖然是第一次當司儀，但可能是年齡的關係，看起來像是老手。

□ サンプル

様品、様本

例 子供向きのサンプルを作ってみたので、ぜひ見て
ください。

由於試著製作了適合小孩的樣本，所以請務必看看。

似 見本 様品、様本
延 商品 商品

□ スケジュール

時間表、日程表、
預定計劃表

例 取引先の都合で、スケジュールを変更しなければ
ならなくなった。

因顧客的關係，變成非更改預定計劃表不可了。

延 予定 預定
スケジュール帳 日程記
事本

□ パーセント

百分比

例 収穫した50パーセントを、地主に支払うことに
なっている。

規定收成的百分之五十，要付給地主。

延 比率 比率

□ プログラム

節目表、計劃表、
（電腦）程式

例 私が開発したプログラムは学校を中心に、職場で
も役立っているらしい。

我所開發的程式，以學校為中心，連在職場好像也派上用
場了。

□ コンピューター

電腦

例 コンピューターにかけては、鈴木さんほどすごい
人はいない。

在電腦方面，沒有人比鈴木先生厲害。

延 パソコン 個人電腦
プログラム 程式
キーボード 鍵盤
マウス 滑鼠

□ プラスチック

塑膠

例 プラスチックを燃やすと、環境によくない物質が
発生する。

一燃燒塑膠，就會產生對環境不好的物質。

延 素材 素材、原料、題材
材料 材料

284

□ オートメーション

自動操作、自動化

例 最近^{さいきん}はどこもオートメーションで、覚^{おぼ}えるのが大^{たい}変^{へん}だ。

似 自動化^{じどうか} 自動化
延 ロボット 機器人

最近不管哪裡都是自動操作，很難學會。

□ スポーツ

運動

例 娘^{むすめ}はテニスやらゴルフやらさまざまなスポーツを習^{なら}っている。

似 運動^{うんどう} 運動

女兒又是網球又是高爾夫的，學習著各式各樣的運動。

□ チーム

團隊、隊伍、小組

例 合宿中^{がっしゅくちゅう}、チームは昼夜^{ちゅうや}を問^とわず、厳^{きび}しい練習^{れんしゅう}を続^{つづ}けている。

延 メンバー 成員、分子

集訓期間，團隊不分晝夜，持續著嚴格的練習。

□ トレーニング

訓練、練習、鍛鍊

例 一年生^{いちねんせい}はトレーニングが辛^{つら}くて、どうも休^{やす}みがちだ。

似 訓練^{くんれん} 訓練
練習^{れんしゅう} 練習

一年級的同學因為訓練很辛苦，感覺動不動就請假。

□ プロ

職業、專業

例 プロの指導^{しどう}に基^{もと}づいて、体^{からだ}にいいものを食^たべるようにしている。

以專業的指導為依據，盡可能吃對身體好的東西。

□ メンバー

成員、分子

例 メンバーは初^{はじ}めての優勝^{ゆうしょう}で、笑^{わら}うやら泣^なくやら忙^{いそが}しそうだ。

延 チーム 團隊

隊員第一次獲勝，又是笑又是哭的，看起來很忙。

實力測驗！

問題 1.（ 　　 ）に入れるものに最もよいものを 1・2・3・4から一つ えらびなさい。

1. この会社での私の仕事は、お茶を入れるか（ 　　 ）を取るばかりだ。
   ①コード 　　　　　②コピー 　　　　　③コース 　　　　　④コーラ

2. 開発（ 　　 ）に加わりたいなら、みんなの意見をもっと聞くべきだ。
   ①ロビー 　　　　　②チーム 　　　　　③フリー 　　　　　④テーマ

3. 最新の（ 　　 ）は予定より一週間早くスタートするそうだ。
   ①オートバイ 　　　②プログラム 　　　③キャンセル 　　　④アクセント

4. このホテルの（ 　　 ）はどんどん悪くなる一方だ。
   ①サービス 　　　　②トンネル 　　　　③イコール 　　　　④サイレン

5. このような（ 　　 ）では、手術する以外に助かる方法はない。
   ①レジャー 　　　　②プラス 　　　　　③カーブ 　　　　　④ケース

6. ここは私の自宅ではあるものの、仕事をする（ 　　 ）でもある。
   ①オフィス 　　　　②リボン 　　　　　③クラブ 　　　　　④ニュース

7. すべて（ 　　 ）にできるものなら、人は必要なくなるだろう。
   ①コミュニケーション 　　　　　②オートメーション
   ③サラリーマン 　　　　　　　　④ラッシュアワー

8. 鉄道関係者の努力により、ひどい（ 　　 ）は改善しつつあるそうだ。
   ①ハンドバック 　　　　　　　　②コレクション
   ③アクセサリー 　　　　　　　　④ラッシュアワー

問題 2. つぎのことばの使い方として最もよいものを一つえらびなさい。

1. サンプル
   ①子供に限らず、大人もえほんやサンプルを読む。
   ②無料のサンプルだからといって、無駄にするものではない。
   ③全員あつまらないことには、サンプルは始められません。
   ④京都にいったら、サンプルにとまらないこともない。

2. ボーナス
   ①彼の開発した商品はヒットしたのだから、ボーナスが出ないわけがない。
   ②ひどい渋滞は、きっと前のほうでボーナスがあったに相違ない。
   ③ボーナスは人間がつくった機械にすぎないというものだ。
   ④にちようびのボーナスの試合は天候にかかわりなく、行われた。

3. ベテラン
   ①つかれたときは、ベテランをあびて早めに寝るに限る。
   ②岡本さんはベテランになったから、あしたの会議には参加するまい。
   ③この国では、気候やベテランからして私には合わない。
   ④ベテランの先輩にたずねたところ、親切にいろいろ教えてくれた。

外來語

287

□ スクール

學校

例 最近、仕事が忙しくて、英会話スクールの時間に遅れ気味だ。

最近工作忙，覺得英語會話學校的時間會有點遲到。

似 学校 學校

延 レッスン 課、課程
授業 授課、上課

□ テキスト

原文、文本、教材、教科書、講義、課本

例 このテキストは日本の子供向けに作られたものだから、外国人にはふさわしくない。

這個講義是針對日本的小孩所製作的，所以不適合外國人。

似 教科書 教科書
延 教材 教材

□ クラブ

俱樂部、課外活動、社團、球棒、（撲克牌的）梅花

例 生徒たちはクラブの時間になると、とても楽しげだ。

學生們一到社團時間，就非常開心的樣子。

延 サークル 同好會
部活 社團活動

□ コース

路線、跑道、泳道、課程、方針、過程、（依序上菜的）一道

例 このコースは外国人教師が多いうえに、生徒の数が少ないからいい。

這個課程不僅外國老師多，而且學生少，所以很好。

延 レッスン 課、課程
授業 授課、上課

□ パス

過關、及格、錄取、通行證、傳球、（撲克牌順序的）跳過

例 この新商品は検査を簡単にパスしたわけではない。

這個新產品，並非簡單就通過了檢查。

似 通過 通過
延 合格 及格

□ ベル

鈴、電鈴、鐘

例 ベルが鳴ったら、どんなに忙しくても作業を始めざるを得ない。

鈴聲一響的話，再怎麼忙也非得開始作業不可。

似 鐘 鐘
延 合図 信號、暗號

288

□ グラフ

（例）資料にあるグラフを見ながら、説明を聞いてください。

請一邊看資料上的圖表，一邊聽說明。

圖表、畫報

延 表 表

□ レベル

（例）あと少しで次のレベルに進めたかと思うと、悔しくてならない。

原以為再一下下就能進到下一個階段，結果懊惱不已。

水平、水準、水平線、階段

□ レポート

（例）彼は自分で書いたかのように、私のレポートを発表した。

他彷彿就像是自己寫的般，發表了我的報告。

報告

延 作文 作文
文章 文章

□ キャンパス

（例）昔の写真を見るにつけて、キャンパスでの日々を思い出す。

每當看到以前的相片，就會想起在校園的每一天。

校園

延 大学 大學
高校 高中
青春 青春

□ グランド

（例）学校が終わると、友達とともにグランドで遊ぶのが楽しみだ。

學校一結束，就很期待和朋友一起在運動場玩。

大型的、運動場

□ グループ

（例）運動会にあたって、クラスでグループを作ることになった。

適值運動會，班上要編組。

集團、組織、群、組、夥伴

外來語

□ サークル

例 サークルに入るかどうかはともかく、夢中になれ
ることをしたい。

姑且不論要不要加入同好會，想做能夠全心投入的事情。

圓、圓形的東西、環狀
的東西、圓周、同好會

延 クラブ 俱樂部、課外活
動、社團
部活 社團活動

□ コーラス

例 妻はコーラスのみならず、料理やゴルフも習って
いる。

妻子不僅參加合唱團，也在學做菜或高爾夫。

合唱、合唱曲、合唱團

□ プリント

例 英語の勉強には、プリントの復習はもとより発声
することも大切だ。

英語的學習，複習講義自不待言，但發出聲音也很重要。

印刷、印刷品、講義、
印染、沖洗相片

延 宿題 作業、功課

□ ポスター

例 メールで通知するだけでなく、ポスターも作った
ほうがいいと思う。

我覺得不只用電子郵件通知，也製作海報比較好。

海報

□ アクセント

例 まずはアクセントの規則を覚えたうえで、発音の
練習をしよう。

先記住重音的規則之後，再做發音練習吧！

重音、語調、
強調的地方

□ レクリエーション

例 子供たちと地域のレクリエーションに参加するう
えは、全力で楽しみたい。

既然和孩子們一起參加地區的休閒活動，就想盡情享受。

休閒、消遣、娛樂

似 娛樂 娛樂

延 レジャー 閒暇、休閒娛
樂活動
遊び 玩、遊樂、消遣、
沒事做

□ カタログ　　　　　　　　　　　　　　　　　　型錄

例 カタログを見ると、いろいろほしくてしかたがない。

一看型錄，就會什麼都非常想要。

□ アウト

例 相手が投げるボールが速すぎて、またアウトになった。

對方投的球太快，又出局了。

（網球或乒乓球）出界、（棒球）出局、（高爾夫的）前九洞、失敗、外面

反 セーフ 　（網球或乒乓球）未出界、（棒球）安全上壘、平安順利

延 野球 棒球

□ カーブ　　　　　　　　　　　　　　　　　彎曲、轉彎、彎道、曲線、曲線球

例 彼に限って、カーブを曲がりきれないということはあり得ない。

不可能唯獨他彎道轉彎不了。

□ サイン　　　　　　　　　　　　　　　　　　信號、暗號、簽名

例 監督のサインに従わないわけにはいかない。

不能不聽從教練的暗號。

延 指示 指示

□ チャンス　　　　　　　　　　　　　　　　　機會、良機

例 めったにないチャンスをもらったうえは、最善を尽くさなければならない。

既然得到千載難逢的機會，就非竭盡全力不可。

延 機会 機會

□ テンポ　　　　　　　　　　　　　　　　　速度、拍子、節奏

例 テンポがいい音楽が好きだから、演歌を聴くことはほとんどない。

因為喜歡節奏輕快的音樂，所以幾乎不會聽演歌。

延 リズム 韻律、節奏

實力測驗！

問題 1.（　　　　）に入れるものに最もよいものを 1・2・3・4 から一つえらびなさい。

1. わたしは大学時代にテニスの（　　　　）に所属していた。
　　①モーター　　　②リットル　　　③サークル　　　④レポート

2. 外国人の先生に（　　　　）を注意されたが、なかなか直らない。
　　①シャッター　　②マーケット　　③アクセント　　④パイロット

3. 授業の（　　　　）をもうすこし速くしてほしいものだ。
　　①テンポ　　　　②パイプ　　　　③グラフ　　　　④オイル

4. 今回はドイツ人の指揮者が（　　　　）の指揮をすることになった。
　　①コーラス　　　②アンテナ　　　③シリーズ　　　④ビタミン

5. 学校でもらった（　　　　）は復習すればするほどいいというものだ。
　　①マイナス　　　②プリント　　　③エンジン　　　④モーター

6. こんなすばらしい（　　　　）はもう二度とあるまい。
　　①ビタミン　　　②チャンス　　　③サイレン　　　④イコール

7. どんなに努力しても、彼の（　　　　）には到達しようがない。
　　①テンポ　　　　②サイン　　　　③レベル　　　　④プラス

8. 商品の（　　　　）だけでは、実際のところは疑わしいものがある。
　　①サークル　　　②カタログ　　　③シーズン　　　④ベテラン

問題2. つぎのことばの使い方として最もよいものを一つえらびなさい。

1. テキスト

　①きのうたくさん歩いたので、けさはテキストをつかえなかった。

　②車やアニメをはじめ、日本のテキストが世界中で人気になっている。

　③このテキストは先週つくったばかりなのに、もうぬれている。

　④英語のテキストは安ければ安いほど売れるというものではない。

2. コース

　①映画を見に行くかわりに、夫とうちでコースを見ることにした。

　②もっと話せるようになりたければ、会話のコースに変更することだ。

　③ニュースによると、明日は朝からつよいコースが降るそうだ。

　④スーパーの店員に聞いたところ、そのコースはもう売りきれたそう
　　だ。

3. ポスター

　①ポスターを着たままねていたから、しわだらけになってしまった。

　②ポスターの印刷が完成したところに、社長から訂正の指示があった。

　③午後からだいじなポスターがあるので、病気でも休むわけにはいかな
　　い。

　④むすこはシャワーを浴びたついでに、ポスターもあらった。

外來語

□ **スター**　　　　星星、明星

例 スターになればいいことのみならず、辛いことも
起こり得るものだ。
能成為明星不只好的事情，也有可能發生辛苦的事情啊！

延 アイドル 偶像
　　芸能人 藝人
　　有名人 名人

□ **ダンス**　　　　舞蹈（尤其指社交舞）

例 これは仲間といっしょに考えぬいて、作り出した
最高のダンスだ。
這是和夥伴一起想破頭，創作出來的最厲害的舞蹈。

似 踊り 舞蹈、跳舞

□ **ステージ**　　　舞台、講壇

例 役者ならみんな、ステージの上に上がりたくてた
まらないものだ。
如果是藝人，每個人都非常想登上舞台啊！

似 舞台 舞台

□ **オーケストラ**　　管絃樂、管絃樂隊

例 オーケストラのメンバーは持っている力をすべて
出しきって、演奏した。
管絃樂隊的成員使盡全力地演奏了。

延 合奏 合奏
　　楽器 樂器

□ **スピーカー**　　擴音器、揚聲器、喇叭、
演說家、講人是非的人

例 音楽はイヤホンで聴くより、スピーカーで聴いた
ほうがいい。
音樂與其用耳機來聽，還不如用喇叭來聽比較好。

延 音 聲音
　　音声 聲音

□ **リズム**　　　　韻律、節奏

例 リズムに合わせて、みんなでいっしょに踊ったり
歌ったりした。
配合節奏，大家一起又跳又唱。

延 テンポ 節奏

□ コンサート

例 欲しかったコンサートのチケットは、発売と同時に売りきれてしまった。
想要的演唱會門票，在開始銷售的同時銷售一空了。

音樂會、演奏會、演唱會

延 **音楽** 音樂

チケット 票、車票、機票、門票

ステージ 舞台

□ コンクール

例 コンクールの結果は、家族の期待に反していいものではなかった。
比賽的結果，與家人的期待相反，不是很好。

比賽

□ クラシック

例 坂田先生のご指導のもとで、クラシックの基本を学んだ。
在坂田老師的指導之下，學習了古典音樂的基本。

古典、古典音樂

延 **音楽** 音樂

コンサート 音樂會、演奏會、演唱會

□ レジャー

例 この季節のレジャーといえば、やはり遠足か登山だろう。
若提到這個季節的休閒娛樂活動，應該還是遠足或爬山吧！

閒暇、休閒娛樂活動

延 **レクリエーション** 休閒、消遣、娛樂

外來語

□ ドライブ

例 彼女とのドライブは、車内でのおしゃべりに加えて流す音楽も大切だ。
和女朋友開車兜風，在車內除了聊天之外，放音樂也很重要。

開車兜風

延 **運転** 開（車）、駕駛

ハンドル 方向盤

□ ブレーキ

例 ブレーキを踏まなかったくせに、踏んだと言って嘘の証言をした。
明明沒有踩煞車卻說踩了，做了偽證。

煞車

延 **運転** 開（車）、駕駛

ストップ 停止

□ メーター

測量器、（水、電、瓦斯、計程車）表、米、公尺

例 銀行は交差点を右に曲がって、５０メーター行った
ところにあります。

似 メートル　公尺

銀行就在紅綠燈右轉，走50米的地方。

□ モーター

馬達、發動機

例 先週モーターを新しくしたにもかかわらず、もう
動かない。

儘管上週才新換馬達，但是又不動了。

□ スピード

快速、迅速、速度

例 警察という立場上、家族でもスピード違反を許す
べきではない。

似 速度　速度

以警察的立場，就算是家人，也不應該容許超速的違規。

□ トンネル

隧道

例 長いトンネルを抜けたら、目の前に海が広がっ
た。

一穿過長長的隧道，海洋就在眼前展開。

□ タイヤ

輪胎

例 夫によれば、このタイヤはサービス料ぬきで、
８万円もしたそうだ。

延 車　車
ゴム　橡膠

根據丈夫的説法，據説這個輪胎免除服務費，也花了8萬
日圓。

□ レンズ

（凹、凸）透鏡、鏡片、鏡頭、（眼睛）水晶體

例 このカメラはレンズが大きいながら、軽くて性能
がいい。

這台相機的鏡頭雖然大，但是既輕、性能也好。

□ スイッチ

開關、電門

例 スイッチを押すと、機械が作動するはずです。

一按開關，機器應該就會運轉。

□ シャッター

快門、百葉窗

例 カメラマンは最高の状態でシャッターを押した。

延 カメラ 相機

攝影師在最好的狀態下按下快門。

□ スタート

出發、起點、起動、開始、開端

例 まだスタート地点に立ったばかりなのだから、あきらめるのは早すぎる。

似 出発 出發
始め 初始、開頭

反 ゴール 終點

才剛站上起點，所以要放棄還太早。

□ ストップ

停止、中止

例 父は医者から酒とタバコをストップするよう言われて、落ち込んでいる。

似 停止 停止

父親被醫生說要停掉酒和菸，心情低落。

□ ナンバー

號碼

例 ナンバーを登録するついでに、住所も変更した。

似 番号 號碼
延 数字 數字

登錄號碼，順便也變更了地址。

□ ハンドル

握柄、把手、方向盤

例 ハンドルを持ちつつ、携帯電話を使用してはいけないことになっている。

延 運転 開（車）、駕駛

規定不可以一邊握著方向盤，一邊使用行動電話。

外來語

實力測驗！

問題 1. （　　　　　）に入れるものに最もよいものを 1・2・3・4 から一つ えらびなさい。

1. 父はうっかり（　　　　　）を出しすぎて、けいさつにつかまるところだった。
   ①イメージ　　　②スピード　　　③カーブ　　　④オーバー

2. 国民のせいかつスタイルが変わり、（　　　　　）用品が売れ始めているそうだ。
   ①ベンチ　　　②ボタン　　　③チェック　　　④レジャー

3. アニメのうたが好きだが、（　　　　）を聴かないこともない。
   ①パイロット　　②プログラム　　③クラシック　　④トンネル

4. 忘れっぽい母のことだから、自分の車の（　　　　）も覚えていないだろう。
   ①ナンバー　　②シーズン　　③ロッカー　　④ユーモア

5. 経費が減らされたことで、彼らのけんきゅうは（　　　　）してしまった。
   ①ストップ　　②サンプル　　③スマート　　④データ

6. けいさつによれば、じこの原因は古い（　　　　）にあるそうだ。
   ①スカート　　②ハンドル　　③ハンサム　　④サービス

7. この（　　　　）を押すと、へやの電気がつくはずです。
   ①オフィス　　②スイッチ　　③マスター　　④トラック

8. 先生から（　　　　）の合図があるまで、えんぴつを持ってはいけません。
   ①カバー　　②　エンジン　　③クラブ　　④スタート

問題 2. つぎのことばの使い方として最もよいものを一つえらびなさい。

1. コンクール
   ①もう時間がないから、いますぐコンクールを出したほうがいい。
   ②さいきん、だいぶふとったから、コンクールがきつくてはけません。
   ③むすめは県の作文コンクールにおうぼして、ゆうしょうした。
   ④きのう、母とドイツのゆうめいなコンクールをききにいった。

2. ステージ
   ①ステージに立つと緊張しすぎて、じょうずに歌えなくなってしまう。
   ②シャワーをあびるときは、かならずステージして髪をさっぱりさせる。
   ③ぶちょうはせいかくが悪いからすきではないが、ステージはできる。
   ④来月は改造やらステージやらでたのしくなりそうだ。

3. モーター
   ①かちょうはむくちだが、モーターはいつも要領をえている。
   ②モーターさえ新しくすれば、やかましい音はしないはずだ。
   ③メールにしろモーターにしろ、いますぐやったほうがいい。
   ④今回のりょこうをきっかけに、モーターの関係がよくなったようだ。

外來語

□ ブーム

熱潮、風潮

例 オリンピックの影響で、珍しいスポーツがブーム
になり始めている。

在奧運的影響下，罕見的運動開始蔚為風潮。

延 **流行** 流行、風行
流行り 流行、風行

□ センス

品味、感覺、判斷力

例 デパートでスーツを買うついでに、センスのいい
靴も買った。

在百貨公司買襯衫，順便也買了有品味的鞋子。

□ シーツ

床單

例 シーツを何度もきれいに洗ったわりには、汚れが
まったく取れていない。

床單徹底洗了好幾次，意外地髒污卻完全沒能去除。

□ コック

廚師

例 彼はコックになったわりには、毎日野菜を切るか
皿を洗っているだけだ。

他成為廚師，居然只是每天切菜或洗盤子。

似 **料理人** 廚師
シェフ 廚師（尤其指
「主廚」）

□ セット

整組、整套

例 海外への移住が決まり、ゴルフ道具のセットを処
分しようかすまいか迷っている。

決定搬到國外，正猶豫整組高爾夫球具丟、還是不丟。

□ アンケート

問卷調查

例 アンケートの結果、この薬はよく効く反面、副作
用も多いことが分かった。

問卷調查的結果，知道這種藥在有效的另一面，副作用也
很多。

□ **ベンチ**　　　　　　　　　　　　　　　　　　長椅

例 ベンチに座ってお弁当を食べるか食べないかのう
ちに、雨が降り出した。

坐在長椅上才剛要吃便當，就下起雨了。

延 椅子 椅子

□ **アナウンサー**　　　　　　　　　　　　播報員、播音員、節目
　　　　　　　　　　　　　　　　　　　　　　主持人

例 アナウンサーの面接は経験や性別を問わず行われ
た。

播報員的面試不拘經驗或性別，舉辦完了。

延 ニュース 新聞
　 マイク 麥克風
　 報道 報導

□ **ジャーナリスト**　　　　　　　　　　報章雜誌的編輯、記者、
　　　　　　　　　　　　　　　　　　　　　　新聞工作者、媒體人

例 兄はジャーナリストになるかわりに、政治家に
なった。

哥哥不當媒體人，換成當了政治家。

延 マスコミ 大眾傳播
　 メディア 媒體
　 記者 記者

□ **リットル**　　　　　　　　　　　　　　　　公升

例 健康のために、毎日2リットルの水を飲むようにし
ている。

為了健康，每天盡可能都喝2公升的水。

外來語

□ **キャンプ**　　　　　　　　　　　　　　　露營、野營

例 夫がキャンプの道具を買ったかと思ったら、家の
庭でキャンプを始めた。

才想説丈夫買了露營的設備，沒想到就在家裡的庭院露起
營來了。

延 テント 帳篷

□ **ドレス**　　　　　　　　　　　　　　　　　禮服

例 彼女は学費を稼ぐため、昼はコンビニで働く一
方、夜はドレスを着て高級クラブで働いた。

她為了籌措學費，白天在便利商店工作的另一方面，晚上
則穿著禮服在高級俱樂部上班。

□ アクセサリー

装飾品、附屬品

例 このアクセサリーは手作<ruby>手作<rt>てづく</rt></ruby>りだけあって、おしゃれで個性的<ruby>個性的<rt>こせいてき</rt></ruby>だ。

這些裝飾品正因為是手工製作，所以既漂亮又有個性。

延 イヤリング 耳環
リング 戒指
指輪<ruby>指輪<rt>ゆびわ</rt></ruby> 戒指
ネックレス 項鍊

□ ウール

羊毛

例 昼<ruby>昼<rt>ひる</rt></ruby>ごろから急<ruby>急<rt>きゅう</rt></ruby>に暖<ruby>暖<rt>あたた</rt></ruby>かくなってきたので、ウールのセーターを脱<ruby>脱<rt>ぬ</rt></ruby>いだ。

中午突然變熱，所以脫掉了羊毛的毛衣。

□ ナイロン

尼龍

例 このバッグはナイロンだから濡<ruby>濡<rt>ぬ</rt></ruby>れてもすぐ乾<ruby>乾<rt>かわ</rt></ruby>くが、熱<ruby>熱<rt>ねつ</rt></ruby>に弱<ruby>弱<rt>よわ</rt></ruby>い。

這個包包是尼龍，所以就算濕了也立刻就乾，但是不耐熱。

□ レース

蕾絲、（跑步、游泳、划船等）競速比賽

例 女<ruby>女<rt>おんな</rt></ruby>の子<ruby>子<rt>こ</rt></ruby>だからといって、レースのシャツが好<ruby>好<rt>す</rt></ruby>きだとは限<ruby>限<rt>かぎ</rt></ruby>らない。

雖說是女孩子，也未必喜歡蕾絲襯衫。

□ カラー

衣領、色、彩色、色彩、顏料、特色

例 写真<ruby>写真<rt>しゃしん</rt></ruby>はやっぱり白黒<ruby>白黒<rt>しろくろ</rt></ruby>よりカラーがいいと思<ruby>思<rt>おも</rt></ruby>うのは私<ruby>私<rt>わたし</rt></ruby>だけだろうか。

認為照片比起黑白，還是彩色的好，只有我嗎？

似 色<ruby>色<rt>いろ</rt></ruby> 顏色

□ リボン

絲帶、緞帶

例 プレゼントにリボンをつけたとたん、豪華<ruby>豪華<rt>ごうか</rt></ruby>になった。

禮物一繫上緞帶的瞬間，就變豪華了。

☐ モデル

例 彼女はモデルだけに、歩き方が優雅で美しい。

她正因為是模特兒，所以步履既優雅又美麗。

模型、模範、原型人物、模特兒

延 ファッション 時尚
スマート 苗條、聰明、時髦

☐ スマート

例 さまざまなダイエットにチャレンジした末に、スマートになる方法をやっと見つけた。

挑戰各式各樣的減肥之後，終於找到變苗條的方法。

（身材）苗條、聰明、（容貌）漂亮、（舉止或言談）瀟灑、（穿著）時髦、

延 痩せる 痩
体重 體重
モデル 模特兒

☐ パーティー

例 パーティーの会場には食べかけの料理がたくさん残っていた。

宴會的會場殘留著許多吃到一半的料理。

聚會、集會、舞會、宴會、聯歡會、茶會、酒會、晚會

似 宴会 宴會

☐ イメージ

例 電話の声のイメージは、女の子というより婦人のようだった。

就電話聲音的印象，與其説是女孩子，不如説像是婦女。

印象、形象、意象、圖像、影像、映像

似 印象 印象

☐ スカーフ

例 スカーフをたくさん持っているといっても、集めるだけでめったにつけない。

雖説擁有很多絲巾，但都只是收集，很少繫上。

（方形、質地薄的）頭巾、絲巾

☐ マフラー

例 今日は雪が降りそうなほど寒いから、マフラーを巻いて出かけよう。

今天是看來要下雪般的寒冷，所以圍圍巾出門吧！

（細長的防寒用）圍巾

延 手袋 手套
帽子 帽子

外來語

實力測驗！

問題 1.（　　　　）に入れるものに最もよいものを 1・2・3・4から一つ えらびなさい。

1. しゃちょうは今回のパーティーのために、ベテランの（　　　　）を数 人招いた。
   ①トップ　　　　②コック　　　　③バック　　　　④ショップ

2. むすめは（　　　　）を着たとたん、おとなっぽくなった。
   ①ドラマ　　　　②ドレス　　　　③ビデオ　　　　④モデル

3. 秋は（　　　　）のセーターやズボンがよく売れるシーズンだ。
   ①ホーム　　　　②チーズ　　　　③コース　　　　④ウール

4. いもうとは同級生と会うため、（　　　　）がついたシャツを着て出か けた。
   ①レジャー　　　②レース　　　　③メニュー　　　④ニュース

5. 夫のたんじょうびプレゼントに、青い毛糸で（　　　　）を編むつもり だ。
   ①スピード　　　②メンバー　　　③マフラー　　　④サークル

6. あねは背が高いうえに（　　　　）だから、モデルになるべきだ。
   ①スマート　　　②スタート　　　③ステージ　　　④スクール

7. あのさっかは他人を批判してばかりいるから、（　　　　）がよくな い。
   ①ナンバー　　　②イメージ　　　③ブレーキ　　　④ボーナス

8. こどもの頃は夏休みになると、家族で（　　　　）をしたものだ。
   ①キャンパス　　②チャンス　　　③シャッター　　④キャンプ

問題 2. つぎのことばの使い方として最もよいものを一つえらびなさい。

1. ブーム
   ①このアニメが放送されたとたん、日本じゅうでブームになった。
   ②きのうからブームぎみで、ねつがあるうえに、さむけもする。
   ③父は若い頃はたらきすぎて、とうとうブームになってしまった。
   ④不景気だから、人員をさくげんしてブームを減らすべきだ。

2. センス
   ①夫が会社で人気がないのは、ユーモアのセンスがないからだと思う。
   ②朝からセンスがいたくてがまんできず、びょういんに行くことにした。
   ③かのじょは誰に対してもセンスが正しく、エチケットがある。
   ④論文作成に先だって、としょかんでセンスをあつめた。

3. セット
   ①母は海外のセットを見ているうちに、いつのまにかねてしまった。
   ②トレーニングのセットは説明書どおりにくみたててください。
   ③政治家という立場上、そのセットには答えられないというものだ。
   ④うちでパーティーを開くため、食器やグラスのセットをかうつもりだ。

外來語

☐ **ファイル**　　　　　　　　　　文件、卷宗、檔案

例 ここに保管されているファイルは、右にいくにつれて古いものだ。

這裡被保存的檔案，是越往右邊去的檔案越舊。

延 資料 資料
データ 資料、數據

☐ **ゲスト**　　　　　　　　　　　客人、嘉賓

例 朝から準備をした結果、ゲストが帰ったとたん、疲れが襲ってきた。

從早上就開始準備的結果，就是客人一回家的瞬間，疲憊便襲擊而來。

延 客 客人
お客 客人
お客様 顧客
来賓 來賓

☐ **ソース**　　　　　　　　　　　醬汁、來源

例 牛肉の料理にはトマト味のソースが合うと思う。

我覺得牛肉的料理和番茄味的醬汁很合。

延 調味料 調味料
味つけ 調味

☐ **オートバイ**　　　　　　　　　摩托車

例 兄が新しく買ったオートバイは、私のものに比べて大きくて速い。

哥哥新買的摩托車，和我的相比既大且快。

似 バイク 摩托車、腳踏車

☐ **ダイヤ**　　　　　　　　　　　鑽石

例 この指輪はダイヤではないが、私にとっては意味のあるものだ。

這個戒指雖然不是鑽石，但是對我而言是有意義的東西。

延 リング 戒指
ネックレス 項鍊

☐ **データ**　　　　　　　　　　　資料、數據

例 データの作成にしろ整理にしろ、彼は時間をかけすぎる。

不管是資料的製作還是彙整，他都花太多時間。

延 資料 資料
ファイル 文件、檔案

□ クーラー

<ruby>例<rt></rt></ruby> このクーラーは<ruby>最新<rt>さいしん</rt></ruby>のものにしては、<ruby>機能<rt>きのう</rt></ruby>が<ruby>複雑<rt>ふくざつ</rt></ruby>で<ruby>使<rt>つか</rt></ruby>いにくい。

這台冷氣以最新型而言，功能複雜，很難使用。

冷氣

似 <ruby>冷房<rt>れいぼう</rt></ruby> 冷氣、冷氣設備
反 ヒーター 暖氣
延 <ruby>空調<rt>くうちょう</rt></ruby> 空調

□ ヒーター

<ruby>例<rt></rt></ruby> <ruby>今夜<rt>こんや</rt></ruby>は<ruby>冷<rt>ひ</rt></ruby>えるから、ヒーターをつけたほうがよさそうだ。

今晚變冷了，看來開暖氣比較好。

發熱裝置、暖氣

似 <ruby>暖房<rt>だんぼう</rt></ruby> 暖氣、暖氣設備
反 クーラー 冷氣
延 <ruby>空調<rt>くうちょう</rt></ruby> 空調

□ フード

<ruby>例<rt></rt></ruby> <ruby>娘<rt>むすめ</rt></ruby>は<ruby>就職先<rt>しゅうしょくさき</rt></ruby>を<ruby>選<rt>えら</rt></ruby>ぶ<ruby>際<rt>さい</rt></ruby>、フード<ruby>業界<rt>ぎょうかい</rt></ruby>だけを<ruby>探<rt>さが</rt></ruby>しているようだ。

女兒在挑選工作時，好像只找了食品業。

食物、食品、頭巾、兜帽

延 <ruby>食品<rt>しょくひん</rt></ruby> 食品
<ruby>食物<rt>しょくもつ</rt></ruby> 食物
<ruby>食<rt>た</rt></ruby>べ<ruby>物<rt>もの</rt></ruby> 食物

□ ファン

<ruby>例<rt></rt></ruby> <ruby>彼<rt>かれ</rt></ruby>のファンは<ruby>日本<rt>にほん</rt></ruby>や<ruby>台湾<rt>たいわん</rt></ruby>などアジアをはじめ、<ruby>世界中<rt>せかいじゅう</rt></ruby>にいるそうだ。

據說他的粉絲從日本或台灣等亞洲國家，一直到全世界各地都有。

風扇、粉絲、（對特定人、事、物、團體的）迷

□ カルテ

<ruby>例<rt></rt></ruby> <ruby>患者<rt>かんじゃ</rt></ruby>のカルテを<ruby>公開<rt>こうかい</rt></ruby>するなど、ぜったいにあってはならないことだ。

公開病患病歷之類的，是絕對不可以有的事情。

病歷

延 <ruby>病院<rt>びょういん</rt></ruby> 醫院
<ruby>病気<rt>びょうき</rt></ruby> 病

□ ショック

<ruby>例<rt></rt></ruby> <ruby>告知<rt>こくち</rt></ruby>を<ruby>受<rt>う</rt></ruby>けた<ruby>際<rt>さい</rt></ruby>のショックといったら、<ruby>今<rt>いま</rt></ruby>でも<ruby>忘<rt>わす</rt></ruby>れられない。

談到被告知那一刻的衝擊，至今仍難以忘懷。

衝擊、打擊、震驚、休克

似 <ruby>衝撃<rt>しょうげき</rt></ruby> 衝擊
<ruby>驚<rt>おどろ</rt></ruby>き 震驚

□ サイズ

大小、尺寸、尺碼、身材

例 結婚_{けっこん}して以来_{いらい}、妻_{つま}の服_{ふく}のサイズは変_かわっていない。

似 大_{おお}きさ 大小

自從結婚以來，妻子衣服的尺寸都沒變過。

□ シート

座位、薄紙、薄板、薄布、遮陽或遮雨的布、野餐墊、未撕開的整版郵票

例 息子_{むすこ}の幼稚園_{ようちえん}の遠足_{えんそく}のために、シートと水筒_{すいとう}を準備_{じゅんび}することになっている。

為了兒子幼稚園的遠足，規定要準備野餐墊和水壺。

□ アップ

増高、提高、結束

例 レベルが今_{いま}よりアップし次第_{しだい}、親_{おや}から一万円_{いちまんえん}もらえることになっている。

反 ダウン 下降

約好程度一比現在提高，就能從父母親那裡得到一萬日圓。

□ ダウン

下降、倒下、羽絨衣

例 成績_{せいせき}はダウンしたあげく、彼女_{かのじょ}とも別_{わか}れて辛_{つら}くてたまらない。

反 アップ 提高

成績退步，結果還和女朋友分手，真是痛苦不已。

□ ヒント

暗示、啟發、提示

例 クイズの答_{こた}えを考_{かんが}えている最中_{さいちゅう}に、ヒントを出_ださないでほしい。

正當思考益智遊戲的答案時，希望不要給提示。

□ アドバイス

勸告、提議、建議

例 上司_{じょうし}のアドバイスをもとに、データを作_{つく}り直_{なお}している。

延 意見_{いけん} 意見

正依據主管的建議，重新製作著資料。

□ ストレス

（自己產生、會累積的）壓力

例 もしストレスを感じているとしたら、話してくれませんか。

如果感到壓力，可以跟我說嗎？

似 プレッシャー （給別人的）壓力

□ オイル

油

例 魚にオイルを塗ってから、オーブンに入れて焼いた。

在魚上面抹油後，放進烤箱烤了。

延 油 油

□ パート

兼職

例 店長にすれば、パートの人には残業を頼みにくいというのが本音にちがいない。

從店長的角度，肯定有難以拜託兼職的人加班這樣的真心話。

延 アルバイト 打工
バイト 打工

□ マーク

記號、商標、標誌、記錄、盯住

例 大事だと思うところには必ずマークをつけるようにしている。

覺得重要的地方，盡可能一定會做記號。

似 印 記號、標記

□ ライス

米飯

例 コックにしたら、ライスではなくパンを合わせて食べてほしいものだ。

站在廚師的立場，希望不是米飯，而是搭配麵包來吃啊！

似 ご飯 米飯

□ ポット

壺

例 新品のポットでも、洗わないと気持ちが悪くて使えない。

就算是新買來的壺，如果不清洗便會覺得噁心，不敢用。

實力測驗！

問題 1.（　　　　）に入れるものに最もよいものを 1・2・3・4 から一つ えらびなさい。

1. 本日は海外からすばらしい（　　　　）をお招きしています。
   ①バランス　　　　②ゲスト　　　　③ブラウス　　　　④ボタン

2. うちの（　　　　）は古いので、あたたかくなるまで時間がかかる。
   ①ヒーター　　　　②クーラー　　　　③スーパー　　　　④フード

3. 高校生の時、彼のドラマを見て以来ずっと（　　　　）です。
   ①ファン　　　　②プラン　　　　③ベンチ　　　　④トン

4. 世界中を旅すると、あたらしいデザインの（　　　　）が得られる。
   ①ヒント　　　　②アウト　　　　③グラフ　　　　④レンズ

5. 大好きな作家が亡くなったと聞いて、たいへん（　　　　）を受けた。
   ①リズム　　　　②リボン　　　　③ショップ　　　　④ショック

6. 患者さんの（　　　　）はもちろんげんじゅうに保管されている。
   ①レベル　　　　②チーム　　　　③カルテ　　　　④テーマ

7. 先生からいろいろ（　　　　）をいただいたおかげで、面接にパスできた。
   ①アドバイス　　　②アクセント　　　③プログラム　　　④コレクション

8. さまざまな調味料を合わせて、おいしい（　　　　）を作った。
   ①ブーム　　　　②ソース　　　　③コート　　　　④データ

問題 2. つぎのことばの使い方として最もよいものを一つえらびなさい。

1. ファイル
   ①予想に反してファイルはまったく伸びず、こまっている。
   ②パソコンの中に、この商品に関するファイルはありますか。
   ③合格祝いとして、両親からモーターがついたファイルをもらった。
   ④このファイルは田舎にしては、ちょっと高すぎるとおもう。

2. ストレス
   ①仕事でストレスが溜まっているから、週末はゆっくり休みたいものだ。
   ②えきまでストレスで 40 分だから、今すぐ出れば間に合わないこともない。
   ③終了のストレスが鳴ったか鳴らないかのうちに、彼は教室をとびだした。
   ④まじめな田中さんのことだから、ストレスどおりに来るにちがいない。

3. データ
   ①この3つのデータを送るにあたって、圧縮するひつようがある。
   ②午後からだいじなデータがあるので、休むわけにはいかない。
   ③今さら言ってもしかたないが、もうすこしデータに行動すべきだった。
   ④ダンスのじょうずな彼女ぬきにしては、データを開催できない。

附錄：實力測驗解答

運用本書最後的「實力測驗」解答與中文翻譯，
釐清盲點，一試成功！

問題 1.

1. ② さっき泥棒が捕まったそうだ。

據說小偷剛剛被捉到了。

2. ① 鈴木さんの母親は政治家だ。

鈴木先生的母親是政治家。

3. ④ 祖母の手術がうまくいくよう、神様に祈った。

向神明祈禱，願祖母的手術順利。

問題 2.

1. ③ 息子は一人で家にいるのが好きだ。

兒子喜歡一個人待在家。

2. ③ 身分が分かるものを、出してください。

請拿出辨明身分的東西。

3. ② 妻は料理は苦手だが、美人で優しい。

妻子雖然不擅長做菜，但是是美女，而且很溫柔。

問題 3.

1. ② 私のアパートの（大家）は、アメリカに住んでいる。

我公寓的房東是住在美國。

2. ④ 小学生の息子の夢は（金持ち）になることだ。

讀小學的兒子的夢想是成為有錢人。

3. ① 私たちは（恋人）ではなく、ただの友達だ。

我們不是男女朋友，只是朋友。

問題 4.

1. ③ 素人は黙っていてください。

外行人請閉嘴。

2. ① 彼女は末っ子で、家族みんなに可愛がられて育った。

她是老么，是被整個家族疼愛大的。

3. ④ あの人は友達ではなく、ただの知り合いだ。

那個人不是朋友，只是認識而已。

問題 1.

1. ① そろそろ彼と仲直りをしたほうがよさそうだ。

看來差不多該跟他和好比較好。

2. ④ 新しい眼鏡にもかかわらず、もう壊れた。

雖然是新的眼鏡，但是已經壞掉了。

3. ② 姉は毛糸を集めるのが趣味だ。

姊姊的興趣是收集毛線。

問題 2.

1. ② 先生の合図があったら、始めます。

老師下達指令的話就開始。

2. ② 野菜を作るため、祖父は畑の手入れを始めた。

為了栽種蔬菜，祖父開始整理田地。

3. ④ 鈴木さんの見舞いに行きたい人は手を上げてください。

想去探望鈴木同學的人請舉手。

問題 3.

1. ② 台風で、野菜の（値段）が上がった。

因為颱風，蔬菜的價格上漲了。

2. ① 夏は（昼間）が長く、夜が短い。

夏天晝長夜短。

3. ④ （旅）の途中で、パスポートを盗まれてしまった。

旅途當中，不小心護照被偷了。

問題 4.

1. ④ この辺は昔、海だったそうだ。

據説這附近，很久以前是海。

2. ① 山田さんはお母さんと仲良しで、羨ましい。

山田小姐和母親感情好，很羨慕。

3. ② 見本どおりに作成してください。

請依照樣本製作。

問題 1.

1. ④ 自分の命をもっと大事にしてください。

　　請更珍惜自己的生命。

2. ② 息子は虫歯が一つもないそうだ。

　　據説兒子連一顆蛀牙都沒有。

3. ① 髪の毛がなかなか伸びない。

　　頭髮一直長不長。

問題 2.

1. ② 息子の胸に毛が生えてきた。

　　兒子的胸部長毛了。

2. ① 手首をもっと動かしてください。

　　請讓手腕多動動。

3. ④ 鼻から血が出て、止まらない。

　　鼻子出血，止不了。

問題 3.

1. ② 娘の彼氏は（顔）はいいが、性格が悪そうだ。

　　女兒的男朋友長相好，但是看來個性不好。

2. ① 母がじゃがいもの（皮）を剥くのを手伝った。

　　幫媽媽削馬鈴薯的皮了。

3. ② 兄は（頭）がいいが、弟はぜんぜんよくない。

　　雖然哥哥的頭腦很好，但是弟弟完全不行。

問題 4.

1. ④ 部長は耳がいいから、気をつけたほうがいい。

　　部長的耳朵很靈光，小心一點比較好。

2. ① あの職人は腕がたいへんいいそうだ。

　　據説那位工匠非常有本事。

3. ② 妹は若いのに、白髪がけっこうある。

　　妹妹還很年輕，白髮卻相當多。

第 04 天

問題 1.

1.② 背中<ruby>せ<rt></rt></ruby>が痒<ruby>かゆ<rt></rt></ruby>いから、掻<ruby>か<rt></rt></ruby>いてください。

　　因為背後很癢，所以請幫我抓一抓。

2.② 人前<ruby>ひとまえ<rt></rt></ruby>ではぜったい涙<ruby>なみだ<rt></rt></ruby>を見<ruby>み<rt></rt></ruby>せたくない。

　　絕對不想在人前讓人看到眼淚。

3.④ この筆<ruby>ふで<rt></rt></ruby>の毛<ruby>け<rt></rt></ruby>は馬<ruby>うま<rt></rt></ruby>だそうだ。

　　據說這枝筆的毛是馬毛。

問題 2.

1.② うちの会社<ruby>かいしゃ<rt></rt></ruby>の品<ruby>しな<rt></rt></ruby>はどれも一流<ruby>いちりゅう<rt></rt></ruby>だ。

　　我們公司的產品不管哪一種都是一流。

2.① 昨日<ruby>きのう<rt></rt></ruby>の訓練<ruby>くんれん<rt></rt></ruby>が厳<ruby>きび<rt></rt></ruby>しすぎて、腰<ruby>こし<rt></rt></ruby>が痛<ruby>いた<rt></rt></ruby>い。

　　昨天的訓練太過嚴格，腰很痛。

3.④ その店<ruby>みせ<rt></rt></ruby>は、元<ruby>もと<rt></rt></ruby>は駅<ruby>えき<rt></rt></ruby>の近<ruby>ちか<rt></rt></ruby>くにあった。

　　那家店，原本是在車站附近。

問題 3.

1.③ 恐<ruby>おそ<rt></rt></ruby>ろしい（夢<ruby>ゆめ<rt></rt></ruby>）を見<ruby>み<rt></rt></ruby>て、眠<ruby>ねむ<rt></rt></ruby>れなくなった。

　　做了可怕的夢，變得睡不著了。

2.② 祖母<ruby>そぼ<rt></rt></ruby>の着物<ruby>きもの<rt></rt></ruby>の（生地<ruby>きじ<rt></rt></ruby>）でワンピースを作<ruby>つく<rt></rt></ruby>る。

　　要用祖母和服的布料做洋裝。

3.③ 鍋<ruby>なべ<rt></rt></ruby>から（湯気<ruby>ゆげ<rt></rt></ruby>）が出<ruby>で<rt></rt></ruby>て、おいしそうだ。

　　熱氣從鍋裡冒出，看起來好好吃。

問題 4.

1.④ 白<ruby>しろ<rt></rt></ruby>い布<ruby>ぬの<rt></rt></ruby>は汚<ruby>よご<rt></rt></ruby>れやすいのが欠点<ruby>けってん<rt></rt></ruby>だ。

　　白色的布缺點就是容易弄髒。

2.① アナウンサーは低<ruby>ひく<rt></rt></ruby>い声<ruby>こえ<rt></rt></ruby>のほうが聞<ruby>き<rt></rt></ruby>きやすい。

　　播報員的聲音低沉的話會比較好聽。

3.② 娘<ruby>むすめ<rt></rt></ruby>の笑顔<ruby>えがお<rt></rt></ruby>は世界一<ruby>せかいいち<rt></rt></ruby>可愛<ruby>かわい<rt></rt></ruby>い。

　　女兒的笑容是世界第一可愛。

問題 1.

1. ① あの山は面白い形をしている。

那座山有個有趣的外型。

2. ④ 道順のとおりに進んでください。

請依照路線前進。

3. ④ 今朝、具合が悪かったので、病院へ行った。

今天早上由於身體不舒服，所以去了醫院。

問題 2.

1. ② 夫は組合のトップとして、頑張っている。

丈夫以工會領頭的身分努力著。

2. ③ もう夏だから、薄い布団を出したほうがいい。

因為已經夏天了，所以取出薄棉被比較好。

3. ④ 土の上に、動物の足跡がたくさん残っている。

土的上面，殘留著許多動物的足跡。

問題 3.

1. ③ 犬が（足元）にいるのに気づかず、踏んでしまった。

沒注意到狗就在身邊，不小心踩了下去。

2. ② 海で食べる（刺身）は新鮮でおいしい。

在海邊吃的生魚片既新鮮又好吃。

3. ② 日本酒は（米）で作ることを知っていますか。

你知道日本酒是用米做的嗎？

問題 4.

1. ② 赤ちゃんはまだ言葉が話せない。

嬰兒還不會說話。

2. ④ 子供のうちに、好き嫌いは直したほうがいい。

要趁還是孩子的時候，改掉挑剔比較好。

3. ① 授業中に居眠りをして、先生に叱られてしまった。

上課中打瞌睡，被老師罵了。

問題 1.

1. ④ この手紙は書きかけだ。

這封信寫了一半。

2. ② パーティーの会場は人の出入りが激しい。

宴會會場出入的人非常多。

3. ② 彼女の名前が知りたいが、恥ずかしくて聞けない。

雖然想知道她的名字，但是害羞無法問。

問題 2.

1. ② 会議の日付を手帳にメモした。

將會議的日期記在記事本了。

2. ④ あの建物から煙が出ていると思いませんか。

不覺得那幢建築物有煙冒出來嗎？

3. ② 将来、どんな仕事がしたいですか。

將來，想從事什麼樣的工作呢？

問題 3.

1. ③ 彼女は20歳くらいに見えるが、ほんとうは50代（半ば）だ。

她看起來雖然是20歲前後，但其實是55、6歲。

2. ④ 友達だからといって、いつも（味方）なわけではない。

就算是朋友，也並非一直站在你那邊。

3. ② 出張の切符を（片道）だけ買った。

出差的車票只買了單程。

問題 4.

1. ③ ずっと探していた高校の同級生の行方がやっと分かった。

一直在找的高中同學的行蹤，終於知道了。

2. ② 息子から突然、結婚するつもりだという便りがあった。

兒子忽然傳來打算結婚的消息。

3. ④ 次の週末、夫と日帰りで温泉に出かけることになっている。

確定下個週末，要和老公當天往返去泡溫泉。

實力測驗解答

問題 1.

1. ① 今、何か物音がしませんでしたか。

剛剛，有沒有傳來什麼聲響呢？

2. ④ 私たちは毎日居間でテレビを見ながら、食事をする。

我們每天在起居室一邊看電視，一邊吃飯。

3. ② 祖母のために、腰掛けを用意する。

為了祖母，要準備凳子。

問題 2.

1. ② 押し入れの中はいっぱいで、もう入らない。

壁櫥裡面滿滿的，已經放不下。

2. ① この建物は海外の有名な建築家が設計したそうだ。

這個建築物據說是國外知名建築師設計的。

3. ④ 雨が降らなければ、井戸の水がなくなるおそれがある。

如果不下雨，井水有用盡的危險。

問題 3.

1. ③ 医者は（管）を入れないと助からない、と言った。

醫生說，若不插管的話就沒救了。

2. ② 昨日の地震のせいで、（屋根）や壁が壊れた。

因為昨天的地震，屋頂和牆壁毀壞了。

3. ② 今朝は忙しくて、（歯磨き）をする時間がなかった。

今天早上很忙，刷牙的時間都沒有。

問題 4.

1. ④ 雨に濡れたから、お風呂の湯を沸かして入ろう。

因為被雨淋濕，所以放浴室的熱水泡澡吧！

2. ② 彼は東京と九州、アメリカの３つの場所に住まいがある。

他在東京和九州、美國3個地方有住處。

3. ② 一人暮らしの息子の部屋は、狭くて汚いにきまっている。

一個人生活的兒子的房間，肯定是又窄又髒。

問題 1.

1. ① うちの物置_{ものおき}はごみだらけになっている。

我家的儲藏室變得全是垃圾。

2. ④ 子供_{こども}たちに世界中_{せかいじゅう}の物語_{ものがたり}を話_{はな}して聞_きかせたい。

想説世界各地的故事給孩子們聽。

3. ③ 同僚_{どうりょう}から、口紅_{くちべに}を塗_ぬらないと病人_{びょうにん}っぽいと言_いわれた。

被同事説，一不塗口紅就像病人。

問題 2.

1. ③ 郵便局_{ゆうびんきょく}の窓口_{まどぐち}は何時_{なんじ}まで開_あいていますか。

郵局的窗口開到幾點呢？

2. ② 昨日_{きのう}の台風_{たいふう}で、壁_{かべ}や雨戸_{あまど}が壊_{こわ}れてしまった。

因為昨天的颱風，牆壁和遮雨窗都毀壞了。

3. ① 自分_{じぶん}の誕生日_{たんじょうび}に毛皮_{けがわ}のコートを買_かおうか買_かうまいか、迷_{まよ}っている。

猶豫著要不要為自己的生日買皮草大衣。

問題 3.

1. ③ 今_{いま}すぐ行_いけば、（切符_{きっぷ}）が買_かえないわけではない。

現在立刻去的話，並非買不到車票。

2. ④ 人_{ひと}の家_{いえ}を訪問_{ほうもん}する時_{とき}は、（靴下_{くつした}）を履_はいて行_いくべきだ。

去拜訪別人家裡的時候，應該穿襪子去。

3. ④ 先週送_{せんしゅうおく}った（荷物_{にもつ}）がまだ届_{とど}いていない。

上週寄送的物品尚未抵達。

問題 4.

1. ④ 富士山_{ふじさん}の絵_えが逆_{さか}さまに描_{えが}かれているのは、どうしてですか。

之所以會把富士山的畫倒著來描繪，是為什麼呢？

2. ① 祖母_{そぼ}は体中_{からだじゅう}が悪_{わる}く、毎日_{まいにち}たくさんの薬_{くすり}を飲_のまなければならない。

祖母整個身體都不好，每天非吃很多藥不可。

3. ② 部長_{ぶちょう}は大阪_{おおさか}と東京_{とうきょう}に貸家_{かしや}を３つ_{みっ}も持_もっているそうだ。

據説部長在大阪和東京持有3間之多的出租的房子。

問題 1.

1. ③ 息子は床屋で髪を切ってもらうのが好きだ。

兒子喜歡在理髮店請人家幫忙剪頭髮。

2. ② 今朝熱があったので、病院に行ってから会社へ行った。

今天早上由於發燒，所以去了醫院以後才去公司。

3. ② 夕日を見ながら、彼女に告白するつもりだ。

打算一邊看夕陽，一邊跟女朋友告白。

問題 2.

1. ① 娘は電化製品の売り場で迷子になった。

女兒在電器用品的賣場走失了。

2. ② 疲れたから、ちょっと一休みしませんか。

因為累了，要不要稍微休息一下呢？

3. ④ 試験のために勉強していたら、明け方になっていた。

為了考試，一讀書，就到天亮了。

問題 3.

1. ③ 新鮮な野菜を買いたいなら、（市場）で買うに限る。

如果想買新鮮的蔬菜的話，只能在市場買。

2. ① 危険を感じた（場合）には、すぐに大声で叫びなさい。

感覺到危險的時候，要立刻大聲呼叫！

3. ③ 海の匂いがするのは、近くに（港）があるからだ。

之所以會有海的味道，是因為附近有港口的緣故。

問題 4.

1. ④ この橋の上から眺める景色は最高だから、彼女にも見せたい。

從這座橋上眺望的風景非常美，所以也想給女朋友看。

2. ③ 夜中に蚊の音がうるさくて、ぜんぜん眠れなかった。

半夜蚊子聲吵得完全無法入睡。

3. ① 日差しが強い夏は、帽子を被ったほうがいい。

陽光很強的夏天，戴帽子比較好。

問題 1.

1. ① 今_{いま}でも田植_{た う}えの作業_{さ ぎょう}は手_てで行_{おこな}っている。

即使是現在，還是用手來進行插秧的工作。

2. ③ 日当_{ひ あ}たりのいい部屋_{へ や}へ引_ひっ越_こしたい。

想搬到採光好的房間。

3. ④ 植木_{うえき}に水_{みず}をやるのを忘_{わす}れたから、枯_かれてしまった。

忘記幫盆栽澆水，所以乾枯了。

問題 2.

1. ② あの新人_{しんじん}は独_{ひと}り言_{ごと}が多_{おお}くて、周囲_{しゅう い}が嫌_{いや}がっている。

那個新人老是自言自語，周遭的人都討厭他。

2. ① 新商品_{しんしょうひん}の話_{はな}し合_あいの最中_{さいちゅう}に、つぎつぎとお客_{きゃく}さんが来_きた。

正當商談新產品的時候，客人一個接著一個地來了。

3. ① 今年_{ことし}は梅_{うめ}がたくさんなったので、ジュースを作_{つく}ろうと思_{おも}う。

由於今年梅子結了很多果實，所以我想來做果汁吧！

問題 3.

1. ④ 京都_{きょうと}に来_きたついでに、（花見_{はなみ}）を楽_{たの}しんだ。

來到京都，順便享受賞花的樂趣了。

2. ② いつか東京_{とうきょう}の（下町_{したまち}）に住_すんでみたいと思_{おも}っている。

打算總有一天，想住在東京的下町看看。

3. ③ 台風_{たいふう}のせいで、木_きの（枝_{えだ}）が折_おれてしまった。

因為颱風，所以樹枝折斷了。

問題 4.

1. ① 梅雨_{つゆ}の時_{とき}は洗濯物_{せんたくもの}がなかなか乾_{かわ}かなくて、ほんとうに困_{こま}る。

梅雨季節時，洗好的衣服都不乾，真是傷腦筋。

2. ② 打_うち合_あわせの前_{まえ}に資料_{し りょう}を人数分用意_{にんずうぶんよう い}するよう、部長_{ぶ ちょう}に頼_{たの}まれた。

被部長交代，在磋商之前按人數準備好資料。

3. ① 渋谷_{しぶ や}の四_よつ角_{かど}には、いつもたくさんの人_{ひと}が集_{あつ}まっている。

澀谷的十字路口，總是聚集著很多人。

問題 1.

1. ② 黒い雲が空を覆っているから、雨が降るだろう。

天空烏雲密布，所以會下雨吧！

2. ② 母は絵画だけでなく、生け花も習っている。

母親不只是畫畫，還在學插花。

3. ④ 人生山あり谷あり。（ことわざ）

人生有起有落。（諺語）

問題 2.

1. ③ 桜の並木を彼氏と手を繋いで歩きたい。

想和男朋友牽手漫步在櫻花林蔭道。

2. ① この薬は朝と夜それぞれ 3 粒ずつ飲んでください。

這個藥，請早晚分別服用3顆。

3. ④ 鳥のように羽があったら、空を自由に飛びたい。

如果有像鳥一般的翅膀，想在空中自由飛翔。

問題 3.

1. ③ 北海道で生まれて初めて（雪）を見た。

在北海道，有生以來第一次看到了雪。

2. ③ 強い風で、窓からたくさんの（砂）が入ってしまった。

因為強風，從窗戶吹進來很多沙。

3. ① 誰かが（石）を投げて、窓ガラスが割れた。

有誰丟石頭，玻璃窗破了。

問題 4.

1. ③ 子供たちは公園で泥だらけになって、遊んでいる。

孩子們在公園玩得滿身是泥。

2. ④ 教科書の隅から隅まで読んだおかげで、100点だった。

託把教科書看到鉅細靡遺之福，考了100分。

3. ③ 坂は上る時より下る時のほうが、膝に負担があるそうだ。

據說比起上坡，下坡時對膝蓋的負擔更大。

問題 1.

1. ② 薬は一日5粒が目安なのに、飲みすぎてしまった。

   藥是一天5顆為基準，結果吃太多了。

2. ④ 駅で拾った落とし物を警察に届けた。

   把在車站拾獲的遺失物品交給警察了。

3. ④ 今日の試合は2対2の引き分けだった。

   今天的比賽是2比2不分勝負。

問題 2.

1. ② 会議の前に、一通り資料に目を通しておくように。

   開會前，請事先將資料大致過目一下。

2. ① 上司は赤いペンで見出しに印をつけた。

   主管用紅筆在標題上做了記號。

3. ② 京都に出張の際、妻に土産を買うのを忘れた。

   到京都出差時，忘記買特產給老婆了。

問題 3.

1. ② 彼はリーダーにもかかわらず、（役割）を果たさない。

   他身為領隊，卻沒有完成任務。

2. ② 電話での（問い合わせ）は、受け付けていません。

   不受理電話的詢問。

3. ③ 目的地までの（乗り換え）は不要です。

   到目的地不需要轉乘。

問題 4.

1. ④ これは家族の思い出の写真だから、捨てるわけにはいかない。

   這是充滿家人回憶的照片，所以不能丟掉。

2. ① この本は成人向けだから、学生には貸し出しをしていない。

   這本書是針對成人，所以不出借給學生。

3. ② 私たちは会社の歯車にすぎない。

   我們只不過是公司的齒輪。

問題 1.

1. ④ 今はまだ下書きの段階なので、見せられない。

由於現在還在草稿階段，所以還不能給別人看。

2. ② 娘には結婚して幸せになってもらいたいものだ。

真希望女兒結婚後得到幸福啊！

3. ① カードに一言だけメッセージを書こう。

在卡片上寫一句賀詞吧！

問題 2.

1. ② 早口で話されると、まったく理解できない。

話說得太快的話，完全無法理解。

2. ③ 夫は休みの日でさえ、家の手伝いをぜんぜんしてくれない。

丈夫就連假日，也完全不幫忙我家事。

3. ④ 銀行はこの道をまっすぐ行くと、突き当たりにあります。

銀行是在這條路直直走的盡頭處。

問題 3.

1. ② 退院の（手続き）は済んだものの、まだ帰れないらしい。

出院手續都辦好了，但好像還不能回家的樣子。

2. ④ 学校に行きたくないから、自然と（回り道）をしてしまう。

因為不想去學校，所以自然而然地就繞遠路了。

3. ② 外貨の（両替）なら、空港でもできますよ。

如果是外幣兌換的話，在機場也可以喔！

問題 4.

1. ③ 感染予防のため、手洗いを欠かすわけにはいかない。

為了預防感染，洗手是不可或缺的。

2. ① 世の中にはいい人も悪い人もいるものだ。

在社會上，有好人也有壞人啊！

3. ② この辺りは夜になると人通りがないから、通らないほうがいい。

這附近一到夜晚就沒有行人來往，所以不要經過比較好。

問題 1.

1. ③ 面接の担当者は目つきがとても鋭くて、緊張した。

面試的負責人眼神非常銳利，好緊張。

2. ④ ホテルの部屋の中が薄暗いので、電気を換えてもらった。

由於飯店房間裡面很昏暗，所以請人來換電燈了。

3. ④ 相手のチームは恐ろしいほど強いらしい。

對手的隊伍好像強到驚人的程度。

問題 2.

1. ② 兄は子供の頃から賢くて、成績はいつも一番だった。

哥哥從小就聰明，成績總是第一。

2. ② 注射を打ったとたんに、苦しくなった。

打了針的瞬間，變得很痛苦。

3. ① 幼いからといって、悪いことをしたら注意すべきだ。

雖說年幼，做錯事還是應該要警告。

問題 3.

1. ② 近所の犬の鳴き声が（喧しくて）、ぜんぜん眠れなかった。

附近的狗叫聲很吵，完全無法入眠。

2. ① 電車の中で（気味が悪い）男に体を触られたから、大声を出した。

在電車裡面，被令人害怕的男人摸到身體，所以大聲叫了。

3. ③ 息子は痛くても泣かないで、とても（偉かった）と思う。

兒子痛也不哭，我覺得非常了不起。

問題 4.

1. ② 怪しい男が学校の中に入っていったので、警察に電話した。

由於可疑的男子進入校園，所以打電話給警察了。

2. ④ 彼女の娘さんはいつもにこにこしていて、じつに可愛らしい。

她的女兒總是笑瞇瞇，真的很可愛。

3. ② あの新人はとんでもない失敗をして、部長に呼ばれたそうだ。

據說那個新人犯下荒唐的錯誤，被部長叫過去了。

第 **15** 天

問題 1.

1. ④ この卵は臭いから、腐っているかもしれない。

這個蛋很臭，所以說不定壞掉了。

2. ④ 海にずっといたら、背中が痒くなった。

一直泡在海水裡，背變得很癢。

3. ② 夫が作ったスープは塩辛いが、飲めないわけじゃない。

丈夫煮的湯很鹹，但並非不能喝。

問題 2.

1. ① 彼の意志は固く、心配でも応援せざるを得ない。

他的意志堅決，（旁人）就算擔心也只能為他加油。

2. ② 娘を傷つけた男が、憎らしくてたまらない。

恨死了弄傷女兒的男人。

3. ① 塩を入れすぎたばかりに、味が濃すぎてしまった。

只因為加了太多鹽，味道太重了。

問題 3.

1. ③ 誰だって命が（惜しい）ものだ。

不管是誰，生命都是值得愛惜的啊！

2. ② あんなに血が出ているのだから、（痛い）に相違ない。

血流那麼多，所以一定很痛。

3. ④ 金持ちの彼のことが、（羨ましくて）しょうがない。

對有錢的他羨慕不已。

問題 4.

1. ③ 彼は英語だけじゃなく、ドイツ語も上手いそうだ。

據說他不只是英文，連德文都很好。

2. ① 親しくない人に、お金を貸すわけにはいかない。

不可能跟不熟的人借錢。

3. ② このジュースはかなり酸っぱいから、子供向きではない。

那種果汁相當酸，不適合小孩。

問題 1.

1. ① 私は機械はもとより、車に関しても詳しくない。

我對機械就不用說了，連和車子相關的也不熟悉。

2. ② 部屋の中が蒸し暑いから、窓を開けよう。

房間裡很悶熱，所以開窗吧！

3. ③ 私にとって、学校で一番美人の彼女は眩しい存在だ。

對我而言，學校裡最美的她是耀眼的存在。

問題 2.

1. ② ただで修理してくれとは、じつに厚かましい。

要人家免費修理，臉皮還真厚。

2. ④ 医師は険しい表情で、父の病状を告げた。

醫師以嚴峻的表情，告知了父親的病情。

3. ② この丸い形をした眼鏡は彼女に似合うと思う。

我覺得這個圓形造型的眼鏡很適合她。

問題 3.

1. ② 部屋の中を（煙たく）したら、虫がいなくなった。

煙燻房間裡面，蟲子便消失了。

2. ③ あなたの（力強い）応援のおかげで、勝つことができた。

託你強而有力的支援所賜，獲勝了。

3. ③ ケーキを（等しい）分量に分けるというのは難しいというものだ。

要把蛋糕分成相同的分量很難。

問題 4.

1. ② くどいようですが、もう一度だけ確認させていただきます。

雖然感覺很囉唆，但是請讓我只再確認一次。

2. ④ 今回の風邪はしつこくて、なかなか治らない。

這次的感冒很難纏，怎麼都好不了。

3. ③ ずるい方法で勝っても、ぜんぜん嬉しくない。

用狡猾的方式，就算獲勝也完全不開心。

實力測驗解答

問題 1.

1. ② 毎日、弁当を作るのは面倒くさいものだ。

每天做便當真是麻煩啊！

2. ① こんなまずい料理にお金を払うなんて、馬鹿らしい。

這麼難吃的菜還要付錢，真不值得。

3. ① 亡くなった祖母のことが、恋しくてたまらない。

非常懷念過世的祖母。

問題 2.

1. ③ 彼女と写真を撮る時、恥ずかしくてしょうがなかった。

和她一起拍照時，害羞得不得了。

2. ④ 若い時の失恋も、今では懐かしい思い出だ。

年輕時的失戀，現在也成為令人懷念的回憶。

3. ② あなたの大事な結婚式に参加できず、本当に申し訳ない。

無法參加你重要的結婚典禮，真的十分抱歉。

問題 3.

1. ② 石油の発見は（思いがけない）幸運だった。

發現石油是意想不到的幸運。

2. ② 人前で酔ったあげく、泣き出すなんて、（みっともない）。

在人前喝醉，最後竟哭了出來，不像樣。

3. ④ 彼は味方にすれば（頼もしい）が、敵にすれば恐ろしい男だ。

他是那種若成為夥伴靠得住，但是若成為敵人很可怕的男人。

問題 4.

1. ① バスの中に財布を忘れるとは、そそっかしい人だ。

會把錢包掉在巴士裡面的，就是粗心大意的人。

2. ① 私なら、社長にそんなずうずうしいお願いはできない。

如果是我的話，沒有辦法對社長提出那樣厚臉皮的請求。

3. ② たとえアルバイトでも、面接にだらしない服装で行くべきではない。

就算只是工讀，面試時也不應該穿邋遢的衣服去。

問題 1.

1. ② 父はアルコールに強く、どんなに飲んでも酔うことがない。

父親酒量很好，不管怎麼喝都不醉。

2. ④ 母は普段とても優しいが、礼儀にだけは非常に厳しい。

母親平常非常溫柔，但唯獨對禮節非常嚴格。

3. ① 部屋が狭いばかりに、服やバッグを置く場所がない。

就因為房間很狹小，所以沒有放置衣服和包包的地方。

問題 2.

1. ② 娘は目と口の辺りが妻に似て、とても愛らしい。

女兒的眼睛和嘴巴一帶和太太很像，非常惹人愛。

2. ③ 風呂から出た後、冷たいビールを飲むのは最高だ。

泡完澡出來後，喝杯冰涼的啤酒是最棒的。

3. ② 夫は最近帰りがだいぶ遅く、ちょっと心配だ。

丈夫最近都相當晚回家，有點擔心。

問題 3.

1. ④ パーティーは期待に反して、あまり（面白く）なかった。

與期待相反，宴會不太好玩。

2. ③ この建物は（長い）歴史があるだけに、破損もかなりひどい。

這幢建築物正因為有長久的歷史，損害也相當嚴重。

3. ② 鈴木さんは口が（軽い）から、誰にも信用されないそうだ。

據說鈴木先生的嘴巴不牢靠，所以誰都不相信他。

問題 4.

1. ① 彼は重傷で、命も危いほどだったらしい。

他因為身受重傷，生命好像也是危在旦夕的程度。

2. ③ 大人向けに書かれた絵本は意外と少なくないものだ。

針對大人而寫的繪本意外地不少啊！

3. ③ 人生は私たちが思っている以上に短いものだ。

人生比我們想像的還要短啊！

問題 1.

1. ③ 昨夜の激しい嵐で、公園の木はほとんど倒れてしまった。

因為昨晚猛烈的暴風雨，公園的樹木幾乎全倒了。

2. ③ 私の成績は一番の佐藤さんと比べて、著しい差がある。

我的成績和第一名的佐藤同學相比，有顯著的差距。

3. ② 今、もっとも欲しいものといったら、最新のコンピューターだ。

若說到現在最想要的東西的話，就是最新的電腦。

問題 2.

1. ④ 私がアナウンサーの試験にパスするのは、難しいものがある。

我的播報員考試能不能過，我想有困難。

2. ① ポスターの字はもう少し太くしたほうが、見やすいと思う。

覺得海報的字再稍微寫粗一點，會比較好讀。

3. ② 男の人がスカートを履くことを可笑しいと思いますか。

會覺得男人穿裙子很奇怪嗎？

問題 3.

1. ③ そんな高い服は、私には（もったいなくて）着られない。

那麼昂貴的衣服，我穿太浪費了，穿不起。

2. ④ 部長のつまらない話のせいで、せっかくの食事が（まずく）なった。

都是部長無聊的話害的，難得的用餐變得很難吃。

3. ② あの教授は村上春樹の研究で（名高く）、たくさんの賞も受賞している。

那位教授以做村上春樹研究而聞名，還獲頒了許多獎。

問題 4.

1. ④ 佐藤先生の久しぶりの講演におびただしい数の人が集まった。

為數眾多的人聚集在佐藤老師久違的演講。

2. ② あの男はいやらしい目で女性を見ていて、じつに気味が悪い。

那個男人用色瞇瞇的眼睛看女性，實在很噁心。

3. ① お客様に対して、そんなそっけない態度をとるべきではない。

對客人，不應該用那樣冷淡的態度。

問題 1.

1. ② 今日のコンサートは子供も加わり、和やかなものだった。

   今天的音樂會，小孩也一起加入，真是一片和諧啊！

2. ② お金を粗末にするものではない。

   不該浪費錢。

3. ③ いつまでも曖昧な関係は嫌なので、今日こそはっきりさせたい。

   由於討厭沒完沒了的曖昧關係，所以就是今天想把它弄清楚。

問題 2.

1. ③ 旅行に出かける前に、冷蔵庫の中を空っぽにしたほうがいい。

   出門旅行前，把冰箱清空比較好。

2. ① 曲を作るため、大雑把なイメージを描いてみた。

   為了作曲，試著描繪了大致的感覺。

3. ④ 妻の運転が下手なばかりに、車は傷だらけになった。

   只因為妻子開車技術不好，車子變得傷痕累累。

問題 3.

1. ④ まずは目標を（明らか）にしたうえで、計画を立てるべきだ。

   應該先明確目標，再訂定計畫。

2. ③ 女性社員を（強引）にお酒に誘ったあげく、訴えられた。

   強迫女性員工喝酒的結果，就是被告了。

3. ① 犬は飼い主を発見したとたん、（盛ん）に尻尾をふった。

   小狗發現主人的瞬間，不斷地搖尾巴。

問題 4.

1. ③ 夜中に隣の家から奇妙な声がして、すごく怖かった。

   鄰家三更半夜傳來了奇怪的聲音，非常恐怖。

2. ② この辺りは豊かな自然にしろ住んでいる人にしろ、最高の環境だ。

   這附近無論是豐富的自然，還是居住的人民，都是最佳的環境。

3. ① お祭りに着て行く手頃な浴衣をデパートで買うつもりだ。

   打算在百貨公司買要穿去祭典合適的浴衣。

問題 1.

1. ① 息子はもうすぐ試験なのに、呑気にゲームなどしている。

兒子明明都快要考試了，還漫不經心地玩著電玩什麼的。

2. ④ 彼は昔、偉大な音楽家だったそうだ。

據說他以前是一位偉大的音樂家。

3. ④ 彼女は派手なお姉さんに比べて、どちらかというと地味だ。

她和華麗的姊姊相比，總括來説就是樸素。

問題 2.

1. ③ いつ来ても、山の空気は爽やかでおいしい。

不管何時來，山上的空氣都既清爽又新鮮。

2. ② ほとんどの学生は勤勉だが、まれに例外もいる。

大部分的學生都很勤奮，但是也有少數例外。

3. ④ あの時の部長の判断は妥当だったと思う。

我覺得那時部長的判斷是妥當的。

問題 3.

1. ③ 先日はじつに（貴重）な体験をさせていただきました。

前些日子，承蒙讓我獲得寶貴的體驗。

2. ② 自分の間違いを（素直）に認めるべきだ。

應該坦率承認自己的錯誤。

3. ④ たとえ相手が社長であっても、（率直）な意見を述べてほしい。

就算對方是社長，也希望陳述率直的意見。

問題 4.

1. ③ 秘書であるからには、社長に対していつも忠実であるべきだ。

既然身為祕書，就應該對社長永遠忠誠。

2. ① たとえアルバイトでも、いい加減な態度は許されるべきではない。

就算是打工，馬馬虎虎的態度也不應該被允許。

3. ③ 娘の帰りが遅ければ、親が心配するのは当たり前だ。

女兒晚歸的話，父母親會擔心也是理所當然。

問題 1.

1. ③ 先生に話を聞いてもらったら、気分が少し楽になった。

聽聞老師的一席話，心情變得輕鬆些了。

2. ② 彼女は朗らかで優しいので、クラスで人気がある。

她既爽朗又體貼，所以在班上很受歡迎。

3. ① このオートバイは特殊なエンジンを使っているそうだ。

據説這台摩托車使用特殊的引擎。

問題 2.

1. ② 彼は考え方が幼稚であるのみならず、責任感がなくて困る。

他不只想法幼稚，還沒有責任感，傷腦筋。

2. ② 息子が無事だったと聞いたとたん、涙が流れた。

聽到兒子平安無事的瞬間，流下了眼淚。

3. ③ 今回の見学は私にとって満足なものではなかった。

這次的參觀對我而言，並沒有得到滿足。

問題 3.

1. ② 田舎での生活は（不便）だが、自然に囲まれて気分がいい。

在鄉下的生活雖然不方便，但是被大自然包圍很舒服。

2. ① ガラスを削る音は人を（不快）にさせるものがある。

刮玻璃的聲音，有種令人不舒服的感覺。

3. ④ 彼は事故にあって、（冷静）な判断ができなくなっているようだ。

他遭逢事故，好像變得無法冷靜判斷的樣子。

問題 4.

1. ④ 私の家はなだらかな坂の途中にある。

我家位在緩坡的途中。

2. ③ 娘はわがままなことを言って、幼稚園の先生を困らせたそうだ。

據説女兒説了任性的話，讓幼稚園老師傷腦筋。

3. ① この辺で雪が降るなんて、じつに稀なことだ。

這附近會下雪什麼的，實在很少見。

第 **23** 天

問題 1.

1. ② 選手たちの<ruby>懸命<rt>けんめい</rt></ruby>な<ruby>姿<rt>すがた</rt></ruby>は、そこにいた<ruby>観客<rt>かんきゃく</rt></ruby>たちを<ruby>感動<rt>かんどう</rt></ruby>させた。

　　選手們拚命的身影，讓在場的觀眾們感動不已。

2. ② <ruby>娘<rt>むすめ</rt></ruby>には<ruby>立派<rt>りっぱ</rt></ruby>なアナウンサーになってもらいたい。

　　希望女兒能成為傑出的播報員。

3. ① <ruby>先月<rt>せんげつ</rt></ruby>は<ruby>暇<rt>ひま</rt></ruby>だったのに、<ruby>今月<rt>こんげつ</rt></ruby>は<ruby>忙<rt>いそが</rt></ruby>しくて<ruby>休日<rt>きゅうじつ</rt></ruby>も<ruby>働<rt>はたら</rt></ruby>いている。

　　明明上個月很閒，這個月卻忙到連假日都要工作。

問題 2.

1. ② この<ruby>通<rt>とお</rt></ruby>りは<ruby>昔<rt>むかし</rt></ruby>に<ruby>比<rt>くら</rt></ruby>べて、ずいぶん<ruby>賑<rt>にぎ</rt></ruby>やかになった。

　　這條路和以前相比，變得熱鬧不少。

2. ① <ruby>海<rt>うみ</rt></ruby>が<ruby>近<rt>ちか</rt></ruby>いので、<ruby>毎日新鮮<rt>まいにちしんせん</rt></ruby>な<ruby>魚<rt>さかな</rt></ruby>が<ruby>食<rt>た</rt></ruby>べられる。

　　因為離海近，所以每天有新鮮的魚可以吃。

3. ④ <ruby>日本<rt>にほん</rt></ruby>の<ruby>漫画<rt>まんが</rt></ruby>やアニメは<ruby>世界中<rt>せかいじゅう</rt></ruby>で<ruby>有名<rt>ゆうめい</rt></ruby>だそうだ。

　　據説日本的漫畫和動畫舉世聞名。

問題 3.

1. ③ <ruby>友達<rt>ともだち</rt></ruby>に（<ruby>意地悪<rt>いじわる</rt></ruby>）なことをして、<ruby>先生<rt>せんせい</rt></ruby>に<ruby>叱<rt>しか</rt></ruby>られた。

　　捉弄了同學，被老師罵了。

2. ② <ruby>嘘<rt>うそ</rt></ruby>をよくつくせいで、<ruby>今回<rt>こんかい</rt></ruby>は（<ruby>本当<rt>ほんとう</rt></ruby>）なのに<ruby>誰<rt>だれ</rt></ruby>も<ruby>信<rt>しん</rt></ruby>じてくれない。

　　因為常説謊，所以這次明明是真的，卻誰也不相信。

3. ④ <ruby>金庫<rt>きんこ</rt></ruby>の<ruby>使<rt>つか</rt></ruby>い<ruby>方<rt>かた</rt></ruby>が（<ruby>複雑<rt>ふくざつ</rt></ruby>）で、<ruby>説明書<rt>せつめいしょ</rt></ruby>を<ruby>読<rt>よ</rt></ruby>んでもよく<ruby>分<rt>わ</rt></ruby>からない。

　　保險箱的使用方法很複雜，就算讀了説明書也不太懂。

問題 4.

1. ① <ruby>地球上<rt>ちきゅうじょう</rt></ruby>には<ruby>食<rt>た</rt></ruby>べ<ruby>物<rt>もの</rt></ruby>がなくて、<ruby>可哀想<rt>かわいそう</rt></ruby>な<ruby>子供<rt>こども</rt></ruby>たちが<ruby>山<rt>やま</rt></ruby>ほどいる。

　　地球上沒有食物、可憐的孩子們多到不行。

2. ③ ずっと<ruby>憧<rt>あこが</rt></ruby>れていた<ruby>女優<rt>じょゆう</rt></ruby>になれて、<ruby>幸<rt>しあわ</rt></ruby>せでたまらない。

　　可以成為一直嚮往著的女演員，太幸福了。

3. ② この<ruby>口座<rt>こうざ</rt></ruby>は<ruby>海外<rt>かいがい</rt></ruby>で<ruby>生活<rt>せいかつ</rt></ruby>している<ruby>間<rt>あいだ</rt></ruby>に、<ruby>有効<rt>ゆうこう</rt></ruby>ではなくなっていた。

　　這個戶頭在國外生活期間，變得不再有效了。

問題 1.

1. ④ いつでも気軽に相談しに来てください。

請隨時隨便來聊聊。

2. ① 彼は観察や分析が巧みで、優秀な技術者だ。

他在觀察或分析上技巧高明，是優秀的技術人員。

3. ③ 上司から「速やかに報告するように」と言われている。

被主管說「希望立刻報告」。

問題 2.

1. ② 息子たちは滑稽な動作をして、病気の祖父を笑わせようとした。

兒子們做可笑的動作，想讓生病的祖父發笑。

2. ③ 世の中にはまったく純粋な事物などないと思う。

我覺得世上沒有完全純粹的事物什麼的。

3. ① 彼女の声はじつに清らかで、コンサート会場いっぱいに響いた。

她的聲音非常清亮，響徹整個音樂會會場。

問題 3.

1. ③ 学生である以上、学業を（疎か）にするべきではない。

既然是學生，就不應該疏忽學業。

2. ② 新しい秘書は、ぜひとも（几帳面）な人を選んでほしい。

新的祕書，希望務必挑選一絲不苟的人。

3. ④ 田舎の生活は時間が（緩やか）に流れる気がする。

覺得鄉間生活時間過得緩慢。

問題 4.

1. ④ かすかな希望がないというものではない。

並非沒有些微的希望。

2. ③ 社長は社会に有益なイベントを行うよう、社員全員に指示した。

社長指示所有員工，要舉辦對社會有意義的活動。

3. ① 大まかな統計だが、この地域の人口は３００万人ほどだ。

雖然是粗略的統計，這個地區的人口約有300萬人。

實力測驗解答

問題 1.

1. ② 弟は食べかけのケーキを残して、友達と遊びに出かけた。

弟弟留下吃了一半的蛋糕，和朋友出去玩了。

2. ① 今日、教室を掃く当番は、木村くんと鈴木さんです。

今天，打掃教室的值日生是木村同學和鈴木同學。

3. ④ 一日中探しても見つからなかった眼鏡は、冷蔵庫の中にあった。

找一整天都找不到的眼鏡，在冰箱裡面了。

問題 2.

1. ② 服はともかく、下着くらい自分で洗いなさい。

衣服暫且不管，內衣褲之類的自己洗！

2. ① 火があっという間に移ってしまい、なかなか消しきれない。

火勢瞬間轉移，怎麼都滅不完。

3. ① 娘は来年から京都の大学に通うことになっている。

女兒確定明年開始要上京都的大學了。

問題 3.

1. ② 老後は大自然の中で静かに（暮らし）たいものだ。

晚年想在大自然中安靜地生活啊！

2. ④ 母は油絵の勉強をもう20年以上も（続けて）いる。

母親學習油畫已經持續有20年以上了。

3. ① 何かいい考えが（浮かんだ）ら、手をあげて発表してください。

如果想出了什麼好點子，請舉手發表。

問題 4.

1. ③ コンピューターのおかげで、無駄な手間が省けてよかった。

拜電腦之賜，能省下無謂的勞力和時間，太好了。

2. ① 新しい会社に入って2か月経つが、なかなか慣れない。

進新公司經過2個月了，但怎麼也不習慣。

3. ② 今月の家賃が払えず、大家さんに待ってもらうことになった。

這個月的房租付不出來，要請房東等我們（讓我們晚點付）了。

問題 1.

1. ② 結婚式に参加できないので、電報でメッセージを伝えた。

由於不能參加結婚典禮，所以用電報傳達了訊息。

2. ① 右折する際、合図を出さなかったので、教官に怒られた。

右轉的時候，由於沒有打信號，被教官罵了。

3. ④ しばらく治らなかった風邪がやっと治った。

好一陣子都治不好的感冒終於治好了。

問題 2.

1. ② 障害のある人を助けるのは、当然のことだ。

幫助有障礙的人，是理所當然的事啊！

2. ③ 枕と毛布が古くて破れているので、自分で直した。

由於枕頭和毯子又舊又破，所以自己補修好了。

3. ④ 自動販売機でお釣りの硬貨を取るのを忘れた。

忘了拿自動販賣機找回的硬幣。

問題 3.

1. ① 女房は 6 年間学んでいる書道で入賞して、たいへん（喜んだ）。

老婆學了6年的書法獲獎，非常高興。

2. ④ 山の頂上で好きな人の名前を大声で（呼んだ）。

在山頂上大聲呼喊了喜歡的人的名字。

3. ③ 祖母は階段で（転んで）、血だらけになった。

祖母在樓梯上跌倒，全都是血。

問題 4.

1. ③ 王様の死の知らせを聞いて、国民は涙を流して悲しんだとか。

據說聽到國王的死訊，國民流下眼淚，感到悲傷。

2. ① 海の中で魚をたくさん獲ったので、家で料理することにした。

由於在海裡補了很多魚，所以決定在家料理了。

3. ③ 一般に、子供は何歳ごろ自分で服のボタンを外すことができますか。

一般說來，小孩幾歲左右會自己解開衣服的鈕扣呢？

問題 1.

1. ② 最近は家に帰っても仕事で、３時間しか寝る時間がない。

最近就算回家也是工作，只有3個小時的睡眠時間。

2. ④ 新鮮な魚は塩を振って焼いただけでおいしいものだ。

新鮮的魚是只要撒鹽烤一烤就好吃的東西啊！

3. ① 弟は京都が好きで、歴史についてもよく学んでいる。

弟弟喜歡京都，連歷史也認真學習。

問題 2.

1. ④ 一つの問題を解くのに、２０分もかかってしまった。

明明是解一個題目，卻也不小心就花了20分鐘。

2. ④ 前の車を抜く時に、相手の車を傷つけてしまった。

超越前面車子的時候，不小心傷到對方的車子了。

3. ① 今年は例年より寒いせいか、桜はまだ咲かない。

可能是因為今年比往年冷，櫻花還不開。

問題 3.

1. ③ タバコを（吸う）のは体に悪いから、止めることにした。

因為抽菸對身體不好，所以決定戒掉了。

2. ② せっかく一流レストランに来たのだから、もっと（味わって）ほしい。

難得都來到一流餐廳了，所以希望能好好品嘗。

3. ④ 他人の失敗を（笑う）ものではない。

不應該嘲笑別人的失敗。

問題 4.

1. ④ 壁に傷があるので、白いペンキで塗ることにした。

由於牆壁有刮痕，所以決定用白色油漆塗一塗了。

2. ④ 知人が乗っていた電車が脱線して、大きな被害が出たそうだ。

熟識的朋友搭乘的電車脫軌了，聽說災情慘重。

3. ④ 祖母は歯が悪いので、肉や野菜は細かく刻まなければならない。

由於祖母的牙齒不好，所以肉和蔬菜都非細細地切碎不可。

問題 1.

1. ④ 入口で身分が証明できるものを示すことになっている。

規定要在入口出示可以證明身分的東西。

2. ① 天気予報によると、気温は３５度を越すそうだ。

根據天氣預報，據説氣溫會超過35度。

3. ③ 休日はどこも込んでいるから、出かけたくない。

因為假日哪裡都擁擠，所以不想出門。

問題 2.

1. ① 首相は首脳会議のために、アメリカに飛んだ。

首相因為首腦會議，飛往美國了。

2. ③ 足を組んで座ると、形が悪くなると思う。

我覺得盤腿坐，形狀會變不好。

3. ① 彼にプレゼントするため、頑張ってセーターを編んでいる。

為了送男朋友禮物，努力織著毛衣。

問題 3.

1. ② 正しいと思う番号を〇で（囲んで）ください。

請把認為正確的號碼，用〇圈起來。

2. ② 子供たちの才能を（伸ばす）ことも、教師の仕事だ。

發揮孩子們的才能，也是教師的工作。

3. ④ 借りていた本は今週中に（戻す）ことになっている。

借的書規定本週之內歸還。

問題 4.

1. ② 娘はもうすぐテストなのに、毎日遊んでばかりいる。

女兒明明馬上就要考試了，還每天光是玩。

2. ① 料理が冷めないうちに、お召し上がりください。

請趁料理還沒涼掉時享用。

3. ① 今の時代は、銀行にお金を預けていてもほとんど増えない。

現在的時代，是把錢存在銀行也幾乎不會增加。

問題 1.

1. ① 早く新しい仕事を覚えて、みんなの役に立ちたい。

希望能早日學會新的工作，能成為大家的助力。

2. ② 途中で方向を変えても、別に問題はない。

中途就算改變方向，也沒有什麼問題。

3. ④ 今朝ペンキを塗ったばかりだから、触らないでください。

因為今天早上才剛上油漆，所以請勿觸摸。

問題 2.

1. ① 犯人は国外に逃げるつもりかもしれない。

説不定犯人打算逃到國外。

2. ② 子供は経験をたくさん積んで、どんどん成長するものだ。

小孩本來就該累積許多經驗，茁壯成長啊！

3. ① 湿気が原因で、体中に痒みが現れることがあるそうだ。

據説會因為濕氣，導致身體發癢。

問題 3.

1. ③ 上司の命令に（従って）、休日も会社へ行くことになった。

聽從主管的命令，假日也要去公司上班了。

2. ① 夫は自分の気持ちを言葉で（表す）ことが苦手だ。

丈夫不擅於用言語表達自己的心情。

3. ④ 子供が親の手を（離れた）ら、また職場に戻るつもりだ。

打算小孩離開父母的手後，再度回歸職場。

問題 4.

1. ③ 先生が今から指す文字を、声を出して読んでください。

現在開始，請把老師指到的字，發出聲音念出來。

2. ② この会社は外国人を積極的に雇うことで知られている。

這家公司以積極雇用外國人而聞名。

3. ① 社長は「今後ロボットの分野にも力を注ぐ」とおっしゃった。

社長表示了，「今後也要投注心力於機器人的領域」。

第 **30** 天

問題 1.

1. ① 当時は収穫の５０パーセントを地代として地主に納めていたそうだ。

   據説當時將收成的百分之五十作為地租，繳納給地主了。

2. ① プレゼントなので、きれいに包んでください。

   由於是禮物，所以請幫我漂亮地包起來。

3. ② 昨夜の大雪で、屋根に雪がたくさん積もっている。

   因為昨夜的大雪，屋頂上積著很多雪。

問題 2.

1. ② つねに最悪の場合に備えることが大切だ。

   經常備好最壞的打算很重要。

2. ④ 子供たちにはたっぷりの愛情を与えて育てたつもりだ。

   我認為自己是給予孩子們滿滿的愛（把他們）撫育長大的。

3. ③ 国を治めることはそんなに簡単なことではない。

   治理國家不是那麼簡單的事情。

問題 3.

1. ① 今回も（含める）と、そこには今年5回行った。

   如果也包含這次，那裡今年就去了5次。

2. ③ 息子は今、目標に向かってゆっくり（進んで）いる最中だ。

   兒子現在，正朝著目標慢慢前進中。

3. ③ 一家を（支える）ために毎日一生懸命働いている。

   為了支撐一家，每天拚命地工作。

問題 4.

1. ② 明日晴れたら、クラスメイトと泳ぎに行くつもりだ。

   如果明天放晴，打算和同學去游泳。

2. ④ 祖母は階段から落ちて、腕の骨を折ってしまった。

   祖母不小心從樓梯上跌下來，手臂的骨頭斷了。

3. ② 新人は今回の大きなミスから教訓を得たはずだ。

   新人應該從這次的大錯得到了教訓。

問題 1.

1. ③ コーヒーを飲めば、目が覚めるはずだ。

喝咖啡的話，應該就會清醒。

2. ④ 会社の前に車を止めたら、警察に注意された。

才一把車停在公司前面，就被警察警告了。

3. ② 近くの小学校で、自分が経験した戦争について語ることになった。

要在附近的小學，講述自己經歷過的戰爭。

問題 2.

1. ② 社長の手術の成功を社員全員で祈った。

全體員工祈禱社長手術成功。

2. ④ 部長は今回の失敗で、地位だけでなく名誉も失った。

部長因為這次的失敗，不只地位，連名譽也喪失了。

3. ① 分からないことがあれば、すぐにインターネットで調べる。

一有不懂的地方，會立刻用網路查詢。

問題 3.

1. ③ 父の職場は東京から大阪へ（移る）ことになった。

父親上班的地方，要從東京遷移到大阪了。

2. ③ テーブルに（置いて）おいたはずの眼鏡が見つからない。

找不到應該是放好在桌上的眼鏡。

3. ① 息子は人の命を（救う）仕事がしたいそうだ。

據說兒子想從事拯救人性命的工作。

問題 4.

1. ① 駅前で、酔ったサラリーマンたちが騒いでいる。

車站前，喝醉的上班族們吵鬧著。

2. ② 一人で頑張らないで、たまには私に甘えてほしいものだ。

希望你不要一個人埋頭苦幹，偶爾也要跟我撒嬌啊！

3. ④ 双子であるばかりに、私たちはいつも比べられる。

只因為是雙胞胎，我們總是被比較。

問題 1.

1. ② 家に帰ったら、まずシャワーを浴びることにしている。

習慣一回到家，就先淋浴。

2. ④ どんな優秀な人間にしろ、いろいろ試してから採用すべきだ。

即使再優秀的人，也應該經過各式各樣的測試再錄用。

3. ④ 京都に行った際には、またあのホテルに泊まりたい。

去京都的時候，想再投宿那家飯店。

問題 2.

1. ② 兄は何度も禁煙を試みたものの、失敗に終わった。

哥哥雖然幾次嘗試戒菸，但最終還是以失敗收場。

2. ④ これは病人を看病するのに用いる道具だ。

這是用來看護病人的工具。

3. ② 線路を渡る際は、左右をよく確認してください。

過鐵軌時，請好好地確認左右。

問題 3.

1. ④ 毛布は毎日（干さなくて）もいいと思う。

我覺得毛毯不每天曬也沒有關係。

2. ② 雨が（止む）まで、コンビニで買物をしながら待とう。

雨停之前，在便利商店一邊購物一邊等候吧！

3. ① 新商品が市場で（占める）割合を調べることになった。

要調查新產品在市場所占的比率。

問題 4.

1. ③ 子供に用事を頼もうと思ったら、家にいなかった。

才打算拜託小孩事情，卻不在家。

2. ③ コンビニではアルバイトの人手が足りなくて困っているそうだ。

據説便利商店因打工人手不足，正困擾著。

3. ① 山奥にある井戸を掘ったら、温泉が出たそうだ。

據説鑿了位在深山裡的井，結果鑿出了溫泉。

問題 1.

1. ② 高校生の娘は、最近将来について悩んでいるようだ。

   讀高中的女兒，最近好像就未來的事情煩惱著。

2. ① 学校にしろ会社にしろ、ルールは守らなればならない。

   無論學校還是公司，都非遵守規則不可。

3. ② 娘は英語も中国語も分かるので、海外で道に迷っても困らない。

   女兒由於懂英文也懂中文，所以在國外迷路了也不感到困擾。

問題 2.

1. ② 伝染病の流行を防ぐために、世界中で研究が進んでいる。

   為了防止傳染病的流行，全世界都進行著研究。

2. ① チームにすごい選手が加わることになったそうだ。

   據説隊裡要加入非常優秀的選手了。

3. ① もうすぐ日が暮れるのに、小学生の息子はまだ帰ってこない。

   明明都快天黑了，讀小學的兒子卻還沒有回家。

問題 3.

1. ② 昔のことはよく覚えているのに、最近のことは（忘れ）がちだ。

   明明以前的事情都清楚記得，最近的事情卻容易忘記。

2. ① 妻は食べすぎて、体重が（増えて）しまったと後悔している。

   妻子正後悔著因吃過多而體重增加。

3. ③ 地球のごみを（減らす）ために、できることは何だと思いますか。

   為了減少地球的垃圾，大家覺得有什麼可行的呢？

問題 4.

1. ③ 母は年を取ったせいか、鏡に自分を映すのを嫌がるようになった。

   母親可能因為年紀大了，變得討厭用鏡子照自己。

2. ③ 参加者の数が増えたので、椅子の数も増やしてください。

   由於參加者的人數增加了，所以椅子的數量也請增加。

3. ③ 大きい月が暗い夜道を照らしている。

   大大的月亮照耀著黑暗的夜間道路。

問題 1.

1. ① 小学生の時教えてもらった田村先生が亡くなったそうだ。

聽説小學時我受教過的田村老師去世了。

2. ④ 手術した傷の辺りがひどく痛んで、ぜんぜん眠れない。

手術的傷口附近非常痛，完全無法入眠。

3. ② 大変な仕事を終えた後のビールはなんと旨いことか。

完成辛苦工作後的啤酒，是何等的美味啊！

問題 2.

1. ② 部長は過労で、出勤途中に倒れたそうだ。

據説部長因為過勞，在上班途中倒下了。

2. ② 子供たちはグランドで遊んでいる時、蚊に刺されたらしい。

孩子們好像是在運動場玩時，被蚊子叮了。

3. ③ つまらないことで人と争いたくない。

不想為無聊的事情和人爭論。

問題 3.

1. ① 階段から落ちて、血がたくさん（流れた）。

從樓梯摔下，流了很多血。

2. ④ この薬のおかげで、髪の毛がまた（生えて）きた。

託這種藥的福，頭髮又長出來了。

3. ② 生徒の要求に応えて、校庭に桜の木を（植える）ことにした。

回應學生的要求，決定在校園種植櫻花樹了。

問題 4.

1. ② ニュースによれば、犯人はタオルで首をしめて殺したそうだ。

根據新聞，據説犯人是用毛巾勒住脖子殺死人的。

2. ③ 今回の地震で祖母が残してくれた棚が壊れてしまった。

因為這次的地震，祖母遺留下來的櫃子坍塌了。

3. ④ 人の物を盗むことは犯罪であることを、子供に厳しく教えた。

嚴格地教導了孩子，偷人家的東西是犯罪的行為。

問題 1.

1. ② 彼女^{かのじょ}はベテランの女優^{じょゆう}だから、泣^なくのも簡単^{かんたん}だ。

因為她是經驗老道的女演員，所以哭也很簡單。

2. ② 休日^{きゅうじつ}は別荘^{べっそう}でのんびりして、月曜^{げつよう}の早朝^{そうちょう}、家^{いえ}に戻^{もど}る予定^{よてい}だ。

假日要在別墅悠閒度過，預定星期一清晨回家。

3. ④ ファイルに挟^{はさ}んであった資料^{しりょう}がなくなってしまった。

夾在檔案夾裡的資料不小心不見了。

問題 2.

1. ① あの人^{ひと}の占^{うらな}いはよく当^あたることで有名^{ゆうめい}だ。

那個人的占卜以神準而聞名。

2. ① 時代^{じだい}の流^{なが}れに逆^{さか}らうのは止^やめたほうがいい。

停止違背時代潮流比較好。

3. ④ 祖父^{そふ}は今^{いま}、点滴^{てんてき}で栄養^{えいよう}を補^{おぎな}わなければならない。

祖父現在非用點滴補充營養不可。

問題 3.

1. ③ 私^{わたし}は不正^{ふせい}や暴力^{ぼうりょく}をたいへん（憎^{にく}んで）いる。

我非常厭惡舞弊或暴力。

2. ④ 友達^{ともだち}に漫画^{まんが}の本^{ほん}を貸^かしたら、（汚^{よご}されて）しまった。

借給朋友的漫畫書，居然被弄髒了。

3. ② 私^{わたし}は親不孝^{おやふこう}な行為^{こうい}をぜったい（許^{ゆる}しません）。

我絕對不允許不孝的行為。

問題 4.

1. ② ご主人^{しゅじん}の暴力^{ぼうりょく}がひどいなら、警察^{けいさつ}を頼^{たよ}るべきです。

如果妳先生的暴力行為嚴重的話，就應該仰仗警察。

2. ④ 商品^{しょうひん}は今週中^{こんしゅうちゅう}にお客様^{きゃくさま}の元^{もと}へ届^{とど}けたい。

商品希望本週之內送達客人手上。

3. ② 森^{もり}の中^{なか}でいろいろな鳥^{とり}が鳴^なくのを聞^きくのが好^すきだ。

喜歡聆聽森林中各式各樣的鳥鳴。

問題 1.

1. ③ 午後の会議で司会を務めることになり、緊張している。

下午的會議要擔任司儀，所以很緊張。

2. ① 彼一人を責めるのは、違うというものだ。

責怪他一個人，真是不對啊！

3. ② 頭が割れるように痛いのなら、今すぐ病院に行くべきだ。

如果頭像是要裂開一樣的痛，應該現在就馬上去醫院。

問題 2.

1. ④ 兄は昔から、成績もスポーツも私より優れていた。

哥哥從以前開始，不管成績還是運動都比我優秀。

2. ④ 梅雨で毎日雨が降って、洗濯物が乾かない。

因為梅雨，天天下雨，衣服都不乾。

3. ① ペットの犬は部屋中に食べ物やごみを散らかす。

寵物狗把食物和垃圾弄得整個房間亂七八糟。

問題 3.

1. ② 今夜は夜空に星がたくさん（光って）いる。

今晚的夜空有許多星星閃耀著。

2. ② 船が突然（傾いた）ので、テーブルの上にあった物が落ちて割れた。

由於船突然傾斜，所以在桌上的東西掉落破掉了。

3. ④ コピーなどの雑用は、私に（任せて）ください。

影印之類的跑腿工作，請交給我。

問題 4.

1. ② 一度友達とした約束は、ぜったいに破るべきではない。

一旦和朋友立下的約定，就絕對不該違背。

2. ② さっき電車がかなり大きく揺れたから、事故か地震だろう。

剛剛電車搖晃得相當大，所以是事故或地震吧！

3. ③ 堅い物を食べて歯が欠けてしまったので、治療に行くことにした。

吃了硬的東西，結果牙齒缺了一塊，所以決定去治療了。

問題 1.

1. ② 彼女の服装はいつも派手で、とても目立つ。

她的服裝總是很華麗,非常醒目。

2. ④ 私は東京に引っ越す前、大阪に 8 年間住んでいた。

我在搬到東京之前,在大阪住了8年。

3. ③ 両親を出迎えるため、空港へ急いだ。 為了迎接雙親,急忙去機場了。

問題 2.

1. ④ テニスの練習で泥だらけだから、着替えてから帰ろう。

因為練習網球渾身是泥,換衣服後再回家吧!

2. ② 彼女は私と目が合ったのに、何も言わず通り過ぎた。

她明明和我對到眼,卻什麼都沒說地走過去了。

3. ② 子供たちは水を飲むために、一度立ち止まった。

孩子們為了要喝水,暫時止步了。

問題 3.

1. ② 夫も私も毎日忙しくて、きちんと(話し合う)時間がない。

不管丈夫還是我每天都很忙,連好好對話的時間都沒有。

2. ④ 娘は突然結婚すると(言い出して)、私たちを驚かせた。

女兒突然開口說要結婚,嚇到我們了。

3. ② 何かいいアイデアを(思いつく)と、すぐノートに書くことにしている。

習慣一想到什麼好點子,就立刻做筆記。

問題 4.

1. ① その件についてはよく心得ているつもりだ。

就那件事情,我自認為非常明白了。

2. ② 彼女はいつも少女のようににっこり微笑む。

她總是像少女般嫣然微笑。

3. ② すぐに追いつくから、先に出発してください。

(我)馬上就會追上,所以請(你)先出發。

第 天

問題 1.

1. ② 昨日作成したデータは（すべて）消去されてしまった。

昨天做好的資料不小心全部被刪除了。

2. ② 自分が親になって、（やっと）親の気持ちが分かるようになった。

自己成為父母親後，才終於明白父母親的心情。

3. ① 会社の商品が各地へ（つぎつぎ）運ばれていった。

公司的產品依序被運送到各地。

4. ④ 結婚してもう9年経つが、（なかなか）子供ができない。

結婚以來已經過了9年，卻怎麼也生不出小孩。

5. ④ 深夜まで残業して頑張ったが、（とうとう）終わらなかった。

雖然已經盡力加班到半夜，但終究還是沒完成。

6. ③ 事故の原因はまだ（はっきり）していないそうだ。

據說事故的原因還不清楚。

7. ① 通帳のお金は（すっかり）無くなってしまった。

存摺的錢完全沒了。

8. ② 慰められると、（かえって）涙が出てくるものだ。

一被安慰，反而會流眼淚啊！

問題 2.

1. ③ 初めて給料をもらった時、何を買いましたか。

第一次領到薪水時，買了什麼呢？

2. ② 容疑者の2人から、それぞれべつべつの部屋で話を聞いた。

讓2個嫌疑犯分別在個別的房間問話。

3. ① コンピューター産業の小型化はますます進んでいる。

電腦產業的小型化將越來越盛行。

實力測驗解答

問題 1.

1. ① これからも（ずっと）このチームを応援^{おうえん}するつもりだ。
   打算今後也一直聲援這個隊伍。

2. ② 雪^{ゆき}の日^ひは（しいんと）して、何^{なん}の音^{おと}も聞^きこえないほどだ。
   下雪的日子萬籟俱寂到幾乎什麼聲音都聽不到的程度。

3. ③ 家^{いえ}に着^ついたとたん、疲^{つか}れが（どっと）出^でてきた。
   到家的瞬間，疲憊感一下子全湧了上來。

4. ③ 今朝^{けさ}送^{おく}ったメールは（ちゃんと）届^{とど}いてますか。
   今天早上寄出的郵件，確實送達了嗎？

5. ③ 仕事^{しごと}を（さっさと）と終^おわらせて、早^{はや}く帰^{かえ}りたい。
   想趕緊把工作結束，早點回家。

6. ③ 試験^{しけん}の前^{まえ}に（うんと）頑張^{がんば}ったのだから、大丈夫^{だいじょうぶ}だ。
   因為考試前非常努力，所以沒問題。

7. ① 2人^{ふたり}の関係^{かんけい}は今後^{こんご}、（はたして）どうなるのだろうか。
   2人的關係，今後到底會變怎樣呢？

8. ④ 大事^{だいじ}な資料^{しりょう}は金庫^{きんこ}に（きちんと）保存^{ほぞん}しなければならない。
   重要的資料非好好保管在保險箱不可。

問題 2.

1. ① ジョンさんの英語^{えいご}は速^{はや}くて、さっぱり理解^{りかい}できなかった。
   約翰（John）先生的英語太快，完全無法理解。

2. ① 出張^{しゅっちょう}の手続^{てつづ}きはおのおの行^{おこな}ってください。
   出差的手續請各自進行。

3. ③ アルバイトの学生^{がくせい}たちは毎日^{まいにち}せっせと働^{はたら}いて、お金^{かね}を稼^{かせ}いだ。
   打工的學生們每天拚命工作，賺取金錢。

問題 1.

1. ② タオルの素材は柔らかくて、（ふわふわ）している。

毛巾的材質既柔暖又蓬鬆。

2. ① この仕事の量なら、（せいぜい）3時間もあればできるだろう。

如果是這個工作的量，最多有3個小時的話就能完成吧！

3. ④ ゲーム業界も開発を（ちゃくちゃく）進めているはずだ。

遊戲業界應該也會一步一步地進行開發。

4. ① 朝から（ぞくぞく）するので、病院に行くことにした。

從早上開始就冷得打哆嗦，所以決定去醫院了。

5. ① トンネルを抜けたら、（ひろびろ）とした草原が広がっていた。

一過隧道，寬闊的草原豁然展開。

6. ① 息子は夫の靴を（ぴかぴか）になるまで磨いてくれた。

兒子把老公的鞋子擦到變得亮晶晶為止了。

7. ③ 電車の中で中学校のクラスメイトに（ばったり）会った。

在電車裡，和國中的同學突然相遇了。

8. ② 祖父は店の中を（うろうろ）していて、店員に事情を聞かれたそうだ。

據說祖父在店裡面徘徊，所以被店員詢問了緣由。

問題 2.

1. ④ あの新人は動作がいつものろのろで、注意されてばかりいる。

那個新人動作總是慢吞吞，所以一直被提醒。

2. ② 暑さが厳しいので、体にはくれぐれも気をつけてください。

酷暑嚴峻，身體還請千萬珍重。

3. ③ 伝染病のせいで、人と会う時間がどんどん減っている。

因為傳染病，和人見面的時間不斷減少中。

問題 1.

1.② （ようやく）自分のミスだと気づいた時には、もう遅かった。

好不容易發現自己的疏失時，已經太遲了。

2.① 彼は不満があるようで、何か（ぶつぶつ）独り言を言っていた。

他好像有所不滿，嘟嘟噥噥地自言自語著什麼。

3.④ 急に指名されて舞台に上がったものだから、（まごまご）してしまった。

突然被點名上了舞台，所以驚慌失措。

4.③ 私にできるとは思わないが、（とにかく）やってみることにした。

雖然我不認為自己做得到，但決定姑且一試。

5.④ 山本さんはお酒を飲むと、（いきなり）暴れ出して大変だ。

山本先生只要一喝酒，就會突然胡鬧起來，傷腦筋。

6.① 今は小さくても、（いずれ）大きな問題になるにちがいない。

雖然現在是小事，但遲早肯定會變成大問題。

7.② （ちなみに）、マンション内にトレーニングルームはありますか。

順帶一提，華廈裡有健身房嗎？

8.③ 彼女の気持ちも（なんとなく）分かる気がする。

覺得不由得也了解她的心情。

問題 2.

1.④ せっかく来たのに、見たい映画は満席で見られなかった。

都特地來了，結果想看的電影座位全滿，沒看成。

2.③ 夫が高校の同級生と仲直りしたと聞いて、ほっとした。

聽到老公和高中同學和好了，鬆了一口氣。

3.③ 最近、年のせいか新聞の字がぼんやりして、よく見えない。

最近，可能是因為年紀，報紙上的字模模糊糊，看不清楚。

問題 1.

1. ② （なにしろ）昔のことだから、よく覚えていない。

畢竟是陳年往事了，記不清了。

2. ③ 彼は痩せて見えるが、じつはけっこう（がっちり）している。

他看起來雖然瘦，但其實相當結實。

3. ② 週末は（たまに）夫と2人で日光浴を楽しむ。

週末偶爾會和丈夫2人享受日光浴。

4. ① 試験にパスできなかったからといって、（がっかり）するものではない。

雖説考試沒過，但是不可以灰心喪志。

5. ③ 島田さんは個性的だから、血液型は（きっと）B型だと思う。

島田先生很有個性，所以我想血型一定是B型。

6. ② 彼女は（あれこれ）考えたあげく、急ぎ足で立ち去った。

她東想西想之後，快步離去了。

7. ① この生徒の作文は句読点がまったくないから、（かなり）読みにくかった。

那個學生的作文完全沒有標點符號，所以相當難閱讀。

8. ① 仕事が忙しくない時に、（いつか）また会いましょう。

工作不忙的時候，改天再見個面吧！

問題 2.

1. ④ 花見のポスターを作成するのに、およそ3時間かかった。

只是要做個賞花的明信片，卻花了大約3小時。

2. ③ この新しくできた薬によって、現によくなった患者はたくさんいる。

實際上因這新研發的藥而康復的病患非常多。

3. ① 主に安全上の問題で、工事は中止になってしまった。

主要是因為安全上的問題，所以停止施工了。

問題 1.

1. ④ 彼女たちは（いわゆる）戦争の犠牲者だ。

她們就是所謂戰爭的犧牲者。

2. ③ 子供はきびしく叱る一方で、（やはり）褒めることも大切だ。

對小孩嚴厲斥責的另一面，稱讚依然也很重要。

3. ② クラスで（いちばん）成績がいいのは、いつも山本さんだ。

班上成績最好的，總是山本同學。

4. ③ 夫は年を取るにつれて、（むしろ）若々しくなっている。

丈夫隨著年齡增長，倒不如說變得更朝氣蓬勃了。

5. ① 包帯が（やがて）取れれば、足も腕も自由に動くようになるはずだ。

繃帶過不久拆掉的話，不管腳還是手應該就能自由活動。

6. ③ せっかくの旅行だから、（おもいきり）楽しみたい。

因為是難得的旅行，所以想盡情歡樂。

7. ② 散歩中に（ふと）上を見上げたら、きれいな虹が出ていた。

散步中偶然抬頭往上看，美麗的彩虹出現了。

8. ④ どんなに頭が悪くても、（いまに）分かるようになるはずだ。

腦子再怎麼不好，應該遲早也會懂。

問題 2.

1. ③ 来週あたり、桜の花がいっせいに咲きはじめるだろう。

下週左右，櫻花應該會一齊開始綻放吧！

2. ② 父はケーキをめったに食べないが、誕生日は特別だ。

父親很少吃蛋糕，但是生日例外。

3. ① 世界中をほうぼう旅したが、やはり自分の国がいちばんだ。

到世界各處旅行，但還是自己的國家最好。

問題 1.

1. ③ 管<ruby>くだ</ruby>がかなり痛<ruby>いた</ruby>んでいるから、（ガス）が漏<ruby>も</ruby>れるおそれがある。

管線損害得相當嚴重，瓦斯有洩漏之虞。

2. ④ 結婚<ruby>けっこん</ruby>したいので、（ハンサム）な男性<ruby>だんせい</ruby>だけを待<ruby>ま</ruby>ってはいられない。

由於想結婚，所以不能再只等待英俊的男性下去了。

3. ① 私<ruby>わたし</ruby>の住<ruby>す</ruby>む（アパート）の前<ruby>まえ</ruby>で工事<ruby>こうじ</ruby>が始<ruby>はじ</ruby>まり、うるさいどころではない。

我住的公寓前面開始施工，豈止是吵。

4. ① 彼<ruby>かれ</ruby>は（ユーモア）のセンスがないどころか、人<ruby>ひと</ruby>を傷<ruby>きず</ruby>つけることを言<ruby>い</ruby>う。

他非但沒幽默感，還會說傷人的話。

5. ④ （パスポート）の取得<ruby>しゅとく</ruby>に行<ruby>い</ruby>くため、午後<ruby>ごご</ruby>は休<ruby>やす</ruby>ませていただきます。

為了去辦護照，下午請假了。

6. ① 夜中<ruby>よなか</ruby>、近<ruby>ちか</ruby>くで（サイレン）の音<ruby>おと</ruby>が聞<ruby>き</ruby>こえて、眠<ruby>ねむ</ruby>れなかった。

半夜聽到附近的警笛聲，睡不著。

7. ① 受験生<ruby>じゅけんせい</ruby>なのだから、（ゲーム）で遊<ruby>あそ</ruby>んでばかりはいられないはずだ。

因為是應考生，所以應該不能再一直玩遊戲下去了。

8. ① 彼<ruby>かれ</ruby>が電話<ruby>でんわ</ruby>に出<ruby>で</ruby>ない時<ruby>とき</ruby>は、（ドラマ）を見<ruby>み</ruby>ているにきまっている。

他沒接電話的時候，肯定就是在看連續劇。

問題 2.

1. ② この展示会<ruby>てんじかい</ruby>には欧米<ruby>おうべい</ruby>の古<ruby>ふる</ruby>いおもちゃのコレクションが展示<ruby>てんじ</ruby>されている。

這個展示會正在展示歐美古老玩具的收藏品。

2. ④ 母<ruby>はは</ruby>はカロリーと栄養<ruby>えいよう</ruby>のバランスを考<ruby>かんが</ruby>えて、料理<ruby>りょうり</ruby>してくれている。

媽媽考量卡路里和營養的均衡，為我們做料理。

3. ② 今<ruby>いま</ruby>はクリスマスシーズンにつき、全商品半額<ruby>ぜんしょうひんはんがく</ruby>だ。

由於現在是聖誕季節，所以全部商品都半價。

問題 1.

1. ① 毎晩そんなに（カロリー）を取っていたら、痩せっこない。

 每天晚上那樣地攝取卡路里，絕對不可能瘦。

2. ④ これだけやっても動かないなら、（エンジン）に問題があるにちがいない。

 都這麼做了還不動的話，肯定是引擎有問題。

3. ③ 彼の成績がクラスで（トップ）なのは、努力の結果にほかならない。

 他的成績班上第一，正是努力的結果。

4. ① このジュースには野菜の5倍もの（ビタミン）が含まれているそうだ。

 據説這種果汁含有高達蔬菜5倍的維他命。

5. ① 母は（プラットホーム）で私が帰ってくるのを待っていてくれた。

 媽媽在月台等著我回來。

6. ③ 断られるかもしれないが、市長に（インタビュー）を頼んでみようじゃ ないか。

 或許會被拒絕，但一起試著跟市長提出採訪邀請吧！

7. ① これは学校の新聞だから、（マイナス）のイメージがあるものは掲載で きない。

 因為這是學校的報紙，所以不能刊登有負面形象的內容。

8. ④ 犯人は（ピストル）を持っているものだから、警察も簡単に近づけない 次第だ。

 正因為犯人持槍，所以連警察也不輕易靠近。

問題 2.

1. ④ 新しいシリーズの子供服がとても売れているとか。

 聽説新系列的兒童服裝賣得非常好。

2. ③ 夕日をバックに写真を撮ったが、暗すぎて顔がまっ黒だ。

 用夕陽當背景拍了照片，但因為太暗，臉全黑。

3. ① 会社の食堂のメニューは今年になってから増える一方だ。

 公司食堂的菜單，從今年開始不斷增加。

問題 1.

1. ② この会社での私の仕事は、お茶を入れるか（コピー）を取るばかりだ。

我在這家公司的工作，就是不斷地泡茶或是影印。

2. ② 開発（チーム）に加わりたいなら、みんなの意見をもっと聞くべきだ。

如果想加入開發團隊，就應該更加聆聽大家的意見。

3. ② 最新の（プログラム）は予定より一週間早くスタートするそうだ。

據說最新的程式比預定早一週啟用。

4. ① このホテルの（サービス）はどんどん悪くなる一方だ。

這家飯店的服務持續不斷惡化。

5. ④ このような（ケース）では、手術する以外に助かる方法はない。

這樣的案例，除了手術之外別無獲救的方法。

6. ① ここは私の自宅ではあるものの、仕事をする（オフィス）でもある。

這裡雖然是我的自用住宅，但也是工作的辦公室。

7. ② すべて（オートメーション）にできるものなら、人は必要なくなるだろう。

如果所有的事情都能自動化的話，就會變得不需要人了吧！

8. ④ 鉄道関係者の努力により、ひどい（ラッシュアワー）は改善しつつあるそうだ。

據說由於鐵路相關人員的努力，嚴重的尖峰時段正在改善中。

問題 2.

1. ② 無料のサンプルだからといって、無駄にするものではない。

就算是不用錢的樣品，也不可以浪費。

2. ① 彼の開発した商品はヒットしたのだから、ボーナスが出ないわけがない。

他開發的產品大賣，所以不可能沒有發獎金。

3. ④ ベテランの先輩にたずねたところ、親切にいろいろ教えてくれた。

請教了老手的前輩，結果親切地教導了我許多事情。

問題 1.

1. ③ 私は大学時代にテニスの（サークル）に所属していた。

我在大學時期是參加網球同好會。

2. ③ 外国人の先生に（アクセント）を注意されたが、なかなか直らない。

被外國老師提醒了重音，卻一直改不了。

3. ① 授業の（テンポ）をもう少し速くしてほしいものだ。

希望上課的速度可以再快一點啊！

4. ① 今回はドイツ人の指揮者が（コーラス）の指揮をすることになった。

這次會由德國的指揮家來擔任合唱團的指揮。

5. ② 学校でもらった（プリント）は復習すればするほどいいというものだ。

在學校拿到的講義是越複習越好啊！

6. ② こんなすばらしい（チャンス）はもう二度とあるまい。

這麼好的機會，是不會再有第二次了。

7. ③ どんなに努力しても、彼の（レベル）には到達しようがない。

再怎麼努力，也無法到達他的水準。

8. ② 商品の（カタログ）だけでは、実際のところは疑わしいものがある。

只憑商品型錄，實際的狀況的確有可疑之處。

問題 2.

1. ④ 英語のテキストは安ければ安いほど売れるというものではない。

英文的教科書並非越便宜就賣越好。

2. ② もっと話せるようになりたければ、会話のコースに変更することだ。

若想說得更好，就應該轉換到會話課程啊！

3. ② ポスターの印刷が完成したところに、社長から訂正の指示があった。

正當海報印刷完成時，社長下達了訂正的指示。

問題 1.

1. ② 父はうっかり（スピード）を出しすぎて、警察に捕まるところだった。

父親一不留神加速過頭，被警察逮個正著。

2. ④ 国民の生活スタイルが変わり、（レジャー）用品が売れ始めているそうだ。

據說國民的生活型態改變，休閒娛樂用品開始大賣。

3. ③ アニメの歌が好きだが、（クラシック）を聴かないこともない。

雖然喜歡動畫的歌曲，但也不是不聽古典音樂。

4. ① 忘れっぽい母のことだから、自分の車の（ナンバー）も覚えていないだろう。

因為是健忘的母親，所以自己的車號也沒記住吧！

5. ① 経費が減らされたことで、彼らの研究は（ストップ）してしまった。

因為經費被刪減，所以他們的研究中止了。

6. ② 警察によれば、事故の原因は古い（ハンドル）にあるそうだ。

根據警察的說法，據說事故的原因在於老舊的方向盤。

7. ② この（スイッチ）を押すと、部屋の電気がつくはずです。

一按這個開關，房間的燈應該就會打開。

8. ④ 先生から（スタート）の合図があるまで、鉛筆を持ってはいけません。

在老師的開始信號之前，不可以拿鉛筆。

問題 2.

1. ③ 娘は県の作文コンクールに応募して、優勝した。

女兒報名縣的作文比賽，得獎了。

2. ① ステージに立つと緊張しすぎて、上手に歌えなくなってしまう。

一站上舞台就會過於緊張，以致不能把歌唱好。

3. ② モーターさえ新しくすれば、喧しい音はしないはずだ。

如果連馬達都換新的話，應該就不會有吵雜的聲音。

問題 1.

1. ② 社長は今回のパーティーのために、ベテランの（コック）を数人招いた。

社長為了這次的宴會，招募了幾個經驗老道的廚師。

2. ② 娘は（ドレス）を着たとたん、大人っぽくなった。

女兒一穿上禮服，忽然變得像大人了。

3. ④ 秋は（ウール）のセーターやズボンがよく売れるシーズンだ。

秋天是羊毛的毛衣或褲子賣得好的季節。

4. ② 妹は同級生と会うため、（レース）がついたシャツを着て出かけた。

妹妹為了和同學見面，穿上有蕾絲的襯衫出門了。

5. ③ 夫の誕生日プレゼントに、青い毛糸で（マフラー）を編むつもりだ。

打算用藍色的毛線打圍巾，當成丈夫的生日禮物。

6. ① 姉は背が高いうえに（スマート）だから、モデルになるべきだ。

姊姊高而且瘦，所以應該當模特兒。

7. ② あの作家は他人を批判してばかりいるから、（イメージ）がよくない。

那位作家總是批評別人，所以形象不好。

8. ④ 子供の頃は夏休みになると、家族で（キャンプ）をしたものだ。

孩提時代每到暑假，就會全家去露營啊！

問題 2.

1. ① このアニメが放送されたとたん、日本中でブームになった。

這部動畫一播放，就在日本各地形成一股熱潮。

2. ① 夫が会社で人気がないのは、ユーモアのセンスがないからだと思う。

我覺得丈夫在公司之所以不受歡迎，是因為沒有幽默感。

3. ④ 家でパーティーを開くため、食器やグラスのセットを買うつもりだ。

為了在家裡開派對，打算買整套餐具和玻璃杯。

第 **50** 天

問題 1.

1. ② 本日は海外からすばらしい（ゲスト）をお招きしています。

今天邀請了來自海外的優秀嘉賓。

2. ① うちの（ヒーター）は古いので、暖かくなるまで時間がかかる。

由於我家的暖氣舊了，所以要變暖和很花時間。

3. ① 高校生の時、彼のドラマを見て以来ずっと（ファン）です。

自從高中時看了他的連續劇以來，一直都是他的粉絲。

4. ① 世界中を旅すると、新しいデザインの（ヒント）が得られる。

若能到世界各地旅行，便能得到新的設計的啟發。

5. ④ 大好きな作家が亡くなったと聞いて、大変（ショック）を受けた。

聽聞非常喜歡的作家過世了，受到嚴重的打擊。

6. ③ 患者さんの（カルテ）はもちろん厳重に保管されている。

病患的病歷當然是慎重地被保管著。

7. ① 先生からいろいろ（アドバイス）をいただいたおかげで、面接にパスできた。

託從老師那邊得到各式各樣的建議之福，通過面試了。

8. ② さまざまな調味料を合わせて、おいしい（ソース）を作った。

混合了各式各樣的調味料，做成了美味的醬汁。

問題 2.

1. ② パソコンの中に、この商品に関するファイルはありますか。

電腦裡面，有和此產品相關的檔案嗎？

2. ① 仕事でストレスが溜まっているから、週末はゆっくり休みたいものだ。

因為在工作上累積了壓力，所以週末想好好休息啊！

3. ① この３つのデータを送るにあたって、圧縮する必要がある。

要寄送這3個資料的時候，有壓縮的必要。

實力測驗解答

國家圖書館出版品預行編目資料

史上最強！50天搞定新日檢N2單字：
必考單字＋實用例句＋擬真試題 /
こんどうともこ著、王愿琦譯
-- 初版 -- 臺北市：瑞蘭國際，2023.10
368面；17 x 23公分 -- （檢定攻略系列；82）
ISBN：978-626-7274-67-5（平裝）
1.CST：日語 2.CST：詞彙 3.CST：能力測驗

803.189   112016382

檢定攻略系列82

史上最強！50天搞定新日檢N2單字：
必考單字＋實用例句＋擬真試題

作者｜こんどうともこ
譯者｜王愿琦
總策劃｜元氣日語編輯小組
責任編輯｜葉仲芸、王愿琦
特約編輯｜呂依臻
校對｜こんどうともこ、呂依臻、葉仲芸、王愿琦

日語錄音｜こんどうともこ
錄音室｜采漾錄音製作有限公司
封面設計｜劉麗雪、陳如琪
版型設計、內文排版｜陳如琪

瑞蘭國際出版

董事長｜張暖彗・社長兼總編輯｜王愿琦
編輯部
副總編輯｜葉仲芸・主編｜潘治婷
設計部主任｜陳如琪
業務部
經理｜楊米琪・主任｜林湲洵・組長｜張毓庭

出版社｜瑞蘭國際有限公司 地址｜台北市大安區安和路一段104號7樓之一
電話｜(02)2700-4625 傳真｜(02)2700-4622 訂購專線｜(02)2700-4625
劃撥帳號｜19914152 瑞蘭國際有限公司
瑞蘭國際網路書城｜www.genki-japan.com.tw

法律顧問｜海灣國際法律事務所　呂錦峯律師

總經銷｜聯合發行股份有限公司・電話｜(02)2917-8022、2917-8042
傳真｜(02)2915-6275、2915-7212・印刷｜科億印刷股份有限公司
出版日期｜2023年10月初版1刷・定價｜480元・ISBN｜978-626-7274-67-5